D1490250

Suivi éditorial : Myriam Caron Belzile
Conception graphique : Nathalie Caron
Révision linguistique : Sabine Cerboni et Myriam de Repentigny
Mise en pages : Andréa Joseph [pagexpress@videotron.ca]

Québec Amérique
329, rue de la Commune Ouest, 3e étage
Montréal (Québec) H2Y 2E1
Téléphone : 514 499-3000, télécopieur : 514 499-3010

Nous reconnaissons l'aide financière du gouvernement du Canada par
l'entremise du Fonds du livre du Canada pour nos activités d'édition.

Nous remercions le Conseil des arts du Canada de son soutien. L'an
dernier, le Conseil a investi 157 millions de dollars pour mettre de l'art
dans la vie des Canadiennes et des Canadiens de tout le pays.

Nous tenons également à remercier la SODEC pour son appui finan-
cier. Gouvernement du Québec – Programme de crédit d'impôt pour
l'édition de livres – Gestion SODEC.

Conseil des Arts   Canada Council   SODEC
du Canada   for the Arts   Québec

Catalogage avant publication de Bibliothèque et Archives nationales
du Québec et Bibliothèque et Archives Canada

Vedette principale au titre :
Nu : recueil de nouvelles érotiques
ISBN 978-2-7644-2732-3 (Version imprimée)
ISBN 978-2-7644-2789-7 (PDF)
ISBN 978-2-7644-2790-3 (ePub)
1. Histoires érotiques québécoises. I. Dompierre, Stéphane.
PS8323.E75N8 2014   C843'.01083538   C2014-941787-X
PS9323.E75N8 2014

Dépôt légal : 4e trimestre 2014
Bibliothèque nationale du Québec
Bibliothèque nationale du Canada

Imprimé au Québec

recueil de nouvelles érotiques
sous la direction de Stéphane Dompierre

Québec Amérique

Charles Bolduc

Un glaçon entre les dents

Lorsqu'elle sonne à la porte, tout de suite mon cœur s'emballe. Mes mains deviennent moites. J'ai son parfum qui me monte à la tête comme du lait chauffé sur le rond et des tonnes d'envies se bousculent en moi : lui arracher ses vêtements pour me coller contre son corps nu et chaud, la bouche refermée sur ses seins parfaits, caresser ses cuisses nerveuses et frissonnantes et foutre ma langue dans les replis de sa fente humide.

Depuis le début de l'hiver, elle me visite chaque soir de tempête, me murmure à l'oreille des mots insensés puis repart à l'aube, le tumulte passé, lorsque nos souffles se sont calmés et que nos ventres, repus, nous laissent sans soif. Elle s'appelle Sophie et engouffre mon sexe dans les profondeurs de sa bouche océane. Avec sa langue, elle m'amène à jouir toujours trop vite, bien plus vite que je ne le souhaite, et chaque nuit avec elle est une longue générale de l'extase qui ne se termine qu'aux aurores.

Sophie a fait son apparition dans ma vie un soir de décembre, à l'occasion de la première tempête hivernale, comme dans un roman russe du

XIXe siècle. Un sacré blizzard. Le courant avait flanché peu après le souper, plongeant le quartier dans une obscurité opaque. Les bourrasques parvenaient presque à arracher la toiture de l'immeuble qui résistait en protestant. La poudrerie tourbillonnait en mitraillant les fenêtres, et les munitions qui s'amoncelaient contre les murs menaçaient de recouvrir les orifices et de tout étouffer sous leur chape pesante. Je me sentais comme dans un refuge alpin à flanc de montagne, perdu dans l'immensité blanche, et j'imaginais déjà les saint-bernards lancés sur ma trace dans le grand désert neigeux du lendemain matin. Mais nous étions au cœur de l'île de Montréal, les chandelles allumées dans le salon se consumaient lentement et j'avais accumulé des provisions pour au moins dix jours afin d'éviter de retourner dehors. L'horloge de la cuisine indiquait vingt-deux heures quinze. Je me suis gratté la nuque et je suis allé me servir un verre d'eau.

Au même moment, non loin de là, une silhouette encapuchonnée avançait dans la tempête, rouge au sein des vents, s'enfonçant à mi-cuisse le long des trottoirs, évitant les branches cassées qui volaient dans tous les sens et luttant pour conserver chaque centimètre gagné sur l'adversité. Quiconque l'eût aperçue dans cette situation se serait demandé ce que diable elle fabriquait là, sous le ciel tourmenté, alors que la ville entière s'était claquemurée chez elle à l'abri des rafales. Elle grelottait sous son manteau mal doublé, les lèvres bleuies, les orteils cryogénisés, murmurant entre ses dents de faibles appels à l'aide, mais tous les commerces étaient fermés, il n'y avait plus personne d'assez idiot pour s'aventurer dans les rues. Des voitures embouties obstruaient les carrefours, comme dans la scène finale d'un film postapocalyptique ; les avions restaient cloués sur le tarmac et elle se dressait là, résistante, petite et menue, avec ses grands yeux noisette qui hurlaient sa détermination dans le fracas des éléments.

Vous êtes-vous déjà fait surprendre, un de ces soirs où la nature se déchaîne à l'extérieur, en pleine panne d'électricité, par une série de coups irréels frappés contre le battant ? J'ai sursauté et n'y ai d'abord pas cru, préférant penser à un bloc de neige tombé par terre près de l'entrée qu'aux esprits malveillants qui, racontait-on quand j'étais jeune, visitaient parfois les mortels les nuits de grands vents. Enfant, ces histoires me terrifiaient et j'en avais conservé une peur irrationnelle qui m'accompagnait les soirs de mauvais temps, une sorte d'appréhension de voir surgir un spectre, une ombre noire d'apparence humaine, une inquiétante présence fantomatique qui m'entraînerait avec elle dans le néant. J'ai entendu des grattements d'ongle contre la porte et ça m'a foutu la chair de poule. Un filet de sueur tiède a glissé le long de ma colonne vertébrale et mes oreilles se sont mises à bourdonner. Je m'attendais au pire.

Quand une nouvelle série de coups a retenti, cette fois doublée d'une voix chevrotante, presque éteinte, qui suppliait qu'on lui ouvre la porte, j'ai marmonné une brève prière à mes démons intérieurs, avalé ma salive pour me donner du courage et obéi.

La suite s'est déroulée très rapidement. Il y avait cette jeune femme pâle et frigorifiée devant moi dans son manteau rouge, les cils couverts de cristaux de glace.

— J'ai froid, j'ai tellement froid, a-t-elle bredouillé, alors qu'un courant glacial s'infiltrait à nos pieds dans le hall d'entrée.

Sans hésiter, par crainte que son état n'avoisine l'hypothermie, je l'ai prise par le poignet et l'ai tirée à l'intérieur de l'appartement afin de lui prodiguer des soins d'urgence. Puisqu'elle semblait incapable de bouger, transie, tremblante, je lui ai retiré ses vêtements gelés et l'ai précipitée sous le jet chaud de la douche. L'eau ruisselait dans ses cheveux pendant qu'elle, recroquevillée sur les dalles de céramique, les narines dilatées, refermait ses bras sur son corps fumant. Faute d'électricité, le réservoir d'eau chaude s'est tari au bout d'une dizaine de minutes. J'ai séché Sophie avec une serviette propre et l'ai habillée d'un peignoir trop grand pour elle. Je l'ai assise dans le fauteuil au coin du salon où je lisais avant qu'elle n'apparaisse et, à l'aide de mon réchaud de camping, je lui ai préparé un thé brûlant avec une larme de whisky sur lequel elle s'est réchauffé les mains de longues minutes avant de s'y mouiller les lèvres.

Je l'ai observée discrètement pendant qu'elle retrouvait ses esprits. C'était une jeune femme séduisante d'une trentaine d'années, dont les longs cheveux bruns s'étaient emmêlés sous la douche. Mince et athlétique, dotée de hanches à vous damner, elle portait avant que je ne doive les lui retirer une jupe en velours noir, des collants et un chandail bleu à col rond qui moulait sa poitrine. Elle pouvait être notaire, ou professeure d'histoire. Une petite cicatrice violette lui traversait la tempe gauche. Sous le peignoir dont je l'avais enveloppée, elle n'avait remis que son soutien-gorge et sa culotte de dentelle noire.

Alors que je lui apportais une couverture de laine pour qu'elle se sente confortable, elle s'est redressée et m'a attiré à elle d'un geste décidé. Sans me laisser le temps de réagir, elle a posé ses lèvres sur les miennes, a pressé son ventre contre moi et, plongeant une main dans mon pantalon, elle a chuchoté :

— Réchauffe-moi, viens, j'ai le corps qui brûle.

J'ai laissé tomber la couverture. Sophie s'est jetée sur moi. Mes jambes devenues molles ne me tenaient plus debout que par les lois fragiles de la physique et c'est sans la moindre difficulté qu'elle m'a fait basculer sur le sol. J'ai répondu à ses baisers en caressant sa peau sous le peignoir entrouvert. Son corps tantôt prostré sous la douche rayonnait maintenant d'une énergie impétueuse et, entre deux souffles, les yeux pétillants, sans retenue aucune, elle s'est débarrassée de ses dessous qu'elle a envoyé valser près de la table basse. À la lueur dorée des chandelles, les seins pointés vers moi, elle était merveilleuse de sensualité.

Sophie a déboutonné ma braguette, a empoigné fermement mes couilles d'une main et a fait disparaître mon sexe durci entre ses lèvres. J'ai arrondi les miennes en poussant un soupir qui ressemblait à celui qu'on exhale quand on se glisse tout entier dans un spa bouillonnant. J'étais surpris par son ardeur, par sa vivacité, alors que trente minutes plus tôt je la ramassais à la petite cuillère dans toute sa poignante vulnérabilité.

J'ai dû la renverser avant qu'elle ne me fasse venir dans sa bouche. Elle semblait un peu sonnée, mais elle a vite repris le dessus. Elle m'a tourné le dos, m'offrant sa croupe qu'elle a cambrée contre mon bas-ventre, et elle m'a sommé de la prendre en levrette. Je lui ai saisi les hanches et l'ai pénétrée doucement, puis avec plus de vigueur à mesure qu'elle agitait ses doigts sur son clitoris, dans une irrépressible et concentrique montée de l'excitation. Mon sexe s'enfonçait entre ses fesses et ressortait complètement avant d'y replonger à un rythme soutenu. «Prends-moi plus fort», criait-elle, le visage frottant contre le tapis du salon à chaque coup de boutoir, une main agrippée à son cul pour bien sentir ma queue s'introduire en elle. «Continue! Encore!» Nos muscles se contractaient et se relâchaient en cadence, nous aspirions tout l'oxygène disponible dans la pièce. L'essoufflement, la sueur, la salive, le claquement de nos corps se heurtant l'un l'autre. Nos ombres dansaient sur les murs en suivant les ébats, emplissaient l'espace de leur tempo soudain ralenti, chaque image défilant de plus en plus lentement jusqu'à former des tableaux abstraits, des fresques déformées par les angles des murs, puis accéléraient de plus belle dans une frénésie harmonieuse. Avec son bassin, elle opérait de petits mouvements circulaires, presque imperceptibles, qui me faisaient perdre la tête. J'avais les deux mains sur ses seins magnifiques quand elle a été secouée par un orgasme d'une intensité anormale, le corps arqué dans un puissant soubresaut, et je l'ai rejointe dans ces hauteurs en propulsant plusieurs giclées de sperme dans le creux de ses reins.

Les nuits de tempête se succédaient ainsi. Nous nous assoupissions quelques heures et au matin n'éprouvions qu'un seul et même désir, comme de jeunes amoureux insatiables. Elle tortillait son corps nu contre le mien et faisait revivre mon sexe entre ses mains délicates. Elle grimpait sur moi, fermait ses yeux, sentait mes doigts précis comme des touches d'escrime et s'abandonnait au ravissement jusqu'à ce qu'elle jouisse à nouveau, les cheveux défaits et l'air heureux. Pourtant, si le calme était revenu à l'extérieur, si le bruit des déneigeuses avait remplacé celui de la poudrerie, elle s'empressait d'enfiler ses sous-vêtements et de remettre sa jupe. J'essayais de la retenir, je lui enjoignais de rester une heure de plus, lui affirmant que je préparais l'un des meilleurs cafés au lait en ville, mais elle invoquait toutes sortes d'excuses pour s'en aller et me laissait l'admirant dans le cadre de la porte d'entrée.

Sophie voit-elle d'autres hommes ? Dissimule-t-elle notre relation à un mari jaloux et colérique ? Doit-elle inventer des mensonges pour justifier les escapades qui ponctuent sa vie secrète ? Une telle chose est fort probable. Nous évitons ces sujets. Lorsqu'elle vient dormir sous mon toit, les soirs de tempête, nous parlons d'autre chose. Elle entre d'abord dans l'appartement, retire ses bottines et me monte l'instant d'après, dans une transition brutale, mais raffinée, un mouvement fluide qui ne me laisse qu'à peine le temps de bander avant qu'elle ne s'empale sur moi. Nous nous enivrons de vins et d'alcools forts, goûtons l'aurore des corps à corps et le fourmillement des fins du monde silencieuses. Elle s'assoit sur mon visage et me barbouille de sa mouille marine, radieuse, sans arrière-pensée, ensoleillée au cœur de la nuit chavirante. Elle me chevauche longuement, infatigable, je sens sa peau se tendre et la laisse gémir et hurler de joie pure jusqu'à ce que les voisins exaspérés frappent contre les murs ou qu'une voiture de police apparaisse à la fenêtre.

Une fois, lors d'une tempête qui a duré plus de quarante-huit heures, alors que nous venions de nous envoyer en l'air à trois reprises, elle a sorti de son sac à main quatre lanières de cuir longues d'environ trente centimètres. Le regard à la fois candide et pervers, elle m'a ligoté aux barreaux du lit en m'indiquant que je n'avais pas à m'en faire, qu'elle s'occupait de tout. D'abord intrigué, puis amusé par ce jeu, j'ai rapidement compris le caractère pernicieux de l'activité. Toutes les dix minutes, elle venait prendre un peu de plaisir, me maniait, me dirigeait, me taquinait avec sa langue en ignorant mes suppliques pour recouvrer ma liberté, pour répliquer à ses caresses et la culbuter derechef. Elle m'incendiait les reins pour mieux suspendre toute action l'instant d'après, me contraignant à une attente immobile jusqu'à ce qu'elle daigne me prodiguer quelques nouvelles et délicieuses attentions. Sophie débarquait comme ça dans mon appartement, conquérante, ensorceleuse, souveraine, imprévisible, elle faisait de moi ce qu'elle voulait, et je dois admettre avec le recul que j'aimais beaucoup cette prise de contrôle.

Pieds et poings liés, je sentais le désir me gagner, inassouvissable, une tension débordante prendre naissance dans mon ventre et me tirailler les organes. Elle m'embrassait, m'enfiévrait, me giflait, me griffait, m'allumait avec un art consommé de la sensualité, ses courbes effleurant mon corps galvanisé et me rappelant chaque seconde la cruelle impuissance à laquelle j'étais réduit. Sophie m'amenait au bord de l'éruption, toute la gomme s'agglutinait à l'embouchure, prête à investir la fissure qui provoquerait le raz-de-marée, prête à déferler en larges torrents, et d'un seul geste, d'un geste qu'en vérité elle s'abstenait de faire, d'un geste qui restait longtemps au-dessus de nous, flottant sans retomber, à la recherche de son destin, elle désamorçait l'engin explosif. Un brouillard blanc me voilait les yeux. La détonation n'aurait pas lieu, pas cette fois, attendons encore un peu.

La base de lit grinçait par intermittence. Après deux heures d'une telle torture pas trop désagréable, je gigotais sur la couette froissée, faisais jouer les nœuds à mes poignets pour permettre au sang d'affluer jusqu'au bout de mes doigts engourdis. Mes couilles devenaient de plus en plus sensibles et commençaient à élancer, comme si on les pressait avec une paire de pinces. Dans sa nudité flamboyante, Sophie franchissait le couloir pour revenir s'étendre lascivement à mes côtés et me prendre en elle, féline, toujours imaginative, un glaçon entre les dents, m'enduisant le torse de miel ou de champagne qu'elle léchait ensuite avec application. Les sens exacerbés, tenus sans relâche en alerte, je ressentais de manière aiguë la douceur de sa langue sur ma peau et le contact de ses mamelons se déplaçant contre mes flancs.

Au bout de trois heures, mes membres ankylosés envoyaient des décharges et des picotements qui me parcouraient l'épiderme comme des milliers d'aiguilles. Mon sexe, trop longtemps maintenu en érection, s'était replié dans un état semi-ferme contre ma cuisse, tandis que mes testicules chargés à bloc me donnaient l'impression d'être aussi durs et encombrants que deux balles de golf entre mes jambes. J'endurais maintenant cette douleur qui exigerait une éjaculation méticuleuse, une opération soignée visant à faire surgir sans rudesse la semence contenue. Sophie m'a regardé avec tendresse et son sourire a déclaré la fin des hostilités. Elle m'a embrassé de la plus savoureuse des façons et, penchée sur moi, m'a soulagé avec ses mains en me parlant d'un voyage en Asie du Sud-Est qu'elle avait fait l'été dernier.

Désormais, lorsque j'entends des coups frappés à ma porte au milieu de la nuit, je n'éprouve plus la moindre méfiance. Si la grêle et le vent font rage à l'extérieur, je sais qu'il s'agit de Sophie et que sa présence à mes côtés est une promesse de félicité inépuisable pour les heures à venir.

Bientôt, le printemps arrivera. Un matin, au réveil, la ville se parfumera d'une odeur de terre fraîchement dégelée, les merles chanteront en se croisant dans le ciel sans nuage et le soleil dardera ses rayons sur les quartiers humides. Je sortirai sur le porche en m'étirant, clignant des yeux sous la lumière étincelante, et j'aurai alors une pensée pour Sophie. Je songerai à son manteau rouge et à sa lingerie fine, à son charmant visage en train de jouir et à mon doigt dans son cul étroit. Je me demanderai ce qu'il adviendra de nous deux d'ici à la prochaine tempête. Sophie reviendra-t-elle l'hiver prochain ? Sera-t-elle fidèle à nos rendez-vous climatiques ? Entendrai-je jamais la suite du récit de ses voyages en Orient ? Je désespérerai à l'idée de traverser trois saisons entières sans la revoir, sans revivre avec elle ces transports passionnés qu'elle m'avait fait goûter. En observant les bourgeons éclore dans les arbres de la ville, j'irai même jusqu'à douter de la réalité de son existence et à croire que j'avais tout imaginé.

Puis, un soir de mai calme et limpide, il sera vingt-deux heures quinze, j'entendrai une série de coups frappés contre le battant. Mon cœur s'emballera, mes mains deviendront moites. Et à ce moment, je n'aurai plus peur de rien.

Marie Hélène Poitras

Chasseurs sauteurs

C'était une écurie de femmes, de juments et de cavalières.

Elle avait été construite quelques années auparavant avec un magnifique parcours à l'avant et une petite colline de verdure coiffée d'un vertical au sommet. Les épreuves chasseur-sauteur constituaient le programme de l'endroit, le saut d'obstacles était la discipline enseignée. On pouvait y suivre des leçons d'équitation de haut niveau avec un instructeur certifié, y loger sa monture, mener une saison de compétition ou partager une demi-pension. Il y avait une petite boutique d'équipement et de vêtements de provenance finlandaise adjacente à la sellerie. L'écurie était si bien tenue que madame Lanois, la propriétaire, déambulait dans l'allée en talons hauts. Les chevaux d'école étaient athlétiques et vigoureux. Ça me semblait être l'endroit idéal pour recommencer à monter après quelques années d'abstinence.

Nous étions trois cavalières inscrites à la remise en selle.

Trois femmes dans la fleur de l'âge.

Et un professeur français qu'à la première leçon je confondis avec le palefrenier ou le garçon d'écurie, car il était occupé à nettoyer un box. J'avais présumé qu'une femme nous enseignerait. C'est peut-être cette première vision peu flatteuse de lui remuant de la merde, amassant du crottin et de la paille souillée avec une fourche qui a fait que j'ai mis du temps avant de remarquer sa blondeur éclatante, sa carrure d'épaules et la fesse au centre de son menton. Pourtant tout ça crevait les yeux.

Les deux autres cavalières, elles, l'avaient vu tout de suite.

J'étais, de toute façon, préoccupée par ce qui se passait entre mes cuisses. Le professeur m'avait d'abord fait monter un cheval calme, court sur pattes, plutôt lent, pas assez compliqué, trop peu nerveux. Une monture qui ne me convenait pas, je m'en sentis presque insultée et le lui fis savoir assez sèchement. Il avait mon âge et je ne l'avais jamais vu monter ; il n'avait pas encore prouvé sa valeur à mes yeux.

À la deuxième leçon, il corrigea le tir : « Tu prends Majesté. » Jeune jument vibrante avec beaucoup de tempérament, du sang et une belle impulsion, mauvais caractère par contre. Et un rien l'effrayait : chien pissant sur un arbre, gourde déposée près d'un obstacle, courants d'air. Elle galopait rapidement, tournait abruptement, se cabrait quand je tentais d'ajuster son tempo. Elle avait de superbes allures qui compensaient sa mauvaise technique à l'obstacle, était confortable malgré son dos droit de Quarter horse mêlé à du sang arabe, une alliance rare qui lui donnait ce joli nez rose retroussé, ce port d'encolure altier et ces hautes pattes ornées de *markings* blancs.

Les deux autres cavalières avaient hérité de montures moins accaparantes, ce qui leur laissait le champ libre pour minauder avec notre professeur et l'éclairer sur l'usage d'expressions québécoises à connotation lubrique du genre « être fine, fine, fine » et « avoir de la mine dans le crayon ». J'avais honte d'elles. Monter à cheval est pour moi un sport subtil et un art, un enchaînement de gestes gracieux et complexes qui exigent toute l'attention du cavalier et l'élèvent, une pratique noble qu'on n'a pas assez d'une vie pour maîtriser. Je veux être capable de monter tous les chevaux du monde. J'avais été, par le passé, une cavalière totalitaire et impassible; j'avais l'intention de le redevenir. Voilà que j'étais prise entre deux femmes qui nivelaient mon sport par le bas et montaient avec beaucoup plus de facilité que moi au final. Elles étaient belles à cheval, alors que je grinçais des dents en essayant de comprendre ce qui se passait sous mes fesses.

Après la leçon, j'étais partie sans saluer personne, ni humain ni cheval, ma selle sur le plat du bras en faisant claquer mes talons de bottes de cavalière dans l'allée, idem pour la portière de ma voiture. Dans le rétroviseur, je les vis rire ensemble tous les trois, surtout les filles, qui fumaient en rougissant. Tout ça allait finir en *trip* à trois sur une botte de foin : vulgairement. C'est ce que j'ai pensé.

Monter à cheval exacerbe les émotions ; je n'ai jamais su pourquoi, c'est ainsi. C'est peut-être le danger, la proximité des animaux, tout ce mouvement et cette agitation qui naissent dans l'entrejambe. En compagnie des chevaux, le désir est aiguisé et les émotions affleurent.

Dans mon passé de cavalière, les professeurs d'équitation avaient été intransigeants, autoritaires, parfois terrorisants. Tant que je n'aurais pas vu celui-ci à cheval, j'aurais du mal à me faire une idée de sa compétence. Il était pour le moment un bellâtre qui nettoyait les box en attendant les cavalières qui s'offraient à son regard en accentuant la chute de leurs reins une fois en selle.

J'arrivais toujours la première à l'écurie pour la leçon.

Au troisième cours, le professeur me demanda si j'avais aimé monter Majesté. Je répondis la vérité : que je la trouvais dangereuse, mais attirante, que je n'avais pas encore regagné tous mes réflexes de cavalière, que je ne parvenais pas toujours à anticiper ses réactions, que cela m'excitait et m'effrayait en même temps et que pour cette raison je souhaitais la ravoir. « Bien, dit-il. Personne ne veut la monter, alors si tu l'aimes, prends-la. »

C'est à ce moment que je remarquai la ligne parfaite de son menton et quelque chose de très français dans le soulèvement de sa lèvre inférieure. Je m'arrêtai un instant, comme transportée par cette vision. «Tu préfères monter un autre cheval?» Non, surtout pas. Je voulais Majesté pour ressentir à nouveau le mouvement chaloupé de son galop – très près de l'acte sexuel sur certains chevaux. Tous les cavaliers le savent, le sentent et l'apprécient même s'ils n'en parlent jamais, ni entre eux, ni aux autres.

C'est lors de cette troisième leçon que j'ai fait une chute en avisant le quatrième obstacle d'un petit parcours. Mon tracé n'était pas tout à fait le bon, mon étrier droit était mal chaussé, j'ai hésité, la jument l'a senti et elle a stoppé net devant la barre pendant que moi, je passais par-dessus. En atterrissant dans la boue, j'ai eu le souffle coupé. Piquée à vif dans mon orgueil. Je m'attendais à ce que le professeur vienne m'aider, à ce qu'il manifeste un peu de compassion, mais il restait assis sur un oxer à l'autre bout du parcours. J'avais constaté, déjà, son manque d'empathie au moment où l'une des cavalières s'était fait écraser le pied par un sabot alors qu'elle sellait sa monture, une maladresse de débutante. Elle avait dit «j'ai mal» et il avait répondu «ça se voit» avant de s'éclipser. Étrange. Il ne quittait pas l'obstacle sur lequel il était assis, pas même pour m'aider à remettre le pied à l'étrier. Mon pantalon était taché de boue et mon assurance fit soudain place à de nouvelles craintes. Et si ce cheval me menait à ma perte? Et si ce professeur n'était pas conscient du danger?

Alors qu'il s'avançait enfin vers moi, je réalisai que je ne connaissais pas son nom.

Au lieu de me demander si ça allait, il me gronda.

— C'était évident que t'allais tomber. Tu regardais l'obstacle au lieu de regarder ta direction. Redresse-toi, recule-moi ce dos et reviens sur cet oxer à la bonne allure.

— Toi d'abord. Je veux te voir le faire.

Je voulais le voir se débrouiller sur ce cheval dont nous savions tous les deux qu'il était difficile.

Mais, déjà, les cavaliers du cours suivant arrivaient dans le manège. Les cavalières, dis-je. Toutes bien mises. Tout sourire pour le professeur. Des débutantes mal assurées, les orteils ouverts, la jambe trop avancée, les mains hautes dans les airs, l'assiette molle ou raide. Aucune d'entre elles n'aurait su quoi faire de Majesté et, dans ma déconfiture, je m'enorgueillis de leur maladresse.

Avant de quitter l'enclos, j'ajoutai:

— Ton parcours était mal dessiné, le tournant est beaucoup trop serré pour une jument à la foulée aussi ample.

De retour à l'écurie, alors que je bouchonnais le flanc de ma jument à l'aide d'une brosse dure, je vis par la fenêtre qu'au milieu du manège où la leçon avait lieu, le professeur discutait avec la propriétaire. J'eus l'intuition qu'ils parlaient de moi, mais lorsque je monte à cheval, mon ego tend à se disproportionner. J'aime me voir monter. J'ai commencé jeune et ma position est parfaite, la ligne imaginaire qui relie la tempe, la hanche et le talon, bien droite, c'est l'une des rares choses de la vie que je sais faire. Peut-être que de défier l'autorité de l'instructeur était ici mal vu ? J'avais oublié ma cravache au milieu du manège. Je m'y rendis pour la récupérer. En faisant encore claquer mes talons dans l'allée. Les deux autres cavalières du cours étouffèrent un rire sur mon passage. Pouffiasses.

La propriétaire avait quitté l'enclos. J'en profitai pour foudroyer le professeur du regard. Lorsque je n'étais plus à cheval pour le toiser de haut, il s'avérait beaucoup plus grand que moi.

— Tu m'as déçu, dit-il.

— Quoi ?

— J'étais sûr que t'allais revenir sur l'obstacle. T'as fait exprès de laisser passer du temps. Je te croyais plus audacieuse.

Il semblait sérieux, cela me désarçonna. À ce moment, précisément, je reçus son charme d'un bloc en plein thorax.

— Je vais pas me briser le dos pour tes beaux yeux, figure-toi, dis-je en ramassant mon fouet.

Madame Lanois m'attendait aux portes de l'écurie. Elle m'apprit qu'un groupe de propriétaires s'était porté acquéreur d'un cheval d'une grande valeur, un jeune étalon Oldenburg, gagneur et très volontaire, mais encore vert, qu'il faudrait entraîner.

— Christophe a suggéré votre nom.

— Qui ?

— Christophe, l'instructeur. Il a dit que vous étiez l'une des cavalières les plus douées qu'il ait vues passer ici. Nous voulons savoir si vous êtes intéressée, si vous avez du temps pour cela. Il faudra venir trois ou quatre fois par semaine. Bien sûr, nous allons vous rémunérer pour ce travail. Vous allez l'entraîner à deux – Christophe va vous *coacher*. Vous savez qu'il a participé aux Olympiques de Londres et de Pékin, je ne vous apprends rien, je suppose ?

×××

L'étalon était logé tout au fond de l'écurie, de manière à ce qu'on n'ait pas à passer devant lui pour mener les juments au pâturage. Il avait hérité d'un nom ridicule qui dévoilait son pedigree : Convento Poulichon de Muze. Une giclée de son sperme valait deux mille cinq cents dollars ; on l'employait en reproduction et il avait déjà engendré une lignée prolifique de poulains parfaits. Héberger un étalon comme lui dans un centre d'entraînement est une affaire délicate. Aussi, dès que je mis les pieds dans l'écurie, je remarquai d'abord l'odeur changée du lieu puis le comportement des juments de l'aile ouest, toutes sur le qui-vive. Elles semblaient agitées et nerveuses, très attentives. Majesté se tenait les cuisses ouvertes,

la queue soulevée, dans une pose carrément obscène. En me voyant passer, elle coucha les oreilles
dans ses crins comme en présence d'une rivale.

Il y avait, devant le box de Convento Poulichon
de Muze, un rideau noir tiré pour dérober les
femelles à sa vue. Mais les odeurs chevalines du
désir étaient si marquées que le sens de la vue
devenait secondaire. Alors que j'approchais de
l'étalon, je l'entendis hennir doucement. Il faisait
les cent pas dans son box. À mesure que j'avançais
vers lui, son hennissement s'amplifia. Il m'avait
sans doute respirée aussitôt que j'étais entrée. Et
moi aussi je sentais son odeur, marécageuse et
rance. Une autre vérité que les cavaliers savent et
qu'ils n'ébruitent guère, c'est que dans la vie en
commun à l'écurie, hommes et chevaux, dans une
sorte de croisement des espèces, réagissent de
façon hormonale à la présence les uns des autres.
Je n'avais pas encore poussé le rideau pour voir ce
cheval que je commençais déjà à ressentir, dans le
creux de mon ventre, entre mes ovaires, l'envie
obsédante de le monter.

Il se mit à frapper la porte du box de ses sabots
antérieurs. Alors j'écartai le rideau d'un seul geste.
Il était bai cuivré, avait la crinière fine et sombre,
l'œil vif. Au moins dix-sept mains au garrot, le plus
grand cheval de l'écurie. Son poitrail m'apparut
d'abord surdéveloppé, mais sa cuisse forte compen-
sait l'avant-main, ses proportions étaient très joli-
ment calibrées : cet animal, dans sa magnificence,
était à lui seul un spectacle. Je posai la paume sur

le petit losange blanc qui décorait son chanfrein, là où, paraît-il, un coup de masse suffit à tuer un cheval et je le sentis s'appuyer dans ma main. Son ventre moite luisait dans la semi-pénombre du box, complètement aspergé de semence. Il était assujetti à ses pulsions, en souffrait.

Je ne prends pas en pitié les êtres de désir, ni ne materne les chevaux. Très peu pour moi, je laisse ça aux autres cavalières, à celles qui pratiquent l'équitation en attendant de faire des enfants. Cet étalon, je voulais le conquérir. Comme s'il s'était agi d'un homme.

«Il est électrique ce cheval», dit le professeur – Christophe – qui était juste là derrière moi. Dans cette écurie de femmes, de juments et de cavalières, il y avait deux spectaculaires pôles de masculinité et j'étais figée entre eux, comme pétrifiée. L'étalon s'impatienta, ce qui mit un terme, pour le moment, au triangle de désir qui s'organisait entre un homme, une femme et un cheval.

×✶×

Nous avions pris l'habitude de monter tôt, avant l'arrivée de madame Lanois et des propriétaires de chevaux, avant le premier cours d'équitation, quand l'écurie était déserte. Je n'avais jamais monté un cheval de cette envergure. Cet animal inexpérimenté comprenait tout, il fallait lui donner des indications précises et fines. Il avait de l'allant, de la volonté et beaucoup d'impulsion à l'obstacle bien que sa technique ne fut pas encore tout à fait au point. Christophe constata la force d'attraction qui nous liait, l'étalon et moi. Dès le départ il me colla un avertissement : « Ce cheval, nous allons l'entraîner à deux. Les jours où tu ne viens pas, c'est moi qui le monte. Il faudra que tu détaches ton attention de lui, que tu te concentres sur ce que je vais te dire. Tu vas devoir faire un effort sinon tu te retrouveras étendue dans le sable, comme avec Majesté. »

Je n'avais jamais eu avant lui d'instructeur français. Il n'employait pas le même vocabulaire que mes anciens entraîneurs. Par exemple, lorsqu'il disait « on va se faire une petite détente », il était question de commencer à travailler plus sérieusement après un réchauffement d'une vingtaine de minutes. Il tenait à ce qu'une partie de mon attention soit orientée vers sa voix. Il tenait à ce que nous montions l'étalon de la même manière, dans une rigueur accordée. « Ce cheval, nous allons l'aiguiser comme un couteau et le garder bien tranchant », disait-il.

En août, nous montions dès l'aube pour échapper à la chaleur caniculaire. Un matin, il y eut cette scène où ce que je faisais avec mes mains le dérangea.

— J'essaie de placer sa tête, dis-je. Je veux qu'il cède.

— Il y a une différence entre fermer les doigts et les bloquer. Toi tu bloques. C'est subtil, mais je le vois. Il enregistre ta commande comme de la sévérité à son endroit alors qu'il te donne déjà tout ce qu'il a. Approche.

Il tenait une partie des rênes dans sa main et tentait de me montrer la juste tension dans le mouvement de fermeture et d'ouverture des doigts. Je ne comprenais pas, dans son explication, où était la bouche du cheval. Il n'était pas un grand pédagogue, mais ce qu'il voulait me montrer semblait important. Il était six heures du matin, l'étalon écumait déjà, je n'avais pas eu le temps de déjeuner. J'avais lavé mon soutien-gorge sport la veille, il était encore humide et ça me déconcentrait.

Il me fit descendre. Je pensai : je vais enfin le voir à cheval. Il fit glisser les étriers le long de l'étrivière, desserra la sangle, retira la martingale de la muserolle, puis désella notre monture. Le cuir claquait dans la fine poussière de roche. Il me fit remonter – à cru. Il monta lui aussi, derrière moi, dans mon dos, et mit ses mains sur les miennes, plaça ses doigts autour des miens. De l'arrêt, nous nous engageâmes dans un petit galop rassemblé. Le torse plaqué contre moi, il m'enseigna la différence entre doigts fermés et bloqués. Nous respirions en même temps, bruyamment, nous transpirions, surtout aux points de contact entre nos corps. Je sentais son sexe dressé entre mes fesses. J'avais du mal à me concentrer, mais ce qu'il m'enseigna était très adroit. La voiture de madame Lanois arriva au loin. Il redescendit, quelque chose l'avait contrarié.

— Ce cheval est amoureux de toi. Il ne me propose pas la moitié de ce qu'il t'offre. Sache-le.

Une fois le cheval conquis, mon attention se réorienta vers toi.

Tu me tournas le dos et me laissas seule, juchée sur l'étalon amoureux.

Je fis très bonne figure devant la propriétaire. La nuance que tu venais de m'enseigner me permettait de mener Poulichon au doigt et à l'œil, de le monter par sentiment, vissée à lui comme un centaure.

De retour au box après l'entraînement, je le caressais tout en lorgnant vers toi par la fenêtre. Je te vis enseigner le trot enlevé aux cavalières néophytes. Tu n'étais pas très patient et tu avais l'air fatigué. De la paume gauche, je touchais l'encolure musculeuse de l'étalon. L'autre main glissa dans mon pantalon dégrafé pour s'enfouir creux entre mes cuisses, là où ma peau, à force de monter à cheval, s'était usée à vif. Me toucher ainsi me fit du mal et du bien en même temps.

Garder les yeux ouverts même pendant, en restant debout, pour pouvoir te regarder parce qu'en les fermant, c'est toi que j'aurais imaginé de toute façon.

Je jouis très rapidement, en silence, agrippant la crinière du cheval et je quittai l'écurie le teint empourpré sans te saluer.

Je voulais que tu me cherches, je voulais que tu me chasses.

Je revins tôt le lendemain alors que ce n'était pas mon jour d'entraînement. Tu étais déjà à cheval. Tu portais un pantalon d'équitation et des *chaps* ibériques, tu avais une classe folle, celle que les hommes ne peuvent avoir qu'à cheval. Tu montais sans bombe. Tes cheveux blonds dans le vent. Je fis mine de m'être trompée de jour, puis j'admis que j'étais venue ici pour te voir l'entraîner. Craignant que tu détectes le désir dans mon regard, je t'envisageai de biais.

Mais tu fis pivoter l'étalon pour être face à moi.

— Tu veux que je monte pour toi?

— Oui, dis-je. C'est ce que je souhaite.

— D'accord, alors tu peux aller t'asseoir dans le kiosque des jurys. Programme vingt minutes au compteur.

À l'autre bout du manège, dans la cabine destinée au jury lors des compétitions, il y avait trois fauteuils, une table en acajou, des trophées sur une tablette, un bugle au mur et la console du tableau électronique pour communiquer les résultats, calculer les fautes, les points et le temps. C'était la première fois que j'osais y entrer. Je m'installai pendant que tu atteignais l'autre extrémité.

De là où tu étais jusqu'à la cabine des juges, un couple cavalier-cheval mettait environ deux minutes au galop.

Tu le fis pour moi en vingt minutes compressées dans un galop continu très impulsif, en maintenant presque l'étalon sur place. Je vis tout de suite qu'il obéissait à ta main, à ta jambe enserrée contre son flanc, à ton assiette stable. Ce cheval qui voulait me charmer en me donnant d'emblée ce que je ne savais même pas lui demander se soumettait à ton savoir-faire, t'obéissait. Nous ne le montions pas de la même manière. De loin, mon attention se porta sur l'étalon et sur cet allant survolté qui était le sien. Ses naseaux frémissaient, ses sabots ne se posaient que très brièvement au sol au troisième temps de l'allure comme si le sable chauffait ses fers. C'était si beau de le voir qu'assise à la place des juges, je versai une larme dès la quatrième minute.

À mi-chemin, je constatai que la bouche de l'étalon était mouillée d'écume. Tu montais pour moi tel que tu me l'avais annoncé. J'arrivais à souder mon regard au tien. Ta monture magnétique recherchait mon attention : nous avions tous les trois des âmes ardentes et de la chaleur dans le sang. Vous rampiez jusqu'à moi pour déposer en offrande à mes pieds votre talent et votre vitalité, mais ce n'était plus au cheval que j'accordais mon attention. Tu ne t'inclinais pas devant ma nature brusque et impolie ; tu désirais approcher mon animalité. Nous étions tous les trois esclaves de nos pulsions en cette petite aube tendue.

À la seizième minute, je commençai à me dévêtir.

J'étais assise sur la chaise du juge lorsque l'étalon parvint à destination à la vingtième minute précisément. Tu n'aimais pas que l'on te donne des ordres, alors je fis exprès d'utiliser l'impératif pour te dicter d'aller attacher l'étalon à la clôture avant de venir me rejoindre dans la cabine où je t'attendais nue, les jambes croisées pour le moment.

Je t'aidai à te déshabiller, me penchai à tes pieds pour détacher les ganses de tes jambières de cuir. La couture de ton pantalon ajusté avait tracé sur ta peau une ligne qui allait jusqu'à la fesse en striant l'intérieur du genou. Je la suivis du doigt en remontant vers ton ventre.

J'eus le réflexe de grimper sur toi, puis je te laissai le faire. Dans l'acte d'amour, je redevenais la femelle que j'étais. Je ne me souviens plus si nous nous sommes embrassés avant ou après que tu me pénètres. Sur la table en acajou des jurys de concours chasseurs-sauteurs que nous allions remporter l'été suivant avec l'étalon : c'est là que nous nous sommes effondrés l'un sur l'autre.

Du pied, je heurtai sans le vouloir la rangée des trophées. Nous vîmes celui du bout choir par terre, la tête du cavalier se détacher du corps et rouler sous la table. Et c'est à ce moment que nous avons éclaté de rire. D'un rire franc et candide, à des lieues de nos luttes de pouvoir. Mais l'accalmie fut brève, j'en profitai pour tirer sur tes cheveux et mener ta bouche jusqu'à mon sexe. Je n'étais pas du genre à m'accommoder d'un coït sans orgasme, et ça passait par là. Ensuite je te monterais à mon tour.

Rire, jouir, se retenir de pleurer. Ce fut comme une libération.

Car trop de désir contenu blesse l'aine à la longue.

En sortant de la cabine des juges, nous avons constaté la disparition de l'étalon, qui s'était échappé vers les bois en arrachant la porte de l'enclos. Le soleil était déjà haut dans le ciel ; nous étions un peu désemparés. La piste de Poulichon dans l'herbe fraîche de rosée menait à la frontière du territoire où nous n'étions jamais allés.

Pour s'y rendre, il fallait d'abord traverser le champ de maïs, haut et doré en août. De la couleur de tes cheveux. On savait bien qu'on allait finir par retrouver ce cheval, mais nous étions inquiets à l'idée qu'il s'entaille une patte sur un piège. Nos bottes graissées de cavaliers dans la boue sèche, je marchais beaucoup moins vite que toi. Plutôt que de ralentir la cadence, tu m'enjoignis de me hâter. Ce serait toujours comme ça entre nous : se donner des ordres, se dicter une cadence, se dire de ralentir ou d'accélérer, tant à cheval qu'à pied. Tu étais l'une des rares personnes devant qui j'acceptais de m'incliner. On s'aimerait comme s'aiment les cavaliers : de manière détachée en société, puis dans une intimité débridée.

En repensant au trophée du cavalier sans tête, un fou rire complice nous unit à nouveau.

— De toute façon, c'est probablement un de nous deux qui va le gagner.

— Ouais, ajoutai-je. Si on retrouve l'étalon.

Nous étions fiers et exclusifs, un peu hautains : désagréables.

Ce minuscule boisé au bout du champ excitait l'Européen en toi. Tu avais parlé de «petite forêt laurentienne» et je m'étais payé ta jolie tête. N'empêche que tu avais raison quand tu disais qu'on devrait venir ici à cheval. Des gens faisaient du ski de fond en hiver et la piste était toute tracée.

Le boisé était beaucoup plus humide que le champ au grand air. Les arbres étaient à leur plus touffu, à leur plus vert. À travers leur feuillage, on pouvait voir le ciel. Poulichon ne devait pas être bien loin puisqu'on apercevait l'empreinte fraîche de ses fers dans la terre moite. La flore autour de nous était fertile et vive. La mousse donnait envie de s'allonger par terre, dans l'humus. Soudain, j'aperçus la marque de sabots de biche au sol. Nous suivîmes sa trace pendant un petit moment, sans savoir où elle nous mènerait.

Tu soutenais que l'étalon avait voulu aller la rejoindre.

Je prétendais que c'est elle qui avait cherché à s'approcher de lui.

Et alors, la biche surgit.

Roxanne Bouchard

Un moment d'égarement

4 mai 2011

Mon chéri,

Depuis notre mariage, je me suis efforcée d'être, dans tous les domaines, une épouse et une mère irréprochables. Mais, au cours des derniers mois, j'ai poursuivi un objectif personnel dont l'atteinte a malheureusement eu un effet pervers inattendu.

Je t'écris cette lettre parce que j'ai un aveu à te faire.

L'hiver dernier, vois-tu, Suzie m'a fait remarquer que je prenais du retard dans mon cycle de vie numérologique. C'était en janvier. Nous avions terminé nos exercices de tantra yoga en duo et c'était l'heure des bilans. Carrément, elle m'a dit ceci :

« Vous vous entêtez à demeurer en année quatre ! Pourtant, que nous disent vos méridiens énergétiques ? Synchronicité ! Rien ne vous empêche plus d'aller de l'avant, Judith ! »

Depuis quelque temps, nos rencontres avaient pris une tournure plus intime. Je sais que tu n'aimes pas beaucoup que je te parle de mes thérapies, mais je tiens à te décrire les événements tels qu'ils se sont produits, pour bien te mettre en contexte.

Au cours de l'année quatre, Suzie m'avait amenée à consolider ma souplesse mentale et corporelle à travers diverses postures de yoga. Au début, ça m'avait un peu gênée, parce que son corps et son esprit sont beaucoup plus ouverts que les miens, mais c'est une experte et sa façon de masser mes muscles récalcitrants m'avait fait relâcher beaucoup de vieilles tensions. Aussi, j'avais l'impression d'avoir bien évolué.

« Que nous démontre, encore aujourd'hui, la posture de votre bassin ? Une Judith intérieure, refoulée, qui hurle son besoin de… ?

— … d'aller au bout de sa liberté ? »

Elle a hoché la tête avec compassion.

« Cette liberté, Judith, comment s'acquiert-elle ? Dans l'harmonie des sept chakras. L'énergie doit circuler librement depuis le chakra muladhara, situé à la base. »

Elle a posé une main entre ses jambes, sur son cuissard noir.

« … jusqu'au chakra sahasrara, au sommet du crâne. »

Elle a glissé son autre main sur sa tête et a inspiré avec force.

« Nous avons, grâce aux exercices des dernières semaines, libéré les canaux circulatoires entre divers chakras, mais...

— Ce n'est pas suffisant ?

— Si vous souhaitez poursuivre cette thérapie, nous devons impérativement explorer le chakra sacré. »

J'ai acquiescé pendant qu'elle replaçait élégamment ses mains baguées sur les accoudoirs de sa chaise. Pour traverser ma crise de la cinquantaine, ma coach de vie m'avait fait plus de bien que les touchers transcendantaux, l'hypnose moléculaire et le *rebirth* du foie.

« Maintenant dites-moi : comment ça se passe, avec Charles ?

— Avec Charles ? Comme d'habitude...

— Judith, Judith, Judith ! Vous tentez d'éviter la réponse. C'est un signe de quoi ?

— Du braquage qui recommence ? »

Elle a souri, patiente.

« Le sacrum est, comme son nom l'indique, le siège du sacré lié à la sexualité.

— Je l'ignorais. »

Elle a eu un regard sincèrement compatissant.

« Dois-je comprendre que Charles ne vous sodomise plus ? »

J'ai rougi violemment.

« Il ne m'a jamais...

— Jamais ? Vous n'êtes pas sérieuse ? »

J'ai eu envie de pleurer. Elle s'est levée et est venue s'asseoir près de moi, sur le canapé. Elle a passé son bras nu autour de mes épaules. Nous portions encore nos kits de tantra yoga : cuissards et camisoles moulantes, mais ça ne me gênait pas qu'elle me touche, car Suzie a une approche très humaine, voire réconfortante.

« Aurions-nous identifié un blocage, Judith ? »

J'ai hoché la tête.

« Mon mari est plutôt conservateur...

— Je comprends. Mais la libération du sacrum est essentielle à l'harmonisation des chakras. C'est en transcendant le corps que vous arriverez à la fluidité énergétique et à l'accomplissement du cycle cinq...

— Jamais il n'acceptera de... »

Elle a eu l'air navré. Le cœur me débattait dans la poitrine. Elle a posé son autre main sur mon cuissard de yoga.

« Judith, Judith, Judith ! Il y a sûrement une autre solution, plus... proche de vous ? »

Soudain, j'ai eu une sorte d'illumination. Je me suis tournée vers elle.

« Vous, Suzie...

— Moi ? Je n'y avais pas songé, mais... »

Elle a hésité, puis a semblé prendre une décision difficile.

« D'accord. Mais je le ferai uniquement parce que je crois beaucoup en votre potentiel ! Je ne voudrais pas que vous pensiez que je suis lesbienne ou que...

— Je n'oserais jamais penser une telle obscénité ! Vous êtes tellement dans les énergies supérieures ! »

Elle a acquiescé.

« Évidemment, je vais devoir vous charger un léger supplément parce que ces exercices dépasseront le cadre traditionnel de nos rencontres.

— Évidemment.

— Parfait. »

Elle s'est levée. J'ai jeté un œil à ma montre ; l'heure était écoulée. Je suis allée me changer, puis l'ai rejointe dans l'entrée.

« La semaine prochaine, vous viendrez dîner ici. Nous allons commencer par des manœuvres simples favorisant la détente et l'ouverture. Enfilez une jupe, je vous ferai un cunnilingus. »

Elle a pris mon manteau, me l'a tendu.

« Un quoi ? »

Avec beaucoup d'empathie, elle m'a regardée dans les yeux.

« La semaine prochaine, Judith, je vais vous manger la chatte... »

Étant donné que c'est toi qui finances ma thérapie, j'ai cru qu'il était de mon devoir, ce soir-là, de te parler de cette nouvelle phase qui s'amorçait. Après le souper, donc, je t'en ai rapidement glissé un mot et, comme toujours, tu as réagi avec compréhension et générosité. Tu venais de t'asseoir au salon, la télécommande à la main, quand je t'ai abordé.

«J'ai vu Suzie, ma coach de vie, aujourd'hui...

— Comme chaque lundi... »

Tu as allumé le téléviseur.

«Oui. On a fait le point sur ma numérologie, et j'ai pris du retard sur mon cycle cinq.

— Ah. »

Tu as changé de chaîne.

«Elle dit que je dois impérativement libérer mon chakra du sacrum...

— Hmm, hmm... »

Tu as monté le volume de la télé. J'ai dû hausser la voix.

«Je t'en parle parce que les prochains rendez-vous vont coûter un peu plus cher...

— C'est OK, Jude.

— ... parce que les exercices sont plus complexes qu'avant.

— Je t'ai dit que c'était OK.

— On va commencer lundi prochain ; elle va me manger... »

Tu t'es tourné vers moi.

«Jude ! Est-ce que je te casse les oreilles avec les élections qui s'en viennent, moi ? Non. Si t'as envie de cuisiner du chakra avec Suzie, fais-le ! Les histoires de bouffe, de cuisine, de mangeaille, c'est des affaires de femmes, ça ! Je t'ai dit oui, alors profites-en ! Maintenant, tu es gentille et tu me laisses écouter les nouvelles. »

Je suis allée faire la vaisselle.

Quelque part, ça m'aurait presque soulagée que tu me dises d'arrêter cette thérapie parce que, même si je comprenais qu'il fallait passer par là pour harmoniser mon énergie, j'étais inquiète. Je n'avais jamais imaginé ça, moi, de me faire manger la chatte. Ça ne me semblait pas très... hygiénique. En sortant de la douche, ce soir-là, j'ai donc glissé ma main sur ma fente et je l'ai sentie. Ça sentait bon le savon à la lavande et aux nutriments. J'ai essayé d'imiter, avec mes doigts en pince, le geste d'une bouche qui mâche un pain sans gluten, par exemple, mais ça ne m'a rien fait.

Ce qui m'a frappée, en arrivant chez Suzie le lundi suivant, ç'a été son élégance. Au cours des derniers mois, j'avais pris l'habitude de la voir en vêtements de yoga, aussi ai-je été surprise en entrant. Elle portait une robe moulante kaki en tissu souple et des talons hauts, et avait détaché ses cheveux.

«Vous êtes chic...

— Collaborer à votre mieux-être, Judith, c'est une fête, pour moi. Parce que l'équilibre chakral, c'est la libération du moi profond!»

Elle m'a entraînée vers la salle à manger et m'a tendu un verre de vin, mais j'ai hésité.

«On est lundi...

— Judith, Judith, Judith! Je fais ça pour vous aider!»

J'ai accepté le verre et me suis détendue. Sur la nappe rouge feu, elle avait posé un service de porcelaine blanc. Elle avait préparé un couscous aux merguez. Elle a mangé vite. Un bel entrain thérapeutique l'animait, elle avait des gestes caressants qui m'apaisaient. Elle nous enivrait doucement.

Quand je me suis levée pour desservir, elle a commencé ma nouvelle thérapie. Si tu savais à quel point je l'ai trouvée professionnelle! Elle s'est déplacée, toujours assise, derrière moi. J'étais debout, un peu coincée entre elle et la table.

«Détendez-vous, Judith. Pour commencer, je vais sortir votre blouse de votre jupe et on va libérer le chakra anahata.»

Elle a fouillé sous ma blouse, a dégrafé mon soutien-gorge, puis s'est mise à me masser les seins.

«Respirez dans le chakra. Laissez les sensations vous envahir... Aimez-vous ça, vous faire toucher les seins, Judith?»

Je ne savais pas quoi répondre. Est-ce que j'aimais ça? Toi, quand tu relèves ma jaquette, pour le devoir matrimonial, tu ne vas jamais jusque-là. La seule personne qui me tâte les seins, c'est le docteur Belzile, pour le cancer. Je n'avais jamais pensé à aimer ça...

«Moi, ça me plaît! C'est l'acceptation de soi dans toute sa féminité.»

J'aurais voulu les lui masser aussi, par politesse, mais j'étais de dos. Je me suis aperçue que mes seins s'étaient durcis, comme quand il fait froid. Ils étaient raides et j'ai eu un frisson sous ma jupe, en haut des cuisses.

« Qu'est-ce que j'ai senti là, Judith ? Un émoi tantrique ! Vous êtes vraiment douée !

— Vous... trouvez ?

— Vous progressez rapidement ! Passons aux exercices de souplesse. Penchez-vous vers l'avant. »

J'ai voulu ranger les assiettes de porcelaine, mais elle m'a poussée un peu brusquement.

« Allez ! Penchez-vous ! »

Je me suis retrouvée avec le ventre dans le restant de couscous merguez. C'était tiède et confortable, mais je pensais surtout que je ne saurais pas comment expliquer ça au nettoyeur : « C'est ma thérapeute qui, pour me libérer le chakra du sacrum, m'a trempé le bas du ventre dans la merguez... »

Pendant ce temps-là, elle avait efficacement relevé ma jupe et descendu mon collant.

« C'est bien ce que je pensais : vous avez le sacrum tendu, Judith ! »

J'étais morte de honte.

« Ce n'est pas grave. On va y arriver. Cambrez-vous, maintenant, et remontez vos fesses vers le haut. »

D'où j'étais, je voyais la salière en verre sur le bord de la table et, comme j'avais peur qu'elle tombe, j'ai étiré la main pour l'attraper.

« Judith, Judith, Judith ! Vous n'êtes pas concentrée du tout ! Fermez les yeux, pensez à rien, libérez votre esprit et remontez votre cul ! »

J'ai fait mon possible.

« Bien. Écartez les jambes... Avec mon doigt, je trace des zigzags d'énergie montant et descendant le long de votre fente… On va appeler ça votre "fente", d'accord? Ah! je vois que vous mouillez, Judith. C'est bon… On va pouvoir progresser. Je vais reculer ma chaise et m'agenouiller par terre pour vous lécher le cul…»

Dit comme ça, ç'a l'air vulgaire, mais c'était sincèrement thérapeutique. Elle m'a léchée d'en arrière jusqu'en avant et, arrivée là, elle s'est mise à aspirer mon énergie chakrale vers sa bouche. Là, j'ai compris pourquoi ma main ne m'avait pas fait effet; avec mes doigts, je ne pouvais pas créer de succion. De temps en temps, elle s'arrêtait pour me donner des consignes.

«Ouvrez votre gorge, Judith… Allez-y: je veux vous entendre soupirer de grands "ah…" libérateurs.

— Ah…

— Plus fort!

— Ah… Aahh… Aaaahhhh…

— Libérez votre énergie!»

Elle m'a aspirée à si grands coups que mon corps a été secoué de vibrations électriques et, sans trop comprendre ce qui se passait, j'ai échappé un petit cri étonné.

«Quand je vais vous sodomiser, Judith, vous allez capoter!»

La tête contre le panier à pain, j'ai opiné du bonnet.

Suzie se redressait.

« En attendant, je vais vous montrer à quoi vous devez arriver, en terme de libération énergétique !... »

Elle m'a attrapée, non sans brusquerie, m'a assise de force sur une chaise, a remonté le bas de sa robe, et s'est assise à califourchon sur ma cuisse. Elle ne portait pas de sous-vêtement. Elle a frotté son entrejambe contre ma cuisse. En quelques instants, elle est parvenue, même avec le chakra manipura collé dans ma blouse tachée de cous-cous merguez, à canaliser une telle énergie que tout son corps s'est cambré par derrière. Le chakra ajna du troisième œil tourné vers le ciel, elle a hurlé un grand cri qui l'a fait vibrer tout entière avec une puissance extatique que je n'aurais jamais cru possible.

C'est là que j'ai vu à quel point elle avait raison : mon sacrum était complètement congestionné !

Au cours des semaines qui ont suivi, nous avons continué les exercices. Suzie m'a surtout appris à aspirer son énergie ; elle disait qu'en la regardant décharger librement, j'en viendrais, par mimétisme, à pouvoir en faire autant. Au bout de quelques séances, elle a apporté un vibromasseur. Quand je le lui ai enfilé !... Tu aurais dû voir ça ! Le vibrateur a décuplé son énergie à tel point que j'ai cru, un instant, qu'elle souffrait d'épilepsie ! Mais non : elle atteignait, m'a-t-elle expliqué ensuite, le nirvana !

C'est là que quelque chose de malsain s'est développé en moi : une sorte de jalousie est née à la vue de cet épanouissement corporel et mental. Si Suzie trouvait l'accomplissement nirvanique grâce à son vibrateur, pourquoi ne l'avais-je pas trouvé, moi, avec le sexe de mon mari ? La réponse semblait évidente : parce que jamais tu ne t'es soucié de mes chakras ! Lors de notre nuit de noces, tu m'as expliqué très clairement qu'il était hors de question que je réduise nos accouplements conjugaux, dont la sublime mission est d'assurer une progéniture digne de ta lignée, à de la bassesse porcine en couinant comme une truie.

Toi-même, tu as toujours associé nos ébats à une noble cause et, chaque fois que nous copulons, tu connais la raison pour laquelle nous le faisons. Jeune marié, tu te couchais sur moi, me prenais et te retirais en disant : « C'est pour la famille. » Je trouvais ça émouvant. Après la naissance des jumeaux, tu as longtemps dit : « C'est pour la patrie ! » ou « Pour le Canada uni ! » et je trouvais que c'était sage. Après, il y a eu glissement de sens et, quand, mensuellement, tu me montes encore, après toutes ces années, tu as immanquablement une raison : « C'est pour le nouveau gouvernement ! » Une fois, j'ai même cru entendre : « Pour le dépôt du budget. »

J'ai toujours trouvé ça très responsable de ta part. Mais ce jour-là, je me suis dit que nos copulations pourraient prendre un double sens et, sans exclure cette idée du devoir accompli, qu'elles pourraient m'aider dans ma libération énergétique. Force était de constater que le blocage de mon axe chakral avait entraîné une sous-alimentation de la zone érogène et que, avec cette jalousie qui s'installait en moi, je risquais de sombrer dans les pires déviations. Il fallait que je réagisse en tentant de trouver, avec toi, cet épanouissement libérateur.

C'est arrivé lors de notre dernière étreinte, celle d'avril. Tu es venu me rejoindre, comme d'habitude, vers vingt-deux heures trente. Tu t'es assis de ton côté du lit et tu as retiré tes pantoufles. Tu as déboutonné le bas de ta chemise de pyjama et détaché le pantalon. Puis tu as soupiré, fatigué de ta journée.

« Es-tu prête, Judith ? »

J'ai dit oui. En me couchant, j'avais éteint la lumière et relevé ma jaquette parce qu'on était le dernier mardi du mois et que c'est ton soir. Mais voilà : comme j'avais décidé de mettre en application mes nouvelles connaissances, je m'étais activement frotté la fente jusqu'à ce que je la sente bien mouillée. J'avais tiré dessus, par devant, pour que mon flux énergétique soit prêt à exploser.

Tu t'es étendu près de moi. Sous les draps, tu as sorti ton sexe de ton pyjama et tu l'as brassé consciencieusement, en regardant le plafond, jusqu'à ce qu'il soit dur. J'attendais, les cuisses ouvertes et la fente humide. Puis, tu t'es tourné de mon côté et tu m'as grimpée. Juste avant de me l'enfiler, tu as eu un mouvement de recul.

« T'es mouillée.

— C'est de l'huile énergisante.

— Ah. »

Tu es entré assez vite, surpris que ça aille si bien.

« C'est plus confortable...

— Tant mieux. »

T'as commencé à glisser, à entrer et sortir, avec un air satisfait. J'ai relevé le bassin, pour mieux sentir ton frottement. Tu t'es arrêté.

« Qu'est-ce que t'as à gigoter ?

— J'ai un peu mal au dos.

— Ah. »

Tu t'y es remis de plus belle. La lubrification te permettait d'aller plus loin qu'à l'habitude et les apparences laissaient croire que ça faisait ton affaire. Je ne bougeais pas, pour éviter de te déconcentrer, mais je sentais quelque chose monter en moi. Ton sexe s'enflait dans ma fente. Tu as travaillé plus vite et fini par quatre grands coups libérateurs, en poussant jusqu'au fond. À ce moment-là, une sensation nouvelle m'a raidi le bas du corps. Surpris, tu m'as regardée dans le noir, puis tu t'es retiré en murmurant que « c'était pour le devoir ».

Je suis allée me laver. J'ai frotté tendrement ma petite chatte avec une serviette humide et chaude. J'avais peine à y croire : mon chakra du sacrum s'ouvrait enfin !

Quand je suis revenue dans notre chambre, tu dormais déjà. Moi, j'étais fébrile... et un peu frustrée. En janvier, ma coach de vie avait promis de m'aider à trouver l'alignement chakral parfait grâce à la sodomie. J'avais accepté. Or, nous touchions la fin du mois d'avril et l'aboutissement du processus tardait à venir. Ce soir-là, j'ai constaté que j'étais prête à accomplir l'année cinq, à m'ouvrir à des énergies supérieures. Je me suis demandé pourquoi Suzie n'accélérait pas le rythme, puis j'ai pensé que c'était à moi à m'affirmer, à prendre en main ma thérapie.

Tôt le lendemain, j'ai appelé Suzie.

«Hier soir, j'ai eu un échange sexuel avec mon mari et j'ai fait quelques constats.»

Elle a semblé inquiète.

«Ah. Heu... Oui?...

— L'année cinq avance bon train et je trouve que le processus d'accomplissement s'étire en longueur.

— Pardon?

— Mon potentiel énergétique est refoulé. Ça me crée un malaise. J'aimerais en venir à la sodomie libératoire. Je suis prête à doubler vos honoraires pour que nous aboutissions.

— Judith, Judith, Judith! Notre thérapie fonctionne, on dirait?! Parfait! Puisque vous le demandez, lundi prochain, je vous sodomiserai avec joie.

— Lundi prochain? C'est jour d'élections. Vous travaillez quand même?

— Les élections! C'est vrai! J'oubliais... Pour un léger supplément, je pourrais faire une exception...

— Puisque le bureau de vote est au coin de ma rue, vous pourriez venir ici. Vers treize heures ?

— Chez vous, Judith ?

— Mon mari travaille au pôle électoral. On ne dérangera personne. »

Cette perspective a semblé l'exciter.

« Parfait, parfait, parfait ! »

Ce matin-là, tu es parti tout enjoué vers des élections prometteuses pendant que moi, je prenais un bain aromatisé à l'huile essentielle d'ylang-ylang. J'ai fait un peu de méditation, du *stretching*, j'ai mangé légèrement et me suis habillée pour la circonstance. Quand Suzie s'est pointée à la maison, un peu en avance, j'étais prête.

Elle est entrée, l'air jovial. Elle a enlevé son manteau, mais a gardé son sac à main. Je ne lui ai pas offert de vin parce que je m'étais envoyé deux verres de rhum en l'attendant et qu'on n'avait pas que ça à faire. Elle a jeté un œil curieux vers le salon.

« Vous me montrez votre intérieur ? »

On n'a pas visité toute la maison. On a traversé le rez-de-chaussée, j'ai ouvert la porte de ton bureau.

« C'est le bureau de mon mari. Je n'y viens jamais, sauf pour faire le ménage.

— Vous n'avez pas de femme de ménage, Judith ?

— Non. Quand j'ai demandé à Charles d'en engager une, il a répondu que ce n'était pas nécessaire, puisque je restais à la maison... »

Elle a froncé les sourcils, puis est entrée d'un bon pas.

« C'est lui, votre mari ? »

Toutes ces photos de toi, officielles, ça impressionne, faut le dire. Elle a posé son sac à main sur le bureau, puis a déboutonné sa robe cendrée et l'a laissée tomber par terre. Elle portait un tout petit soutien-gorge noir, avec le string assorti. Je voyais ses mamelons roses à travers la dentelle. Elle s'est appuyée contre ton bureau et m'a fait signe de venir m'asseoir sur ta chaise en cuir, cette chaise dont tu es si fier. Elle a relevé les jambes et a posé ses escarpins sur les accoudoirs, de chaque côté de moi.

Elle a bougé les hanches pour être confortable. Au cours des derniers mois, Suzie m'avait montré comment m'occuper d'elle. D'un doigt, j'ai rangé la corde de son string sur le côté et j'ai vaguement joué avec sa fente, mais sans enthousiasme. Normalement, j'aurais dû m'attaquer à cette chatte qui attendait devant moi, la lécher, la sucer et la libérer dans ma bouche. Suzie aurait pu décharger son énergie ainsi, les jambes remontées, le corps rejeté en arrière, les mains agrippées au revers de ta table. Normalement, c'est ce que j'aurais fait.

Or, le mardi précédent avait éveillé l'impatience en moi. J'en avais assez de me faire monter pour la patrie et de sucer pour l'apprentissage mimétique de la libération chakrale ; je voulais me faire sodomiser, oui, hurler moi aussi, et atteindre le nirvana. C'était mon tour.

Ma coach de vie se tortillait toujours au bout de mon doigt.

« Je n'en ai pas envie. »

Elle a relevé la tête.

« Judith, Judith, Judith !

— Non. »

Un éclair méchant a traversé ses yeux et j'ai senti que je mouillais. Elle s'est redressée. Je me suis mise debout devant elle. Nos seins, à travers les tissus, se frôlaient. Sa colère cherchait la mienne.

« Ôtez votre blouse, Judith. Et remontez votre jupe.

— Non. »

Sa frustration m'encourageait à continuer. J'ai mis des billets de cent sur la table.

« C'est moi qui paye, c'est moi qui ordonne. »

Elle a jeté un regard soumis aux billets.

« Déboutonne ma blouse, Suzie, Suzie, Suzie, et masse-moi les seins. »

Fâchée, ma coach de vie est d'une rare efficacité. Elle m'a obéi si rapidement qu'elle a failli déchirer le tissu de ma blouse. Ça m'a excitée.

« Tasse-toi. »

Je l'ai poussée vers le côté et me suis penchée sur le bureau. J'ai moi-même retroussé ma jupe. J'ai écarté les jambes et lui ai tendu mon cul, propre et nu. Je lui ai jeté un regard furtif. Elle avait les lèvres luisantes.

« Libère-moi le sacrum. »

Elle s'est postée derrière moi, m'a caressé la fente, puis s'est penchée pour me lécher. Je mouillais, une excitation montait en moi, si forte que je me suis mise à couiner.

C'est là qu'elle a sorti le vibrateur de son sac.

« Judith, je vais vous sodomiser. »

Tu sais, mon chéri, que j'ai le plus grand respect pour notre couple et tes convictions. Mais, quand elle m'a enfilé le vibrateur dans le cul, jusqu'au fond, une fois, deux fois, trois fois... À moitié couchée sur ton bureau, devant tes photos officielles de coquerelles de parlement aux cheveux gominés qui se serrent la main, j'ai hurlé. Mon chakra muladhara s'est libéré avec tant de violence que tout mon corps s'est raidi et a été secoué de spasmes extatiques nirvaniens.

C'était si puissant que j'ai eu du mal à revenir sur terre et à reprendre mon souffle. Lentement, je me suis ressaisie. Suzie minaudait, mais bizarrement, je n'avais plus envie de la voir.

« Tu peux t'en aller.

— Mais...

— Mes chakras sont alignés, mon cycle cinq est accompli. Prends ton argent et laisse-moi seule. J'ai des choses à faire.

— Je...

— Je dois aller voter. Je te rappellerai demain. »

Elle a pris les billets, le vibrateur, sa sacoche et sa robe. Pendant que je m'affalais sur ta chaise, dépeignée et en sueur, elle remettait son linge et, boudeuse, elle quittait la maison. J'ai ramassé mes idées, mes vêtements, me suis douchée et habillée. Je suis revenue faire le ménage et refermer la porte de ton bureau.

Puis, je suis sortie.

Je tiens à ce que tu saches que j'étais très ébranlée. Je me disais : si une telle sensation existe, pourquoi ai-je attendu tout ce temps avant d'y goûter ? Avais-je sacrifié mon nirvana au profit de la famille ? De la patrie ? Du budget ?

Je n'avais pas toute ma tête quand je suis entrée dans le centre communautaire. J'étais fâchée contre toi, contre toutes tes valeurs. Tu m'as fait un grand signe de la main, un geste joyeux que j'ai à peine regardé. J'ai donné mon nom, me suis faufilée dans l'isoloir. Là, j'ignore vraiment ce qui m'a prise, mais quand je me suis penchée pour tracer mon X, ç'a été plus fort que moi... je... Je n'ai pas voté conservateur.

Je me sens tellement coupable ! Cette croix sur le bulletin de vote, elle me pèse comme une trahison. Oui, les conservateurs sont arrivés au pouvoir, et majoritaires, mais ça n'excuse en rien mon geste. Sache toutefois que je n'ai été animée d'aucune mauvaise volonté. Suzie m'a expliqué que j'avais probablement eu un moment d'errance lié à l'aboutissement précipité de cette phase thérapeutique. J'ai voulu prendre les choses en main et... Et j'ai manqué à mon devoir envers toi. Dès les prochaines élections, je te promets de m'amender.

Aussi, si tu trouvais en toi assez d'amour et de compréhension pour me pardonner, j'en serais profondément apaisée. Ça m'aiderait à aborder avec sérénité la prochaine étape de ma thérapie liée à l'année six de mon cycle numérologique, celle qui correspond à la consolidation des assises conjugales.

Ta fidèle épouse,
Judith

Guillaume Corbeil

Le passager

Debout au milieu de la cuisine, je regarde l'endroit où se tenait Karine il y a quelques secondes à peine. Le silence qui règne dans l'appartement a quelque chose d'assourdissant, comme s'il était passé sous le zéro décibel. Je sursaute en entendant la sonnerie du téléphone.

Au bout du fil, un homme nerveux me demande de l'excuser, il ne sait pas s'il a rejoint le bon numéro, après tout nous sommes plusieurs du même nom à Montréal... Sur la liste que lui a fournie Internet, il est allé de haut en bas – je suis le sixième P. Hébert qu'il contacte.

Si je ne me reconnais pas d'emblée dans sa description de l'homme qu'il recherche, les noms de certaines personnes évoquées me sont toutefois familiers. On dirait qu'il raconte mon histoire, mais que quelqu'un d'autre joue mon rôle. En l'informant que c'est bien de moi qu'il s'agit, je suis surpris de reconnaître dans ma bouche la même musicalité que dans la sienne : un mélange d'anglais et de français, pendant un instant j'ai l'impression de parler une langue seconde. Je me racle la gorge et lui répète que oui, c'est bien moi. Mais je ne suis pas certain d'y croire.

Mon interlocuteur se réjouit de m'avoir retrouvé, malgré tout il ne se présente pas. Les premières minutes de l'appel, je me concentre davantage sur le timbre de sa voix – pour tenter de me rappeler à qui elle peut bien appartenir – qu'à ce qu'il raconte. Mon attention passe de l'un à l'autre quand j'entends :

— Anna est morte.

— …

— J'ai pensé que tu voudrais l'apprendre par moi plutôt que dans le journal ou sur Internet.

Les images se bousculent dans ma tête et mon appartement de la rue Beaubien disparaît sous le décor de ma jeunesse. C'est sur mon lit d'adolescent que je m'assois.

— Patrick Pépin-Williams.

— Oui ?

— Rien, je… Comment c'est arrivé ?

— *Nobody knows.* Paraît que c'est une maladie qu'elle avait depuis longtemps.

Les funérailles auront lieu dimanche. Sa famille veut permettre à ses proches de se libérer et de faire la route jusqu'à Winnipeg : la plupart n'habitent plus la région.

— Je pense que sa mère serait contente de te voir.

Je lui dis que j'ai un emploi du temps chargé, je vais voir ce que je peux faire. Je raccroche et me remets à fixer le mur devant moi. Je repense à

Karine, à ce que nous venons de nous dire, et en inventant une discussion que nous pourrions avoir et dans laquelle je réglerais mes comptes avec elle, je me surprends à l'appeler *Anna*. Je me lève d'un bond, fourre une chemise blanche, un pantalon, une cravate et un veston noirs dans un sac de voyage et, sans laisser de note, je pars vers la gare routière. Je pourrais prendre l'avion, ça coûterait probablement le même prix, mais je ne veux plus être ici et je ne me vois pas non plus arriver trop tôt là-bas et passer deux jours à prendre les membres de sa famille dans mes bras et leur répéter encore et encore que c'est injuste, Anna avait à peine trente-six ans.

×✳×

L'autocar roule vers l'ouest depuis seize heures. Le véhicule est plongé dans l'obscurité, dehors il fait si noir que les lampadaires suffisent à peine à s'éclairer eux-mêmes.

Nous suivons la Transcanadienne. À cette hauteur ce n'est qu'une route étroite, à peine un filament de gravier traversant la forêt. La tête contre la vitre, je regarde le paysage défiler de l'avant vers l'arrière. Alors que nous montons vers le nord, les bancs de neige grossissent de chaque côté de la route et les feuilles rapetissent dans les arbres avant d'être avalées par les bourgeons, puis ceux-ci seront aspirés par des branches dénudées. Le bruit du moteur et l'écho des pneus me bercent, je me laisse emporter et je repense à Anna.

À l'époque, durant les vacances de Noël, nous avions fait ce trajet dans le sens contraire. Nous avions raconté à nos parents que nous voulions visiter le Biodôme et le Jardin botanique, nous ignorions pourquoi nous étions si nerveux à l'idée de leur mentir. Je me rappelle notre premier baiser sur le mont Royal, puis notre fébrilité à la réception de l'auberge de jeunesse au moment de demander de changer nos places en dortoir pour une chambre privée. Je repense à son souffle au moment de se déshabiller, à ses petites mains nerveuses qui déboutonnaient sa blouse, à ses cheveux qui tombaient sur son visage, et je frissonne encore.

Nos mères étaient tombées enceintes pratiquement en même temps. Pendant que tout le monde travaillait, elles allaient l'une chez l'autre boire une tisane et discuter des battements de cœur du fœtus, des mouvements dans leur ventre, des petits coups de pied... Elles ont accouché le même jour et cela a achevé de sceller leur amitié. Elles nous regardaient, Anna et moi, jouer dans le parc et elles se plaisaient à dire que nous allions nous marier. Après que nous étions revenus de nos vacances à Montréal, aucune n'a relevé le fait que nous riions pour rien et que nous nous tenions la main sous la table. Nous dormions déjà régulièrement l'un chez l'autre, nos mères ont simplement cessé de sortir le lit d'appoint.

Mon regard passe de l'extérieur à l'intérieur de l'autocar, reflété sur la vitre. C'est comme si un deuxième véhicule roulait à nos côtés, avec des passagers identiques à son bord, assis en parfaite symétrie avec nous. Je pose la main sur la vitre et vois mon sosie faire la même chose – un espace de quelques centimètres nous sépare.

De l'autre côté de l'allée centrale, à ma droite, une jeune fille est adossée à la fenêtre. Elle étend les jambes sur le siège vacant, chiffonne un chandail et le place derrière sa tête... Elle doit avoir vingt ans, peut-être est-elle plus jeune.

C'est la noirceur à l'extérieur qui transforme ma vitre en miroir. Au rythme des lampadaires et des phares de voitures, la lumière fait disparaître certaines parties de son corps et l'obscurité en révèle d'autres. Je peine à distinguer ses mouvements de ceux des ombres de la forêt. Je devrais regarder ailleurs, après tout c'est une gamine, mais elle déboutonne sa blouse, passe sa main dans l'ouverture et commence à caresser un de ses seins. Son pouce se faufile sous le bonnet et pendant un instant je peux apercevoir la pointe de son mamelon. Son autre main glisse le long de son corps, puis s'attarde un instant sur le bas de son ventre avant de disparaître dans l'obscurité. Pour essayer d'avoir un meilleur angle de vue, je me cale dans mon siège, mais mon visage apparaît en gros plan et le sourire pervers qui s'y dessine me gêne. Je baisse le dossier en essayant de ne pas faire de bruit et la noirceur avale cet idiot qui me ressemble à s'y méprendre. Il ne reste que la nuit, à laquelle se superpose le corps translucide de ma voisine d'allée.

Elle ouvre la bouche et y fait pénétrer son majeur. La pointe de sa langue le caresse, puis ses lèvres se resserrent autour de son doigt avant que celui-ci retourne dans l'ombre.

Un camion passe : ses phares éclairent le paysage et je suis ébloui un court instant. La noirceur revient enfin et certaines parties de son corps jaillissent de la pénombre pour aussitôt y replonger. Elle n'est plus qu'une poitrine, qui se soulève et s'abaisse de plus en plus rapidement. Son torse disparaît, puis son poignet surgit des ténèbres. Elle écarte légèrement les jambes, je vois maintenant son bassin remuer doucement, puis sa main passer dans ses cheveux, son corps se raidir, ses genoux se rapprocher l'un de l'autre... Elle pousse un gémissement muet, seulement le son de sa gorge qui se serre alors qu'elle cesse de respirer, et elle s'empresse de l'étouffer en posant la main sur ses lèvres. Un spasme de jouissance parcourt son corps et je voudrais la voir entière dans ce moment de grâce : traverser la vitre et passer dans l'autocar qui roule à nos côtés, pour me tenir face à elle. Elle inspire profondément, sourit et ouvre les yeux, et je mets un certain temps avant de prendre conscience qu'elle regarde directement dans les miens. Alors que je retiens mon souffle, elle se tourne sur le côté et s'endort. Dehors, les panneaux indiquent que nous approchons de Thunder Bay.

Dans les haut-parleurs installés au plafond, le chauffeur invite les passagers à sortir se chercher quelque chose à boire ou à manger, à prendre l'air et à se dégourdir les jambes. Je rouvre les yeux, mon bras gauche est engourdi sous le poids de ma tête. Combien de temps a passé? Deux heures peut-être? Je vois ma main, mais ne la sens plus. Je bouge les doigts et le sang qui se remet à y affluer me permet de me réapproprier cette partie de mon corps.

J'ignore où nous nous trouvons, je ne vois rien au-delà d'un stationnement désert. En bas de ma fenêtre, une enseigne lumineuse se reflète dans la neige et les lettres C-O-F-F-E-E apparaissent à l'envers, une après l'autre et de droite à gauche.

Ma voisine d'allée n'est plus assise à sa place. Bien que dehors il semble régner un froid glacial, je me résigne à sortir. Pour m'occuper, tandis que je la cherche du regard, je demande une cigarette à un groupe près de la cantine, puis je traverse le stationnement en jetant des coups d'œil vers les toilettes des femmes. Chaque fois que la porte s'ouvre, je me hisse sur la pointe des pieds et porte la cigarette à mes lèvres. Est-ce que je la reconnaîtrais? J'ai à peine vu son visage. Et de toute façon qu'est-ce que je lui dirais? J'ai un haut-le-cœur: je n'ai pas fumé depuis plus de quinze ans.

Je suis encore étourdi quand les autres passagers se réunissent devant l'autocar. Ils regagnent leur place et le chauffeur me fait signe d'entrer. Debout dans l'escalier, je scrute l'horizon. Au-delà de la halte routière, le paysage s'évanouit pour faire place au néant : était-ce la destination de ma voisine d'allée ?

De retour à ma place, je repose ma tête sur la vitre et espère en vain voir mon amour de voyage courir en criant de l'attendre. Je ferme les yeux, la route glisse sous mon siège. Le grondement du moteur se remet à me bercer et bientôt mes soucis présents et passés se confondent.

Anna a pour ainsi dire toujours fait partie de ma vie. C'est sans doute la raison pour laquelle, tandis qu'elle se blottissait contre moi à la cafétéria ou dans les soirées qu'organisait l'Association étudiante, je gardais un œil sur Jacqueline Nguyen, la plus jeune fille d'une famille vietnamienne qui venait de s'installer dans la région. Un soir elle a renvoyé mon sourire et je l'ai raccompagnée chez elle. Nous nous sommes embrassés sur le porche de sa maison.

Peu de temps après, Anna cessait de venir à l'école. Des rumeurs circulaient voulant qu'elle était atteinte d'une maladie mortelle, un cancer ou un ver qui lui dévorait les organes. Ma mère disait de ne pas m'inquiéter, elle s'en remettrait.

Deux semaines plus tard, quand Anna est revenue à l'école, elle refusait de m'embrasser et me délaissait au profit de ses copines. Au début je me disais que c'était l'occasion de coucher avec Jacqueline et les autres filles qui me plaisaient, mais je m'endormais en pensant à Anna et il arrivait que je me réveille au beau milieu de la nuit, convaincu que je l'avais retrouvée, pour sursauter en voyant le visage de celle que, à moitié somnambule, je caressais dans mon lit.

Chaque fois que je passais devant chez Anna, je jetais un coup d'œil à la fenêtre de sa chambre, dans l'espoir qu'elle me fasse signe de monter, mais elle ne s'y présentait jamais. Je repense aux longues lettres que je lui écrivais, à la rage que je devais contenir quand elle me parlait de ses histoires avec Charles, Jonathan ou Patrick – mon Dieu, Patrick Pépin-Williams ! – et je rougis de la même colère qui m'habitait à l'époque. Chaque fois que je parvenais à l'oublier, Anna ressurgissait dans ma vie, et j'ignore dans quel état je me trouverais aujourd'hui si je n'étais pas parti étudier de l'autre côté de l'Atlantique, à Lyon, pour ensuite m'installer définitivement à Montréal. Je ne sais pas pourquoi, mais je crois que, si j'étais resté à Winnipeg, c'est moi qu'on enterrerait dimanche, et Anna qui s'apprêterait à venir à mes funérailles.

Le soleil est sur le point de se lever. J'essaie de retrouver une position confortable quand, dans la fenêtre, j'aperçois le reflet de ma voisine. J'ai envie de lui sourire ou de lui faire signe, mais en retrouvant dans la fenêtre mon sosie et son sourire idiot, je me ravise juste à temps. Je penche mon siège et l'autocar qui file en parallèle perd un passager.

Ma voisine d'allée respire avec peine et je me rends compte que sa main se trouve déjà sous sa jupe. Elle passe l'autre dans ses cheveux, tourne légèrement la tête et je ne peux m'empêcher de penser qu'elle pose. Elle déboutonne sa blouse en s'attardant sur chaque bouton. J'essaie de ne pas broncher : agir comme si je ne la voyais pas, comme si je n'existais pas...

À l'avant quelqu'un tousse et je crains que cela rompe l'enchantement, que ma voisine prenne conscience d'elle-même et vite, se rhabille. Mais sa main glisse sous la baleine de son soutien-gorge et caresse ses seins. Ses cheveux tombent sur son visage et quand elle écarte l'élastique de sa culotte, il n'y plus de doute dans mon esprit : elle sait que je l'observe et tout ce qu'elle fait, elle le fait pour moi. Elle a dû se rendre compte après avoir joui que je l'avais regardée se masturber, et l'idée qu'un homme ait pu s'exciter en la voyant se toucher, oui, la possibilité de ne plus être qu'une simple fille, mais un fantasme, d'une certaine manière de basculer de l'extérieur à l'intérieur de moi, de passer de mes yeux à mon imaginaire, tout ça a fait son chemin jusqu'à l'obséder complètement. Elle n'a plus pensé qu'à une chose : recommencer, mais cette fois en ayant conscience du spectateur dans l'ombre, et jouir à travers ses yeux.

Une part de moi est furieuse, je ne suis plus en train de la surprendre : je suis inclus dans la scène. L'autre est trop excitée pour se soucier de ce détail.

Elle se cambre vers l'arrière et fait glisser sa culotte le long de ses jambes. Elle tourne le bassin de manière à orienter son sexe vers moi, puis ses doigts retournent entre ses cuisses. L'équilibre lumière et obscurité devient alors parfait et mes yeux ne peuvent plus quitter le spectacle de son majeur, qui s'agite entre ses lèvres. Je rêve de traverser l'allée, de l'agripper par la nuque et de l'embrasser, ou de tasser sa main pour prendre sa place entre ses jambes et la sentir se lubrifier davantage au moment où j'enfoncerais un doigt, puis un deuxième. Ses petites mains nerveuses tenteraient de défaire ma ceinture, puis de détacher mon jeans pour s'emparer de ma queue et me branler en me donnant à voir son orgasme. Non, elle se pencherait et me prendrait dans sa bouche, oui c'est ça. Juste là, à genoux entre son siège et le dossier devant elle. Je me caresse du bout des doigts à travers la poche de mon pantalon et j'imagine la pointe de sa langue aller et venir sur mon gland, lentement et doucement, ses lèvres chaudes et humides qui se resserreraient autour de mon membre, sa salive qui dégoulinerait jusque sur mes couilles... Et alors elle écarte les doigts et cambre le dos, me révélant la totalité de son sexe. Je voudrais accéder à ma queue et éjaculer une fois pour toutes quand dans la fenêtre derrière elle j'aperçois mon reflet : il n'est pas dos à ma voisine, comme moi, mais il la regarde de façon frontale, et je le vois traverser l'allée et s'asseoir à côté d'elle, poser la main sur sa cuisse et remonter jusqu'à son sexe. Comme si je voulais me retenir moi-même, me prendre par le collet et me ramener à ma place, je me jette dans l'autre rangée de sièges, et quand mes yeux trouvent ceux de la jeune fille, pendant un instant je ne sais plus si je respire.

Elle est recroquevillée sur elle-même, les bras contre son corps, et l'un et l'autre nous nous regardons avec un air terrorisé. J'essaie de lui sourire et lui demande de m'excuser, je me suis trompé de place, et je me précipite au fond de l'autocar. Enfermé dans la toilette, je m'asperge le visage d'eau froide et me regarde longuement dans le miroir : j'ai l'impression de voir quelqu'un d'autre.

Jusqu'à ce que j'arrive à Winnipeg, je garde les yeux fermés et fais semblant de dormir. De temps en temps je jette un bref coup d'œil vers ma voisine et tente de comprendre comment ce visage, selon le défilement des ombres, a pu en devenir un autre. J'entretiens aussi l'espoir naïf que mon amour imaginaire réapparaisse, cette fois en chair et en os, mais je me suis fait à l'idée. Je ne la reverrai qu'aux funérailles, dans le cercueil, et en contemplant le cadavre d'Anna de longues minutes, je finirai par voir en dessous de son air figé le sourire cruel qu'elle m'adressait au moment où je croyais enfin l'avoir saisie et qu'une fois de plus elle m'échappait.

Véronique Marcotte

J'ai des comptes à régler avec toi, jeune fille

À G.
Je sais que tu m'aurais donné la permission.

Me retrouver dans un bain bouillant en buvant un verre de vin au milieu de l'après-midi, un jour de semaine, me procure toujours une fabuleuse sensation de satisfaction. La terre s'arrête alors de tourner. J'ai tous les droits. Pendant que tant d'autres humains sont confinés à un bureau beige, qu'ils digèrent leur dîner congelé, qu'ils écoutent les mêmes chansons en boucle sur une chaîne populaire et qu'ils font des calculs en regardant lentement passer les heures, moi, je suis dans la baignoire en plein cœur de la journée et je fais des doigts d'honneur à des témoins imaginaires avec une moue baveuse. Je regarde la vapeur presque opaque s'étendre dans la pièce fermée. J'observe aussi mon corps, parce que dans l'eau, il n'y a pas de mousse. La mousse m'empêcherait de voir ces seins, ce ventre, ces jambes et d'analyser les changements temporels qui s'effectuent sur moi, de constater que la presque quarantaine me va bien, que ma peau blanche laisse paraître des petites

veines bleues qui transportent avec elles une histoire.

Je suis une belle histoire, que je me dis.

Dans l'air humide de la petite pièce, j'avale une
autre gorgée timide en prenant mon temps. Je
réfléchis à cet âge, aux saisons qui passent si vite.
Ça m'amène à penser à la vieille queue qui me
laboure depuis quelques mois. Une queue âgée,
fatiguée, épuisée d'avoir parcouru tant de ventres
de femmes, d'orifices, de bouches de partout dans
le monde et qui, aujourd'hui, ne bande pas toujours, devient fragile. Mais moi, je l'aime la bite de
Valaire. Et avec ce sexe incertain, il y a chez
Valaire, dans sa manière de faire l'amour, quelque
chose de vulnérable qui m'émeut, cet épuisement
le rend aimable, ce besoin de sexe qu'il a toujours
eu le rend gentil, délicat. Le lit devient un lieu où
tombent les barrières, où disparaît l'homme de
toutes les tragédies, comme une tranchée où il se
cache. Je l'aime et je l'admire pour la vie qu'il a
menée, les horreurs qu'il a vues, les cris qu'il a
entendus quand, comme journaliste, il a traversé
la terre pour écrire sur les douleurs du monde.

La baignoire est grande. Remplie d'eau chaude
à ras bord. Sur le comptoir de la salle de bain, mon
iPad fait jouer mon répertoire musical en mode
aléatoire. *Cocorosie. Woodkid. Pierre Lapointe.
Michèle Torr.* C'est n'importe quoi. À ma gauche,
sur le bord du bain, mon verre de vin et un recueil
de poésie. *En allant voir sa tombe / J'ai vu ton sou-*

rire s'effacer / Tes dents fatiguées de soupirer. À ma droite, un godemiché. Au cas où.

Plongée au centre de cet univers éclectique créé pour l'occasion, j'observe mes seins durs, encore saisis par la sensation de l'eau bouillante. Sans tellement d'intérêt, je passe ma main sur mon sein droit. Puis sur mon sein gauche. Machinalement. Parce qu'il n'y a rien d'autre à faire, que sinon je serais obligée d'ouvrir le livre de poésie. Le bout de mes seins est raide comme une queue d'adolescent, et leur galbe est traversé par la chair de poule. La sensation est bonne. Je poursuis l'itinéraire. C'est cela ou je sors de la baignoire et je redeviens un être humain normal qui, à seize heure douze, travaille devant son ordinateur.

Je descends ma main sur mon ventre, sur mes cuisses, entre mes jambes. À l'arrivée, plutôt que de m'exciter, j'ai cette pensée furtive, comique, qui me revient en tête comme un ver d'oreille, j'entends les femmes de ma famille, ma mère et ma grand-mère, qui parlaient de leur entrejambe comme on discute météo. Et je me demande pourquoi je ne suis pas comme elles qui, à mon âge, n'avaient plus de poil à cet endroit du corps. À quarante ans, ma mère et ma grand-mère avaient retrouvé le pubis lisse de leur enfance. Moi, je suis obligée tous les jours d'utiliser le rasoir et c'est une aventure, une discipline, une science qui m'apprend que si j'aime mes cheveux noirs et épais, je dois assumer que la pilosité de ma tête soit compagne d'un corps tout aussi poilu. Ce matin, comme tous les matins, j'ai pris soin de passer le rasoir sur mon sexe, sauf qu'à seize heures douze le jour même, je commence déjà à sentir l'amorce rêche d'une repousse. Je m'en fous, pourquoi m'en ferais-je, c'est ma main, ma main accoutumée sur un sexe que je connais par cœur. Si cette main était autre que la mienne, je serais gênée un instant de cette fâcheuse repousse, mais j'apaiserais peut-être cet embarras en me souvenant que plusieurs des hommes qui sont passés dans ma vie ont encensé avec passion l'odeur parfaite de ma chatte : *une fragrance de pêche, un parfum de jasmin, un goût d'agrume ensoleillé, légèrement acidulé, parfaitement salé.* Une fois cette pensée odoriférante et pubescente passée, je retourne aux émotions provoquées par ma main entre mes jambes.

C'est fou comme la masturbation se transforme avec le temps. Quand j'étais petite, je m'installais devant mon émission favorite et je me frottais sur ma doudou en disant à ma mère que je faisais mes exercices quotidiens. Plus tard, j'apprenais dans un livre cochon mis à l'index par ma mère que la pénétration était un geste pouvant mener au septième ciel. Pendant la période qui a suivi, je tentais donc par à-coups de me pénétrer avec des doigts maladroits qui ne me donnaient finalement aucune sensation, et je perdais mon temps à me farfouiller l'intérieur dans l'espoir d'obtenir cet agrément, alors qu'une toute petite pression sur mon clitoris m'aurait procuré l'orgasme recherché et confirmé que je n'étais pas du type vaginal. Plus tard encore, je faisais la rencontre d'un amant massothérapeute dont le vibromasseur allait transformer ma manière de me masturber. Aujourd'hui, je suis dans un bain bouillant à glisser les doigts de ma main gauche entre mes lèvres inférieures pour effectuer des rotations sur la rondeur fragile, et je prépare ma main droite à toutes les éventualités en la faisant s'accrocher à mon godemiché, prête à intervenir au cas où mes doigts ne suffiraient pas à m'octroyer l'orgasme sollicité.

Mais sentir mon sexe qui mouille m'amène à croire que cet orgasme n'est pas si loin, comme un ressort remonté à cran, et bientôt je sentirai le bas de mon ventre onduler, exploser, le souffle court, *ça y est, j'y suis*, mon doigt bouge de plus en plus vite, ondoie sur mon clitoris gonflé, redescend entre les lèvres pour retarder un peu l'événement, *pas encore, doucement, retourne sur le clitoris, c'est fragile, si fragile*, puis ça devient impossible à contrôler, la chaleur est de plus en plus forte, je me transporte ailleurs, dans ma tête je suis avec un homme et une femme, lui me prend par-derrière pendant que je lèche son sexe à elle, écartée devant moi, l'image m'excite, dans mon fantasme, je me retourne pour voir celui qui me pénètre, et ce visage, le visage de l'homme... *Merde. Valaire Bourgoin.*

L'expression « coït interrompu » prend tout son sens. Pourquoi l'image invoquée de mon vieil amant me refroidit-elle, soudainement ? Et qu'est-ce qu'il fait dans ma tête, celui-là, alors que je suis tranquille dans mon bain à me branler ?

Parce qu'il est mon amant. Soit. Mais au lieu d'augmenter mon excitation, il l'éteint.

Je pense que mon corps m'envoie un signe : je dois me trouver un autre amant.

Frustrée de ne pas avoir obtenu ma petite mort, je préfère sortir du bain et retourner à mon bureau. Ce n'est pas si grave. Mon bureau est à la maison, il est coloré, et je peux y travailler en pantalon de coton ouaté, mon reste de rouge à la main. Au passage, j'ouvre la télévision, juste comme ça, pour me faire oublier l'image de Valaire qui me prend par-derrière alors que je m'imaginais me faire baiser par la queue dure d'un homme beau, fort et sensuel.

Vertige. C'est d'abord la voix qui m'étourdit. Je me retiens un instant sur le cadre de la porte du salon. Est-ce l'orgasme manqué qui insiste en me chatouillant le ventre ou est-ce vraiment la voix de cet homme dans mon téléviseur qui me bouleverse autant ? Une voix chaude et suave, appuyant légèrement sur les accents toniques pour se donner de l'assurance, une voix dont la modulation me transporte dans le sud de l'Italie, où ça sent les tomates confites et le thym frais. Je ne regarde pas tout de suite à qui appartient cette voix, je ferme les yeux et je me laisse transporter par cette exubérance, ce flot de paroles séduisantes, ce voyage gratuit vers l'apogée de la sauce bolognaise.

Je recommence à mouiller. Une simple voix me fait mouiller ? *Seigneur, je vous en supplie, faites que j'ouvre les yeux sur un étalon, una bellezza perfetta !*

Je tourne le dos au téléviseur pour faire trois pas vers le divan sur lequel je m'installe confortablement. J'ouvre les yeux au moment où la voix fait une allusion salace sur la sensation d'un doigt dans la crème fouettée.

L'intensité de l'excitation dans la gêne est tellement délicieuse. Assise face à la télévision, je fixe cet homme qui m'intimide, j'ai l'impression qu'il est chez moi, qu'il me parle. Ma surprise est grande : il est parfait. *Grazie mio Dio, grazie !*

Des cheveux noirs et épais, des yeux verts cristallins, un nez large et imposant, un visage tout rond, joufflu, caressé par les stigmates de petites cicatrices, des lèvres ni charnues ni minces, mais un sourire de geôlier, rassurant, sûr de lui. Puis ce ventre turgescent, ces mains dodues, l'entièreté de ce corps replet, tout en rondeurs identiques, des rondeurs invitantes, érotiques, luxurieuses, me ramènent à l'émerveillement sexuel d'une enfant qui se frotte sur sa doudou.

En regardant l'Italien dans sa cuisine, je tombe dans l'indigence d'esprit, il ne me reste que la sensation humide de mon sexe et mes sens, mes sens qui entendent cette voix et regardent ce corps. Ma main replonge dans la moiteur de mon entrejambe et reprend le *modus operandi* de l'autosatisfaction. Je n'en peux plus, je ferme les yeux, et à peine quelques secondes plus tard mon ventre explose au son d'une recette de pétoncles à la crème basilic.

L'orgasme le plus délicieux de ma vie.

Il me faut absolument remplacer mon vieux journaliste accablé par ce vigoureux chef italien.

Mais au moment de sauter sur mon ordinateur pour taper énergiquement d'un doigt humide le plus beau nom italien du monde sur le moteur de recherche, on frappe à la porte.

En voyant l'ombre de mon vieil amant à travers le rideau pâle de la porte d'entrée, je pense à ces mots qu'il a écrit il y a quelques années dans un roman qui ne s'est pas vendu : « Je vais d'amours tristes en aventures banales, de combats futiles en colères excessives, le cercle d'amis se restreint, les emplois se font plus rares. Mais l'admiration pour le talent demeure. » Il écrit bien, mon journaliste, et il parle bien de lui, pas pour rien qu'il me répète souvent la phrase de Liscano qui dit que « l'écrivain est la plus grande œuvre de l'écrivain ». Il y a cela pour le consoler, mon cher Valaire, le fait qu'il soit, à ses yeux, une œuvre d'art.

Une œuvre d'art misogyne, harassée et en colère. Sauf au lit. Quand ça marche.

— Tu as du vin rouge ? J'ai oublié de passer à la SAQ. Et puis de toute manière, avec le trafic, le peu de stationnements, le bordel qu'il y a en ville chaque jour en fin de journée, j'ai pas envie de me faire chier à aller chercher du vin.

Je te reconnais, cher Valaire. Alcoolique, impoli, sans détour. *Mais je t'aime bien. J'aime comment nous nous sommes rencontrés, comment nous nous sommes perdus et comment nous nous sommes retrouvés.* Une belle histoire. C'est avec cette histoire que je baise. Peut-être pour la raconter plus tard. Dire un jour, au détour d'une conversation entre amis, *oui, je baisais avec lui à cette époque, ah! ce cher Valaire*, puis avaler une gorgée de vin et constater les réactions dégoûtées ou amusées des hommes autour de la table en ajoutant : *On s'est rencontrés dans un événement littéraire. Je l'ai envoyé chier. Le soir même il a frappé à la porte de ma chambre d'hôtel, je n'ai pas répondu, ça l'a mis en colère, il est resté des années sans me parler. Enfin un jour il m'a rappelée en disant «j'ai des comptes à régler avec toi, jeune fille».*

Cette invitation-là, je l'ai acceptée. Nous avons mangé un tartare cuisiné de ses mains tremblantes. Il a pris son temps avant de m'avouer qu'il était malade, qu'il voulait me voir avant de mourir. Plus tard il m'a confié que plus rien ne l'atteignait, outre peut-être l'enfance qui l'émouvait encore, et qu'il trouvait ça dommage. C'était une triste soirée, mais une soirée à travers laquelle j'ai appris à connaître un autre homme que celui bourré de colère que tout le monde haïssait, ou se plaisait à haïr.

J'avais apporté une excellente bouteille de vin. Je lui ai fait une pipe sur le divan après qu'il m'eut dit que, dans mes romans, j'utilisais trop les verbes *être* et *avoir*.

Depuis, nous nous voyons quelques fois par mois. Nous buvons du vin, il parle de ses voyages, me dit parfois que je ne suis pas très intelligente, je ris, nous mangeons, nous baisons parfois et il repart chez lui.

— Oui, j'ai du vin. Comme d'habitude.

Tant pis pour ma recherche sur Mauro Gennai, l'opulent Italien qui cuisine des pétoncles dans mon téléviseur. Je poursuivrai mes recherches demain, ou ce soir, lorsque Valaire et son mépris auront quitté mon appartement.

— Comment tu te sens? que je demande à Valaire en lui versant un verre.

— C'est la mort chez moi.

Valaire avait été célèbre. Aujourd'hui, il vit dans un appartement du Mile-End avec deux chats dont il ne s'occupe plus. Il boit et il sombre tranquillement dans une profonde dépression, plus profonde encore que la mélancolie qui l'habite depuis toujours. Lorsqu'il est avec moi, par contre, ça lui arrive de sourire. Quelques fois. Ça me rassure, même si je me demande s'il a déjà été heureux, même s'il s'amuse à me déprécier, c'est un jeu, et je le sais bien, alors je le laisse jouer et je me réconforte avec les rares sourires qu'il m'offre lorsque je lui parle de mes peurs, de mes joies, de mes espoirs de jeune auteure ou lorsque je commets une erreur en cuisinant.

— Tu sais, ce restaurant libanais dont tu me parles toujours? Ils font la livraison? Parce que le frigo est vide, je ne t'attendais pas.

— Tu ne m'attends jamais.

— Oui. Bon. Ils livrent ?

— Oui.

— On pourrait commander des fatayers et du poisson grillé ?

— Je vais choisir moi-même ce que je veux commander. Et de toute manière il est trop tôt pour bouffer.

— Comme tu voudras.

Si Valaire a toujours eu la certitude perverse d'être exceptionnel, j'ai l'impression qu'avec moi il demeure réel, je veux dire dans une réalité où le fait d'être « exceptionnel » n'existe pas. Cette petite part d'humilité me permet d'accéder à l'homme qu'il est, de le regarder autrement que lui-même se regarde quand il a peur. Je crois que j'aurais aimé faire partie de ces femmes à qui il a fait de fabuleuses déclarations d'amour. J'aimerais qu'il soit amoureux de moi. Former un couple avec Valaire n'est sûrement pas ce que je désire réellement, mais la perspective d'avoir ce pouvoir sur lui me plairait. De sentir l'inégalité émotive entre nous, celle qui le larguerait vers la véritable vulnérabilité, juste pour voir, juste pour faire une fissure dans cette carapace, dans ce cœur dur.

Mais de toute manière ça ne sert à rien d'y penser. D'abord parce que je ne suis qu'un divertissement dont le profil correspond parfaitement au conquérant qu'il est. Ensuite parce que très bientôt, il va crever.

Ce mot, « conquérant », me donne envie de lui. Une envie soudaine, abrupte, emportée. Je me verse un verre et je m'approche de son corps désormais installé sur ce divan où je me masturbais quelques minutes plus tôt. Lorsque Valaire est dans la même pièce que moi, impossible d'oublier que le seul moment où il s'abandonne réellement et où il est généreux, c'est quand il me fait l'amour. Malgré ce corps qui vieillit et cette queue instable, Valaire est un amant extraordinaire. Un amant prodigieux parce que sa grande bouche et ses lèvres pulpeuses vous avalent tout : les seins, le ventre, les fesses et le sexe en même temps. Sa langue lèche, savoure, s'insère, goûte toutes les parties du corps sans préférence, avec la même gourmandise. Et pendant ce temps, une main pétrit le derrière pendant que les doigts de l'autre pénètrent le devant, les deux en symbiose, dans une cadence parfaite provoquant une sensation délicate qui voyage entre le clitoris et l'intérieur du ventre, à chacun son tour, un rythme calculé au quart de tour. Enfin sa queue, quand elle fonctionne bien et qu'elle bande dur, me fait perdre la tête dès le premier coup de hanches, se glisse en moi d'abord délicatement, ensuite plus violemment, et Valaire comprend toujours le moment où il faut être tendre, ou qu'au contraire, il faut y aller plus vite. Lorsqu'il me laisse le chevaucher, je me glisse sur sa queue, je la pompe, je bouge mon bassin en frottant mon clitoris sur le bas de son ventre, et je vois toute l'admiration dans les yeux de Valaire qui me regarde, touche mes seins, malaxe mon ventre, glisse un doigt dans mon cul provoquant ainsi une sensation inouïe, brûlante, exaltée m'amenant directement à un orgasme foudroyant. Mon corps tombe alors sur sa poitrine, et je reste là, haletante, à écouter son cœur, ne sachant plus si c'est le mien ou le sien qui s'arrêtera en premier, parce qu'après un orgasme pareil, ça ne me dérange pas de crever.

Je dépose mon verre sur la table basse et constate qu'il a déjà englouti le sien. Je retourne à la cuisine chercher la bouteille, ça vaut mieux, et je reviens avec dans le regard cette ardeur qu'il comprend tout de suite.

— Déjà?

— Oh, Valaire! Tu as le don de ralentir mes élans.

— Pardonne-moi. Ce n'est pas dans tes habitudes, c'est tout.

— Mes habitudes? Elles sont comment, mes habitudes?

En posant la question, je reste à quelques pas de lui, devant la fenêtre ouverte et sans rideaux, et j'amorce l'effeuillage ralenti des vêtements que je porte. J'adore baiser comme si je ne baisais pas. Lire un livre pendant que je me fais pénétrer. Parler au téléphone pendant que je me fais lécher. Me déshabiller pendant qu'on répond à mes questions.

— Tes habitudes, tu le sais bien, on prend un verre, puis un second, ensuite on bouffe, on boit le reste de la bouteille, on parle, on ouvre une autre bouteille et là, on baise.

C'est vrai. Valaire a raison. Je demeure assez mécanique dans mon processus érotique, même si lorsque je fais l'amour, je me réinvente chaque fois, je tente de nouvelles expériences. Pour ce qui est des préliminaires, je reste assez fidèle à mes démarches.

Mais aujourd'hui, je n'ai pas envie d'attendre la seconde bouteille avant de me mettre à poil. De plus, l'arrivée inattendue de Valaire ne m'a pas permis d'enfiler une robe et de me faire belle, alors mieux vaut me débarrasser de cette camisole et de ce coton ouaté qui ne me rendent pas sexy du tout.

J'enlève d'abord délicatement le vêtement du haut. Valaire me regarde avec un demi-sourire qui illumine sa mine basse. Je fais glisser mon pantalon sur mes cuisses, puis le long de mes mollets, enfin je l'enlève pour ne garder que ma culotte. Une culotte noire transparente qui dévoile légèrement mon sexe, mais pas la courte repousse de mon pubis.

— Viens ici, jeune fille.

Je souris à mon tour en m'avançant vers Valaire. Je m'apprête à le chevaucher, mais il me prend par la taille et me couche sur le divan.

— De la queue oscillante, je suis passé à la queue morte ma chérie. Je ne peux plus te pénétrer désormais, ce petit plaisir est terminé pour le vieil homme que je suis devenu, mais laisse-moi descendre ma bouche entre tes cuisses que je puisse emporter avec moi le parfum de ta chatte lorsque je serai six pieds sous terre.

— Bien sûr. Pourquoi ne pas continuer à tout intellectualiser, à tout convertir en poésie alors que tu t'apprêtes à me faire jouir?

Je n'ai pas vraiment le temps de réfléchir à la prodigieuse et créative personnalité de mon amant que celui-ci pose déjà sa langue sur mon sexe bouillant.

Valaire se régale d'abord tranquillement, il attend, il attend patiemment que mon clitoris enfle encore un peu pour ajouter une petite pression, puis lorsque ça arrive, lorsqu'il constate que je suis bien bandée, il appuie plus fort sa langue, la fait tourner un peu plus vite, quitte l'endroit quelques instants pour lécher mon cul, puis il remonte par la commissure de mes lèvres noyées, se repositionne sur le clitoris et reprend le geste circulaire. Ensuite il me pénètre avec deux doigts en poursuivant sa trajectoire gourmande, il pousse ses doigts bien fort à l'intérieur de moi et donne des petits coups sur mon point délicat. Je commence à faire rouler mon ventre, mais Valaire me connaît, il arrête un peu, fait redescendre la tension, *tu ne jouiras pas tout de suite*, et pour calmer mes ardeurs il embrasse mon ventre, caresse mes seins tendus, il laisse ses doigts à l'intérieur de moi, mais ne bouge plus, *doucement, redescend, respire, calme-toi*, puis reprend de plus belle, je sens mon cul mouillé par les fluides de mon sexe, ça s'étend sous mes fesses, je n'en peux plus, mais hors de question que je supplie ce prétentieux qui s'enorgueillira toute la soirée de m'avoir fait jouir si facilement alors je la ferme, je ne laisse échapper que de subtils gémissements, le souffle court, j'attends patiemment, les yeux clos, dans ma tête je fais disparaître les fantasmes qui pourraient me propulser trop vite vers des chairs qui s'enflamment, vers un feu d'artifice à Dubaï. Mais impossible de me contenir, tant pis, enfin cette sensation foudroyante, ce râle qui provient plus loin encore que le fond de ma gorge, mon ventre qui ondule, la bouche de Valaire qui suit la cadence pour me boire, il dit toujours cela, *laisse-moi te boire*, et je jouis, je jouis tellement fort que l'envie de pleurer me prend, et dans le creux de son oreille, je souffle à Valaire, « tu vois, regarde comme tu es vivant, tu vois ce que tu me fais ! »

Valaire pose sa tête sur mon ventre. Les terminaisons de mon sexe sont comme une plaie ouverte, c'est sensible, il ne faut plus toucher, il faut laisser ça comme ça, dans l'idée extraordinaire de l'orgasme.

— Il faut que tu te trouves un autre amant, jeune fille. Très vite je ne serai plus capable de te donner cela.

Il me parle avec le filet de voix qu'il lui reste dans la gorge. C'est vrai qu'il est malade. Ça s'entend. Ça rend triste. Je suis triste quand Valaire laisse tomber son solide blindage et que pendant un instant il dit des choses sensibles, des choses dont la violence me laisse moi aussi avec peu de voix, alors je me protège, je retrouve mes terrains minés, je laisse derrière moi cette émotion, je sèche mes larmes, je redeviens froide.

— Justement. J'allais t'en parler.

Je me libère de cette tête sur mon ventre et me lève pour remplir nos verres sans me rhabiller tout de suite. Je sais que Valaire regarde mon cul, alors je prends mon temps pour laisser cette image intacte un instant, pour le laisser me mater le derrière, puis je sors de la pièce pour éponger d'une serviette ce mélange de cyprine et de salive sur mes cuisses. J'enfile un peignoir et retourne auprès de mon vieux journaliste, convaincue qu'effectivement, je dois changer d'amant, engourdir la sensation douloureuse que provoque la perte de cet homme, parce que je le sais, son départ imminent me trouble, m'attriste.

— Dis-moi, dans ton réseau de contacts, tu aurais le chef et animateur Mauro Gennai ?

— Le gros cuisinier ?

— Chef. Pas « cuisinier ». Chef.

— Et tu lui veux quoi, à cet obèse ?

— Je le veux, lui.

— Comme amant ?!

— Comme amant. Comme amour même, pourquoi pas ?

— Attends jeune fille, il te prend quoi là ? Tu dérailles ?

— D'abord Valaire, tu cesses de m'appeler jeune fille. Ensuite, si j'ai envie de coucher avec un homme de quasi soixante-dix ans en phase terminale, je peux aussi avoir envie de coucher avec un Italien *un peu dodu* de cinquante ans.

— Vu de cette manière.

Vu de cette manière, vu de cette manière. Il m'énerve, là, Valaire. Il m'énerve vraiment avec son air hautain, sa jalousie mal placée, son air dégoûté. *Laisse tomber, Valaire, laisse tomber.*

— Je ne le connais pas beaucoup, mais je le rencontre souvent au resto-bar, près des studios. Il aime le scotch. Alors ça arrive qu'on parle de scotch. Je pourrais arranger quelque chose.

— Vraiment ? Oh !

Je me relève pour sautiller sur place comme une enfant, mais tout de suite j'entends l'inévitable *à une condition jeune fille...* Je me doutais bien, aussi, que les choses ne pouvaient être simples avec Valaire.

— T'as pas envie, une bonne fois, de lâcher du leste, un peu, d'abandonner ton besoin de pouvoir ? Allez. Quelle condition bordel ?

— Que je puisse assister à votre première nuit.

— PARDON ?

— Tu as bien entendu. Je t'aide à réaliser l'un de tes fantasmes en échange de quoi tu réalises le mien. Ça m'excite de penser que tu baises avec un autre. Qu'un autre peut te pénétrer comme il veut, sans soucis de panne physique. L'Italien est peut-être gros, mais il est bel homme, charmeur...

Valaire réfléchit. Je sens qu'il est vraiment en train de m'imaginer avec Mauro Gennai.

— Je veux t'entendre gémir du plaisir que te procure un autre homme. Je veux te voir le sucer, te faire prendre par-derrière, te…

— Bon, OK, ça suffit Valaire ! Et je lui explique comment, au bel Italien, qu'il y a un mort-vivant assis dans le coin de la chambre ?

— Tu lui expliqueras comme tu veux. C'est ma condition.

×✗×

Ce soir-là, Valaire et moi avons commandé du libanais que j'ai mangé sans conviction. J'imaginais plutôt les plats qu'allait me cuisiner mon chef italien – *calamari insaporiti, tortelli di cappone, gnocchi al pomodoro, ossobuco alla milanese* – tout en essayant de camoufler les émotions sensuelles qui traversaient ma tête et mon corps. Je m'animais subtilement sur la petite boule que formait mon peignoir replié sous mes fesses, me ramenant aux plaisirs de mon enfance. Mais Valaire était plongé dans ses noirs discours, il me parlait de son ex-conjointe et de tous les regrets qu'il cumulait envers elle, la seule femme qu'il avait vraiment aimée. Il me fallait bien l'écouter, par respect, et oublier un peu l'*ossobuco alla milanese* pour constater qu'il n'en restait plus pour très longtemps à mon amant fatigué.

Nous avons terminé la seconde bouteille en faisant la vaisselle, Valaire a pris mon visage entre ses mains, il m'a embrassée, puis est sorti pour rentrer chez lui. En me glissant dans mes couvertures ce soir-là, j'étais aussi épuisée que si j'avais passé la journée à faire l'amour.

×××

Je me réveille tout aussi épuisée que je me suis endormie la veille. Dans mes rêves, Valaire mourait assis sur sa chaise en nous regardant baiser, Mauro et moi. Un cauchemar. Impossible d'oublier cette image : *et si cela devenait une possibilité ?* Je m'en voudrais toute ma vie. Je me lève et me rends jusqu'à la cafetière en prenant mon téléphone au passage. *Un appel manqué. Valaire.*

Sur ma boîte vocale, le filet de voix m'explique la marche à suivre : « Salut jeune fille. En arrivant hier soir, j'ai écrit à Gennai. Il m'a répondu ce matin. Il est bien d'accord pour te rencontrer. Je lui ai écrit que l'une de mes dernières volontés était de te faire plaisir. Il a accepté. Pas besoin de me rappeler. Tout est organisé. Il débarquera à dix-huit heures ce soir, avec tout ce qu'il faut. J'arriverai plus tard, ne m'attendez pas avant de commencer... à manger, je veux dire. »

Il est fou. Valaire est fou. Alors c'était quoi, ce courriel ? *Oui, salut Mauro, c'est ton collègue amateur de scotch. Tu sais, la fille que je baise aimerait que tu cuisines pour elle, que tu la prennes par-devant et par-derrière, et que tu lui fasses voir quelques étoiles en prime. Pour tout dire, elle veut s'asseoir sur ta bite italienne pendant que je vous regarde. Je ne ferai pas de bruit. Et pas d'inquiétude, je ne bande plus, alors je ne me mêlerai de rien.*

J'y crois pas. Mauro Gennai débarque là, ce soir, avec des calmars et des pâtes fraîches ? Impossible.

Je prends deux gorgées de café et sors sur la terrasse pour fumer une cigarette. Me ressaisir. Je tente de rejoindre Valaire pour en avoir le cœur net. Pas de réponse. *Connard, réponds.* Une seconde fois. Pas de réponse. *Pas de soucis. J'essayerai plus tard. Il est peut-être retourné au lit.*

Suis-je en colère contre Valaire et son effronterie, suis-je perplexe devant la facilité de Mauro à accepter une offre aussi improbable de la part d'un partenaire de beuverie, ou suis-je effrayée à l'idée que tout cela soit réel ?

Et si cette histoire complètement absurde est vraie ? Si Mauro Gennai arrive vraiment chez moi à dix-huit heures ? Pourquoi passerais-je à côté de cette expérience ? Parce que je suis étonnée que l'opulent et populaire Italien accepte si vite une telle offre ? Au fond, il n'a rien à perdre en se rendant chez la jeune amante d'un ami mourant... *Au contraire... il a tout à gagner...*

Je retourne à l'intérieur en réfléchissant à ce qui devrait être accompli : faire le ménage, sortir acheter des sous-vêtements et du vin, revenir me doucher, enfiler une belle robe, allumer des bougies, mettre de la musique, et attendre. *Ça aussi, ça fera une belle histoire à raconter,* que je me dis en passant l'aspirateur. Ce n'est pas plus effrayant que cette fois où j'ai « commandé » une escorte sur Internet, à deux heures du matin. J'aurais pu tomber sur une folle. Mais non, je me suis plutôt créé un très agréable souvenir érotique. Elle se faisait appeler Amy. Tout simple. Quel délicieux moment nous avons passé toutes les deux. Embrasser les lèvres tendres d'une femme, sentir sa langue qui s'enfonce dans ma bouche, prendre ses seins dans mes mains, m'attarder longtemps sur cette drôle de sensation, d'autres seins que les miens, avaler les mamelons, découvrir enfin quel est ce goût *d'agrume ensoleillé* en léchant longuement un sexe qui mouille, pétrir des fesses satinées, entrer mes doigts dans un anus glabre et entendre le son délicat d'une voix de femme qui jouit. Lorsque son chauffeur a appelé au bout d'environ cinquante minutes, Amy a menti en disant que je payais pour plusieurs heures. Nous sommes restées nues, l'une contre l'autre, à caresser toutes les parties de nos corps d'un doigt frêle. Elle est partie à l'aube, pendant que je dormais, me laissant avec l'odeur de son entrejambe, délicieuse, imprégnée dans mon lit.

Je suis restée des jours dans cette délicate émotion féminine. J'ai même cru, pendant un instant, que j'étais tombée amoureuse.

Alors pourquoi pas, cette fois-ci encore, tenter une nouvelle expérience.

×××

Au diable les dépenses, que je me dis en regardant le barolo à cent quarante-huit dollars et les sous-vêtements signés Dita Von Teese déposés sur ma table de cuisine. Ce n'est pas tous les jours qu'on se fait faire la bouffe par un grand chef italien.

×××

Dix-sept heures vingt. Je verse le vin dans un décanteur et me prends un verre de vodka pour me calmer. L'image que me renvoie mon miroir est parfaite : léger maquillage, cheveux défaits, jeans et chemisier cachant la superbe lingerie blanche en dentelle achetée plus tôt. Un peu de parfum. Musique. Chandelles. Tout est prêt. J'espère seulement que Valaire et son air bête sauront se tenir et que le « ne m'attendez pas » ne signifie pas « j'arriverai au beau milieu du repas comme un con et terminerai à grands coups de gorgées rustres la bouteille trop chère ».

×××

Dix-huit heures pile, on frappe à la porte. Derrière le rideau, un homme. Un homme rond, qui fait la largeur de la vitre de ma porte d'entrée. Mon cœur s'emballe, c'est lui, c'est Gennai. *Merde, dans quoi me suis-je embarquée ?* Je ne veux plus ouvrir cette porte. Tout ça pour une histoire de crème basilic et de voix suave dans mon téléviseur ?

J'ouvre la porte.

Qu'il est beau. Un être d'une perfection indescriptible.

— Bonsoir. Amilie ?

— Oui. C'est moi. Bonsoir monsieur Gennai…

— Mauro. Je m'appelle Mauro.

Pas de «r» roucoulant en prononçant son nom, mais cette voix… Une voix ronde, chaude, une voix de basse, c'est la *Tosca* de Puccini dans ma tête, ça chante et ça danse déjà.

Je prends son manteau, je l'invite à entrer et, lorsqu'il passe devant moi pour aller vers la cuisine, je respire son parfum, une odeur toute douce, avec une pointe d'épice, je ne saurais dire, mais ce parfum m'enivre tout de suite, et je le suis, je pourrais le faire les yeux fermés, ne suivre que cette fragrance, oublier la bouffe, le tirer vers moi, dans mon lit…

— Écoutez, jeune demoiselle…

— Amilie. Pas de «jeune demoiselle», ni de «jeune fille».

— Pardon, Amilie. Je voulais juste vous dire qu'il est très rare que j'accepte de cuisiner chez les particuliers.

— Je comprends. Je vous prie d'excuser Valaire. Il est… il est un peu extravagant. Considérant les… circonstances…

— Oui, je sais, je suis désolé…

— Moi aussi, je le suis… et donc considérant les circonstances, je pense qu'il se croit tout permis…

— Je trouve cela plutôt émouvant.

— Émouvant ? Ah bon.

Les Italiens. Des romantiques. Le fantasme tordu d'un amant à la veille de mourir se transforme en événement *émouvant*.

— Monsieur Bourgoin m'a demandé de vous cuisiner un risotto aux champignons sauvages. J'ai apporté quelques charcuteries pour l'apéro. Cela vous convient ?

— Oh ! tout à fait.

Je n'en peux déjà plus d'attendre. Si cela ne dépendait que de moi, ou si je n'étais pas figée sur place à regarder Mauro déballer le contenu de son sac de bouffe, je laisserais aisément tomber le risotto pour prendre dans ma bouche cette verge du Sud. Mais je n'en ai pas le courage, ça me gêne, alors je me contente plutôt d'offrir un verre à mon invité, et de patienter.

Après les politesses d'usage, trois scotchs, plusieurs morceaux de saucisson et une conversation passionnante sur l'arrivée de Mauro au Québec, sur la vie qu'il a menée avant d'être chef ici et sur son parcours impressionnant, nous passons à table. Le risotto est le meilleur de toute ma vie. La première bouchée m'amène tout droit vers des lieux insondables, je ferme les yeux en me délectant de ces saveurs qui fondent dans ma bouche. *Délicieux, Mauro. C'est incroyable*, que je dis en me léchant les lèvres.

Chaque bouchée amplifie mon fantasme. Chaque phrase qu'il prononce résonne dans mon ventre comme s'il me pénétrait déjà avec de larges coups de bassin. J'ai envie de sucer ses doigts épais, de les faire entrer dans ma gorge, et de murmurer au creux de son cou des phrases comme *imagine maintenant le reste de ton corps entre mes mains* ou *je me montrerai docile si c'est ça que tu préfères*. Je me demande bien ce qu'il pense, comment il envisage de passer à la prochaine étape de la soirée. Est-ce que lui aussi, lorsqu'il me regarde, pense à mon corps ? Est-ce qu'il bande, maintenant, sous la table ? Est-ce qu'il imagine la manière avec laquelle je bougerai une fois assise sur lui ? Est-ce qu'il se demande ce que je porte sous mon chemisier ou quelles odeurs ont mes quartiers intimes ? Est-ce qu'il se meurt de me coucher à plat ventre sur la table, de poser ses mains lourdes sur mes hanches pour pousser en moi sa queue impatiente ?

Nos assiettes sont vides. Mon cœur s'emballe un peu plus. Je ne pense plus à Valaire et au moment où il arrivera. Je ris nerveusement à toutes les blagues de Mauro Gennai. Je le sens nerveux aussi. On approche enfin de ce moment où je pourrai presser ce ventre, ces cuisses, ces fesses généreuses.

Mauro se lève, prend mon assiette vide, la dépose dans l'évier, revient vers la table, me sert un autre verre et sort un papier de la poche de son veston.

Il prend un air triste. Je ne comprends pas. Les images d'érection et les odeurs de sexe disparaissent subitement. Même si je refuse de laisser mourir tout à fait ces mirages, il y a cet air dans le visage de l'Italien qui éteint chaque scénario éro-tique entretenu depuis le début de la soirée.

— Qu'est-ce qu'il y a, Mauro ?

— J'ai accepté cette demande de la part de Valaire uniquement parce que son histoire m'a bouleversé. J'en ai souvent, des demandes comme celles-là. J'ai accepté deux ou trois fois peut-être, depuis le début de ma carrière. Mais la manière avec laquelle il m'a parlé de vous était d'une beauté sans nom. Je dois avouer, par contre, que je n'étais pas préparé à ce que je m'apprête à faire. Je sais que vous souffrez, Amilie, et j'espère vous avoir divertie un peu ce soir...

— Quoi ? De quoi vous parlez ?

Alors Mauro a déjà débarqué « deux ou trois fois peut-être » chez l'amante d'un collègue pour la baiser et se faire regarder baiser ? Je suis confuse. Qu'est-ce qu'il manigançait encore, Valaire Bourgoin ? Et pourquoi n'était-il pas arrivé ?

Avant même que je puisse comprendre ne serait-ce que l'ombre de ce qui se passait, Mauro Gennai, l'Italien qui cuisine dans mon téléviseur, l'homme avec qui je croyais vivre la plus effervescente nuit de ma vie, se met à lire le bout de papier sorti de la poche de son veston.

— « Contrairement à ce que Liscano écrivait, c'est toi ma plus grande œuvre, jeune fille. Personne ne t'admirera plus que moi. Mais Liscano écrivait aussi "survivre implique mentir". Alors je t'ai menti. J'ai joué le misogyne, l'exécrable, le méprisant. C'était ma façon de te leurrer. J'ai survécu au très grand amour que je te porte, parce que ce très grand amour je l'ai tu. Je ne serais pas Valaire Bourgoin si je ne continuais pas d'aller d'amours tristes en amours morts. Et ce n'est pas à l'aube de crever que la colère que je transporte en moi pourra disparaître. J'ai cru, un jour, que l'infini existait. Depuis, je me suis rendu compte que je me trompais et je suis devenu un monstre. Sache que ce monstre t'aime. Et que j'apporte cet amour jusque dans ma tombe. »

Quoi ? Non. Je n'y crois pas !

Du grand Valaire. C'est comme ça qu'il me dit adieu ? C'est à travers un homme que je connais à peine que mon amant me dit que plus jamais je ne le reverrai, que cet *au revoir* soufflé dans l'embrasure de ma porte, la veille, était le dernier ? Je lui ai confié mon fantasme et il en a fait un acte théâtral pour annoncer sa mort grandiloquente, sa mort unique, sa mort à lui, mélodramatique. Et c'est maintenant qu'il me la fait, cette fabuleuse déclaration d'amour, celle que j'attendais, celle que je désirais chaque fois qu'il débarquait ici avec sa bouteille de vin et son air suicidaire.

Non. Je n'y crois pas.

Mauro me regarde, la mine compatissante, la larme à l'œil. Moi, c'est la bouteille vide de barolo à cent quarante-huit dollars que je regarde, puis l'ouverture de mon chemisier qui laisse entrevoir la lingerie que ne verront jamais mon chef italien, ni mon vieil amant journaliste.

Je te reconnais bien, cher Valaire.

Nancy B.-Pilon

C'était au printemps, t'en souviens-tu ?

Para Memo, para aquella vez
y todas las demás también

T'étais assis à côté de moi, sur un banc du parc Laurier. Ça faisait six mois que tu t'étais pas assis à côté de moi. Parce qu'on avait décidé de plus s'asseoir un à côté de l'autre, de plus dormir un à côté de l'autre, de plus marcher un à côté de l'autre. Depuis six mois, y'avait juste un *toi* et une *moi* et plus de *nous* parce que notre *nous* pouvait pas grandir. Avec un moi qui s'effrite et un toi en bouillie, c'était pas le temps de construire un nous et de s'enligner tout droit vers un éboulis.

La dernière fois que tu t'étais assis à côté de moi, c'était triste. Je pleurais, tu pleurais, le ciel aussi parce que c'est comme ça quand la vie décide de te faire vivre un cliché niaiseux. Comme si c'était pas suffisant de se séparer, il fallait le faire avec des jeans trempés et un toupet qui colle dans le front.

C'est pas parce qu'on s'aimait pas. En tout cas, moi je t'aimais même si j'arrivais pas à te le dire avec des mots. Quand je te faisais du pain aux bananes le matin à cinq heures pour que t'en aies dans ton assiette quand tu te lèves, c'est ça que ça voulait dire. Quand je mettais ta musique dans mon auto aussi. Pis quand j'te serrais vraiment, vraiment, vraiment fort.

Toi aussi, tu m'aimais, je pense. C'est ce que tu disais. Avec tes mots comme avec tes verres d'eau en plein milieu de la nuit, tes détours pour venir gonfler mes pneus de vélo ou tes cartes postales envoyées les deux pieds dans Montréal.

On s'aimait, mais ça se pouvait pas. Ça se pouvait pas pour vrai. Pour construire un nous deux qui se tient, il faut deux personnes qui peuvent se tenir en équilibre tout seuls. Et c'est pas ce qu'on était. On s'appuyait l'un sur l'autre pour pas tomber.

J'avais peur de moi, j'avais peur de tout gâcher, j'avais peur de faire des niaiseries, de me tromper, de pas t'aimer comme il faut, de pas t'aimer assez, de pas te faire rire suffisamment, de pas te faire sentir tout ce que je pensais de toi. J'avais eu trop mal, avant toi. Mal à pas manger pendant des semaines, à changer trois fois de grandeur de pantalons, à avoir des nœuds gros comme ça dans le ventre et à plus vouloir sortir du lit pendant huit pages de calendrier. J'aurais voulu t'aimer la tête légère et le cœur qui dit un deux trois go. Mais j'y arrivais pas.

Toi, t'avais la tête ailleurs, t'avais oublié t'étais qui, t'aimais quoi, tu voulais quoi, tu cherchais quoi. T'avais été avalé par la fille d'avant. Elle avait pris toute la place ou tu la lui avais donnée, je sais pas trop, j'étais pas là. Et tu pouvais pas chercher comme il faut pour te retrouver si tu passais la moitié de ton temps à pas chercher parce que j'étais là.

On s'était dit qu'il fallait s'éviter une catastrophe et on a joué aux grands qui savent et qui usent de leur sagesse. On a donc arrêté de s'asseoir l'un à côté de l'autre, de dormir l'un à côté de l'autre et de marcher l'un à côté de l'autre. Moi, je faisais tout ça toute seule. Toi, je savais pas. En fait, j'avais un doute, mais je faisais semblant de pas savoir du tout. Ça servait à rien d'y penser quand tout ce que je voulais, c'était t'entendre me le dire.

Pis là, six mois plus tard, t'étais assis à côté de moi. T'étais là, à vingt-sept centimètres de moi, avec ta face de gars beau, pis tes yeux de gars fin, pis ton corps de gars que j'ai pas touché depuis deux saisons.

Deux saisons. C'est quand même long.

C'est moi qui t'avais appelé, le jour d'avant. J'avais lu une phrase dans un livre qui m'avait fait penser à toi et tout d'un coup, j'avais eu envie de te parler. J'ai même pas réfléchi quand j'ai composé ton numéro de téléphone; je l'avais effacé de ma liste de contacts, mais ma tête avait quand même décidé de le noter quelque part, au cas. T'as répondu, je t'ai parlé de la phrase, tu m'as demandé de te la lire, je l'ai lue, t'as ri, moi aussi. Après, tu m'as demandé si je faisais quelque chose le lendemain vers dix-sept heures trente. J'avais rien donc je t'ai répondu non. Je t'ai jamais menti, j'allais pas commencer là.

On a décidé de se rencontrer au banc du parc Laurier où j'allais tout le temps lire en attendant que tu finisses de travailler. Ça s'était fait vite, sans trop penser. Comme si on n'avait jamais arrêté de le faire.

J'avais pas été nerveuse une seconde. Ç'a changé quand on a raccroché.

Le lendemain, à dix-sept heures trente, j'étais assise là, avec mon livre et mon vélo et la robe que je sais que tu trouves belle, en attendant que tu finisses de travailler. À dix-sept heures trente-quatre, tu t'es assis à côté de moi.

C'était comme si t'étais jamais parti. Tu disais les mêmes affaires drôles et tu faisais les mêmes gestes suaves. Je te regardais comme si je t'avais vu hier ou avant-hier. C'était pareil. Un peu plus drôle. Peut-être que je riais autant parce que j'étais un peu nerveuse d'être assise à côté de toi. Je veux dire, je m'étais assise à côté de toi des centaines de milliers de fois, ou peut-être un peu moins, mais tu sais comment j'exagère toujours avec les chiffres, je dis toujours genre quatre-vingts au lieu de cinq même si personne mange vraiment quatre-vingts bols de céréales. Mais bon, je m'étais quand même assise à côté de toi beaucoup, beaucoup de fois dans ma vie et c'était pas comme si être assise à côté de toi c'était la fin du monde ou l'affaire la plus spéciale.

Un peu quand même ?

Quand ça fait six mois, je pense que c'est un peu spécial. Dans mon corps, c'était spécial. J'étais nerveuse et gênée et dans ce temps-là, je ris plus que d'habitude.

Comme chaque fois que je suis nerveuse et que je ris pour rien, j'ai fini par me calmer, parce que tu le sais, je te l'ai déjà dit une fois, non ? Tu as cet effet-là, toi, tu me calmes. Tu fais rien de particulier, c'est pas comme si t'avais une formule magique ou que tu me faisais de l'acuponcture par télépathie, t'es juste là et je me calme. T'es apaisant. Tu m'aides à respirer plus lentement.

T'étais assis à vingt-sept centimètres de moi et ça allait, j'étais bien. Je te trouvais beau, t'étais peut-être encore plus beau, même. T'étais sûrement plus fin et plus tendre aussi. Après six mois, t'étais toute *plus*, j'ai l'impression.

Tu m'as parlé de plein de choses et j'ai écouté. Tu m'as posé plein de questions et j'ai répondu. T'écoutais, tu riais, t'en revenais pas des fois parce qu'il s'en passe quand même un peu des choses en six mois. Tu me regardais avec ces yeux-là, ceux qui disent que je suis jolie et que je dis des affaires qui sont l'fun à entendre. Tu me regardais avec ces yeux-là et dans ce temps-là, je regardais un peu ailleurs ou je replaçais le bas de ma robe et je me grattais la cheville même si ça me piquait pas.

Tous les jours, pendant six mois, j'ai espéré revoir ces yeux-là. Tous les jours je fermais les yeux et j'essayais fort de me souvenir des tiens, de ceux que tu fais quand t'es heureux que je sois là. Et là, je les avais devant moi et je voulais pas trop les regarder parce que j'avais peur qu'ils partent encore. Tu sais, nous deux...

En évitant tes yeux de temps en temps, ça me permettait de rester là, de rester présente, d'être le mercredi à dix-sept heures quarante-deux, d'avoir les fesses ancrées dans le banc du parc Laurier. Ça me permettait de vivre juste ces minutes-là et de pas en espérer d'autres.

Ça marchait.

Jusqu'à ce que tu fasses ça. Parce que t'es grand – et un peu maigrichon donc t'as sûrement les os qui rentrent dans les bancs de parc quand tu y restes assis trop longtemps – et que des fois, il faut que tu t'étires pour retrouver un peu de confort. Ça allait jusqu'à ce que tu t'étires, parce qu'au moment où t'as allongé tes bras au-dessus de ta tête, le bas de ton t-shirt a remonté sur ton ventre et là, j'ai vu, je me suis rappelé et mon corps aussi. Je pouvais voir ton ventre, juste un peu. Le bas de ton t-shirt remonté faisait une demi-lune avec le haut de ton jeans et j'avais un visuel parfait sur la petite ligne de poil qui part de ton nombril. C'est à ce moment-là, à cette seconde-là que je suis sortie du mercredi.

Tout ce que je voyais, c'étaient les vingt-sept centimètres qui séparaient ta cuisse de la mienne, et ceux que ma main devait franchir pour te toucher et les autres qui séparaient nos deux sexes. Il fallait que je me lève, que je parte ou que je te dise quelque chose comme *m'enlèverais-tu mon linge, s'il vous plaît* ou juste pas te donner le choix, mais c'était mercredi, y'était dix-sept heures quarante-huit, t'étais assis à côté de moi sur un banc du parc Laurier, après six mois à t'être assis tout seul (ou peut-être pas, mais j'avais envie de croire ça) et je me disais que c'était peut-être pas le temps de faire des folies.

Alors, j'ai décidé de me lever.

Tu m'as demandé ce que je faisais, j'ai répondu que j'avais besoin d'aller à la toilette et que c'était bien le fun et tout, mais qu'il fallait que je rentre. J'avais sûrement l'air d'une idiote de me lever comme ça, sans avertissement avec une envie soudaine de sacrer mon camp, mais c'était mieux de partir vite que de continuer à regarder la demi-lune de ton ventre et à imaginer le reste.

T'as voulu me prendre dans tes bras et j'ai hésité parce que je savais que nos deux sexes allaient alors se retrouver à un peu moins de dix centimètres et que ça allait être difficilement gérable, cette proximité. Mais j'ai cédé à cause de tes maudits yeux.

Tu m'as serrée et tu m'as torturée en caressant mon cou. J'ai été un peu achevée quand tu m'as dit que c'était un supplice de me toucher sans pouvoir me toucher pour vrai, me toucher partout. J'ai eu chaud, instantanément. J'avais la peau qui pétillait, on dirait. J'ai levé la tête pour approcher ma bouche de ton oreille, et je t'ai répondu que c'était dur pour moi aussi.

Il n'y avait plus beaucoup de centimètres entre ton sexe et le mien.

Je suis partie sans te regarder et j'ai pédalé avec ton odeur dans mon nez.

À ce moment-là, j'hésitais entre me trouver forte ou épaisse.

Je me suis rendue jusque chez moi, c'était pas bien long, une quinzaine de minutes qui n'ont pas réussi à me changer les idées ou à me donner envie de faire autre chose que de plonger sous la demi-lune de ton ventre. En débarquant de mon vélo, j'ai essuyé la selle. Et pourtant, il faisait pas si chaud.

Ta face et tes yeux et ton ventre et ton odeur et tes mots étaient partout chez moi. Je tournais en rond dans le salon, je savais plus comment me gérer. J'avais pas faim. J'avais pas soif. Je voulais pas lire. Je voulais juste m'étendre, penser à toi et jouir.

Ç'a été ça, mon super plan. Je me suis dit que si je jouissais, ça allait passer. J'allais pouvoir me ressaisir et faire n'importe quoi d'autre que juste souhaiter te voir apparaître, nu sur moi, avec ton ventre et tes épaules et tes doigts. Et ta langue. Ta langue...

Je me suis allongée. J'ai retiré ma culotte et j'ai plongé mes doigts dans mon désir. J'étais trempée, le clitoris en ballon. T'aurais pu me prendre là, sans forcer. J'ai gémi un peu juste en me frôlant.

Mon téléphone a vibré. C'étaient des mots de toi. J'ai eu peur de les lire, peur que tu me dises que t'aurais pas dû, que tu voulais pas, que c'était trop tôt, que mon corps te tentait pas tant que ça.

Si on avait pas été au parc, je me serais agenouillé devant toi, j'aurais glissé ma tête sous ta robe et j'aurais relevé tes fesses pour baisser ta culotte... j'aurais mis mes mains sur tes genoux pour t'ouvrir les jambes, et je serais allé te goûter.

J'ai eu chaud.

Je me suis recouchée, une main sur mon sein, l'autre entre mes cuisses, partagée entre l'envie de me laisser aller et celle de faire autre chose, n'importe quoi. Entre rester silencieuse et te répondre. Rester ici ou aller te rejoindre.

Je me suis levée, j'ai fait des longueurs d'appartement en marchant et je t'ai répondu.

J'ai déjà retiré mon slip. J'ai plongé mes doigts dans mon sexe que t'as réussi à mouiller avec tes mots, et tes yeux, et un peu ton ventre tantôt. J'pourrais jouir là, avec mes doigts, en imaginant les tiens. Mais j'ai pas envie d'imaginer.

Pendant six mois, j'avais réussi à éviter les seize coins de rue qui séparaient nos deux appartements. Pendant six mois, j'ai pris des chemins alternatifs, j'ai changé mes habitudes, j'ai tout fait pour t'éviter parce qu'on s'était dit que c'était ça, la bonne chose à faire. Que si on voulait une chance, une vraie, une avec un avenir pis un week-end au chalet de temps en temps, pis des projets d'adultes avec une hypothèque et des couches à changer, on n'avait pas le choix d'être loin pour le moment. Pendant six mois j'ai fait comme si ces seize coins de rue là n'existaient plus.

Et là, je savais plus si c'était le moment de retrouver les seize coins de rue que j'avais évités. Je savais pas si je pouvais traverser ces seize coins de rue sans tout foutre en l'air. Si c'était trop tôt. Ou trop tard. Si j'allais te rejoindre avec pas de culotte en dessous de ma robe, est-ce que ça voudrait dire que c'était correct, que la pause était finie, que j'étais en équilibre et toi aussi ?

Et, en même temps, je voulais pas penser à ça, je voulais juste que tu me prennes sans qu'on se pose de questions. Je me trouvais mal partie.

J'avais pas de culotte sous ma robe et je regardais mon vélo à l'autre bout du salon et je me demandais si je pouvais pédaler seize coins de rue sans tout gâcher.

Mon téléphone a refait un bruit.

J'ai pris une douche pour calmer mes ardeurs.

Une douche. T'avais de bonnes idées.

C'est un échec.

Ah. Merde.

Toujours pas de culotte sous ta robe ?

Toujours pas.

Bon.

Bon.

Je regardais encore mon vélo en me demandant si je pouvais pédaler seize coins de rue sans culotte. Dans ma tête, c'était mieux, j'aurais pu arriver chez toi et hop là ! t'sais. Côté pratique, ce l'était moins. Sans parler de l'hygiène.

Entre mes jambes, je sentais encore l'humidité, l'enflure, l'envie.

Seize coins de rue, c'est vraiment pas si loin. Dans le fond.

J'ai prié un peu pour que le vent fasse pas voler ma robe et dévoile trop de mon corps au reste du monde pendant que je pédalais. Je trouvais que c'était un drôle de moment pour prier puisque j'espérais au même moment plein d'impuretés, mais j'ai laissé faire ça et je me suis concentrée sur le bas de ma robe et toi qui n'étais plus qu'à huit coins de rue.

Pour éviter de faire un spectacle aux piétons, je me suis mise à pédaler avec une seule main sur mon guidon, l'autre déposée sur ma cuisse et donc, sur ma robe. Je trouvais ma stratégie infaillible jusqu'à ce que je doive esquiver à la fois un énorme trou dans l'asphalte et une voiture qui menaçait de m'emboutir. Freiner à une main manque d'efficacité. J'ai délaissé ma robe au profit de ma vie, au grand bonheur de ce trio de garçons, sur le trottoir, qui a pu se rincer l'œil sur ma cuisse et ma fesse droite, m'offrir des pouces en l'air, des compliments et des propositions de visites à domicile.

T'étais tout près. Trois coins de rue. L'asphalte était neuf. J'allais pouvoir me rendre chez toi sans revivre un moment d'exhibitionnisme.

J'étais gênée et nerveuse quand j'ai barré mon vélo sur le poteau en face de ta porte et je me suis dit que j'allais sûrement encore rire pour rien, mais que dans pas longtemps ça irait, que t'allais me calmer et me faire respirer plus lentement parce que c'est ça que tu fais, tu te souviens ?

Puis, j'ai eu peur que tu sois pas tout seul et je me suis trouvée conne. Je venais de pédaler tout ça sans sous-vêtement et peut-être que t'avais de la visite. J'ai regardé par la fenêtre.

T'avais pas de visite.

T'étais tout seul.

Tu jouais de la guitare sur ton sofa.

J'ai cogné.

Tu m'as ouvert.

T'as glissé ta main sous ma robe et t'as souri.

— Toujours pas de culotte...

Tu m'as soulevée de terre pour me faire entrer chez toi et t'as fermé la porte. T'as appuyé mon dos sur le mur en me faisant glisser jusqu'à ce que mes pieds touchent par terre. Tu t'es agenouillé. T'as enfoui ta tête sous ma robe et tu m'as goûtée.

Mes genoux sont devenus mous. C'était telle-ment bon qu'il fallait que je m'agrippe à quelque chose. Mes mains cherchaient, mais y'avait rien. J'aurais pu jouir là, debout, dans l'entrée, avec ta tête sous ma robe et ta langue qui sait comment me caresser. C'était trop tôt. J'ai repoussé ta tête doucement, ai baissé ma robe et suis entrée dans la cuisine.

Tu m'as suivie. Tu portais un vieux short bleu et pas de chandail. Je voyais beaucoup plus qu'une demi-lune de ton ventre. Tu me regardais avec ces yeux-là et je n'avais plus envie de regarder ailleurs.

Tes mains sur mon bassin m'ont serrée très fort pendant que t'inspirais. J'avais la lèvre inférieure qui tremblait de son désir de ta bouche. J'étais impatiente de savoir si t'embrassais toujours aussi bien. Entre mes jambes coulait un mélange de ta salive et de mon envie.

Tes mains que je connaissais trop, qui me connaissaient trop, qui savaient comment me toucher et quoi faire pour que je gémisse ont caressé mes fesses. Tes mains que j'ai imaginé être à la place des miennes chaque fois que je me touchais pendant deux saisons, six mois, alors que je me cachais à seize coins de rue. Tes mains qui rapprochaient mon corps du tien et qui réduisaient l'espace entre nos deux sexes à quelques millimètres.

T'as mis ta langue dans ma bouche alors que je te sentais, durci, contre l'os de mon pubis. J'ai baissé ton short, me suis reculée un peu et t'ai pris dans ma main. Ta bouche a délaissé la mienne pour que tu puisses me refaire tes maudits yeux.

Et là, je pensais plus à rien. Ni au moi qui s'effritait de moins en moins, ni au toi qui avait l'air moins en bouillie, ni à nos chances d'éviter les éboulis. Pas de pauses, pas de saisons, pas de coins de rue, pas de centimètres. Pas de sagesse, pas de questions, pas d'affaires d'adultes, pas de rien. Y'avait juste tes yeux et tes mains et mes fesses et ton sexe dans ma main que je brûlais de m'enfiler. Je n'avais pas peur. T'étais là.

Je me suis éloignée complètement.

J'ai retiré ma robe, dégrafé mon soutien-gorge, marché vers ta chambre et me suis arrêtée devant la porte. Je me suis retournée pour que tu me regardes. J'ai caressé mon ventre et massé mon clitoris en gémissant. J'ai porté mes doigts à ma bouche pour retrouver le goût qu'il y avait dans la tienne.

Tu m'as prise là, debout. Avant même que j'aie eu le temps de réaliser que tu t'étais approché, j'avais le ventre collé sur le mur froid, ta bouche dans mon cou, ta main gauche sur ma hanche et la droite sur mon sein. T'es entré comme si c'était chez toi, comme si t'avais la clé, comme si tu savais exactement par où passer. J'ai fait un pas vers l'arrière pour me faire un peu d'espace, pour permettre à ma main droite de poursuivre son massage pendant que tu me pénétrais avec un mélange de tendresse et de fougue. Je te sentais, sortir de moi presque en entier, pour pouvoir me reprendre plus fort et j'arrêtais pas de dire *merci merci merci* dans ma tête parce que c'était bon ce que tu me faisais et aussi parce que j'avais appris à être reconnaissante des surprises de la vie. Je sais, c'était un drôle de moment pour exprimer ma gratitude. Mes doigts s'agitaient frénétiquement sur mon clito et je commençais à manquer de centimètres de peau pour absorber tout le plaisir que j'avais.

C'était comme si tu m'avais prise hier ou avant-hier. Ton corps se rappelait du mien, mon bassin se souvenait du tien. Nos mains cherchaient pas maladroitement les sources de jouissance sur un corps inconnu. Je savais comment bouger pour que tu me demandes de ralentir parce que sinon, tu viendrais trop vite. Tu connaissais la cadence qui me faisait le plus gémir. C'était comme avant. En même temps, c'était un peu nouveau. C'était pareil, mais c'était meilleur. C'est difficile à décrire, tu trouves pas ?

On a joui en même temps, au même rythme, comme si on avait suivi le tempo d'un métronome. On est restés là, debout, collés, humides, essoufflés, le sourire partout dans le visage. Je t'ai mis un peu de moi dans les cheveux en allant caresser ta nuque avec ma main droite. Ta joue sur mon épaule, t'as fait le tour de tout mon corps avec tes bras – c'était pas difficile, tes bras sont longs – et tu m'as gardé contre toi jusqu'à ce que nos cœurs reprennent leurs battements normaux.

Tu as mis du temps avant de te retirer, comme si tu voulais pas partir, comme si t'étais prêt à rester. Quand tu l'as fait, t'as été doux, lent. Tu m'as regardée longtemps. Je sais pas longtemps comment, peut-être une minute ou deux. Je sais qu'une minute ou deux c'est pas long en général, mais c'est un peu long quand quelqu'un te regarde pendant que t'es nue à rien faire. Tu as mis tes mains sur mes épaules, tu as caressé mes bras et tu m'as demandé si on pouvait marcher ensemble, maintenant.

Isabelle Massé

La fente

— B26, lance le préposé.

— C'est moi.

Sophie avance, pose ses fesses sur la chaise et son sac à main sur ses genoux.

— Donc, si je résume votre échange avec mon directeur, la semaine dernière : un endroit chaud, pas forcément exotique, un hôtel charmant, pas forcément un cinq étoiles, et un seul partenaire, pas forcément le sosie de Leonardo DiCaprio.

— C'est ça, oui.

— Donc, ce sera Santa Fe. Madame ?

— Mademoiselle. Santa Fe, au Mexique ?

— Non, au Nouveau-Mexique, madame.

— Mademoiselle.

— Chanceuse, on se sent comme sous les tropiques là-bas, à ce temps-ci de l'année. Bon voyage ! Revenez-nous conquise et rassasiée, comme toutes les autres.

— Vous n'avez que des clientes à votre agence ?

— Oui. Les femmes courent après leurs temps libres, savent verbaliser ce qu'elles désirent et ce qu'elles ne désirent pas. Nous faisons en quelque sorte de la conciliation travail-fantaisie ! On offre l'inconnu, mais avec un inconnu soigneusement choisi par nous. Dans un annuaire Pages Jaunes, on s'annoncerait sous l'onglet « Services à la carte ». Mais faut croire qu'on est populaire, car on fonctionne seulement par le bouche à oreille depuis cinq ans. Le taux de satisfaction est très élevé.

— Et je fais quoi, maintenant ?

Le préposé tend une enveloppe à sa cliente.

— Elle renferme votre billet d'avion, l'adresse où vous devez vous rendre une fois à destination, ainsi que quelques autres indications à suivre à la lettre. À votre retour, dans soixante-douze heures, vous devez nous rapporter le formulaire d'appréciation dûment rempli, au risque de payer des frais supplémentaires.

— Même si je viens de débourser quatre mille neuf cent quatre-vingt-quinze dollars pour ce voyage ?

— C'est la règle, mademoiselle.

Le préposé donne un élan vers l'arrière à sa chaise à roulettes, tend le bras et agrippe un grand bol *made in Taiwan* rempli de biscuits chinois.

— En terminant, servez-vous et cassez un biscuit.

— « Apprenez à fourrer votre nez partout », lit à haute voix Sophie.

— À commencer par l'œuvre de l'artiste Georgia O'Keeffe, ajoute le préposé. C'est un ordre !

×××

Elle se nomme Sophie Tremblay. «Ah! ouiii, ah! ouiiii, Sooooo!» pour les intimes que son entre-jambe a croisés. Comptable sociable et enjouée, mais célibataire endurcie et amante blasée. Car à trente-cinq ans, elle estime avoir tout fait et tout essayé. Gémi en levrette les genoux enfoncés dans son matelas *queen size*, crié de plaisir les mains agrippées à un luminaire de salle de conférences à trois heures du matin, grogné de jouissance le coccyx sis sur un comptoir de cuisine dur comme le rocher Percé et posé ses lèvres sur des glands, par-fois même en s'enfonçant le bras de vitesse d'un quatre par quatre, les vitres même pas teintées, dans le flanc gauche.

Elle a fait l'amour dans un taxi avec son gyné-cologue, dans la toilette d'un 737 avec un contor-sionniste circassien, dans le lit de sa meilleure amie avec un collectionneur de montres suisses. Elle s'est tapé des voisins, des filles de son bac, trois asthmatiques, deux daltoniens et un gars qui venait à peine de sortir de l'adolescence. Un pari niaiseux. Elle a tâté des corps nus sur du Radiohead autant que sur du Jean-François Breau. Elle baise depuis ses seize ans dans toutes les positions. La tête en bas cramponnée au lit à baldaquin d'une boutique de meubles trop chers de Griffintown. La tête plongée dans des livres de recettes de Ricardo pour détourner son ennui. Vêtue en cui-rette, enveloppée de satin, déguisée en sapin de Noël à l'Halloween. Elle s'est offerte à des gens de qui elle était éperdue et à d'autres qu'elle n'aimait plus. Elle s'est fait sauter par ce qu'elle croit être la queue la plus longue du Québec, par les mains les plus exploratrices du continent, par des grands-pères olé olé et de candides producteurs d'ARTE amoureux de Philip Glass.

Mais là, elle ne jouit plus avec fracas depuis de nombreux mois. Au lit, elle fait mécaniquement la planche, l'étoile et l'amibe. Aux semaines qui s'égrènent s'ajoutent les commentaires tantôt affadis tantôt délirants de proches et de moins proches, du philosophe un peu bourré à l'informaticien pragmatique, qui tentent d'analyser son vide sexuel.

— Archimède l'a dit : « Tout est une question de dynamique des fluides. » Dans le cas qui nous préoccupe, le rapport parfait entre la consistance du sperme et la quantité de salive de la fille au moment de la jouissance masculine. Clairement, t'es pas encore arrivée au mélange parfait...

— Sophie, une belle fille comme toi, ça s'peut pas que...

— TA GUEULE !

C'est sa copine Chantal qui, un soir, lui a asséné le conseil le plus sensé :

— Il te reste plus qu'à payer pour t'élever au paradis ! Quand je crache deux cent soixante-quinze dollars pour un concert de Lady Gaga, je me convaincs que c'est le show de ma vie, même perchée dans la stratosphère de l'aréna, et le lendemain, je chie sur tous les critiques qui relèvent les imperfections de sa performance. Guy Laliberté a sans l'ombre d'un doute apprécié son voyage dans l'espace. Tu dois te convaincre que c'était bandant quand ça t'a coûté trente-cinq millions !

Parfois, la raison parle plus que le cœur.

Un lundi matin, Sophie a donc cassé son petit cochon et l'a vidé sur le bureau du préposé aux plaisirs charnels de l'agence de voyages érotiques *Les gloires du matin* dans l'espoir de dénicher le cochon ultime. Un mois de salaire net, mais bon… Estimant que sa traversée du désert avait assez duré, elle a décidé de se prendre en main et de se faire prendre en charge pour se faire prendre comme une reine.

×××

— Georgia O'Keeffe… Georgia O'Keeffe…

Après avoir expédié quelques vêtements, un bikini, un tube de crème au thé blanc dans sa valise, Sophie se résigne à suivre les conseils de l'agence et à voler jusqu'aux États-Unis sans téléphone intelligent ni lubrifiant ni caoutchoucs Trojan. *Seigneur ! que les condoms s'invitent sans frais supplémentaires dans cette pause-luxure à quatre mille neuf cent quatre-vingt-quinze dollars !* implore-t-elle.

Les jambes et la chatte rasées, il ne lui reste que quelques minutes pour en apprendre un peu sur la peintre du Nouveau-Mexique.

— Georgia O'Keeffe, Georgia O'Keeffe… C'est tout ?

Internet est plus avare de détails sur l'art néo-mexicain précisionniste et moderniste du ving-tième siècle que sur les nouvelles collections à l'Aubainerie de Véronique Cloutier. Il ne bonifie les courtes biographies trouvées que par quelques reproductions d'œuvres qui, sur l'écran d'une tablette électronique, n'offrent aucune possibilité d'émerveillement.

— Bah! J'aurai peut-être une petite heure pour visiter le musée qui porte son nom à Santa Fe.

×××

L'avion de ligne qui transporte Sophie de Chicago, son escale, à Albuquerque, capitale du Nouveau-Mexique et de *Breaking Bad*, est exigu: quatre sièges en cuir par rangée. Dans la sienne, la rangée trois, un homme dans la quarantaine, vêtu d'un complet ajusté gris foncé et d'un t-shirt de The Cure *vintage* soigneusement agencé, a déjà posé son postérieur. Il se lève en apercevant made-moiselle, l'aide à déposer sa valise dans le coffre au-dessus de sa tête. Il n'y a pas que le personnel de bord qui est serviable, charmant et en beauté!

— Thank you gentil monsieur accroché aux années 80, dit-elle en souriant, fière de sa boutade.

— De rien, chère dame, répond en français le voisin de siège avec un rictus.

Merde, un Québécois! Sophie se dirige, penaude, vers son siège près du hublot. *S. V. P., ne me parlez pas, ne me parlez pas, nemeparlezpas*, qu'elle se répète tel un mantra.

— Alexandre, se présente-t-il, la main ouverte.

— Isabelle, ment sa voisine, sans raison valable.

— Isabelle ? Ah ! vous m'évoquez davantage une... Sophie ?

OK, même s'il n'y a pas plus convenu comme prénom, qu'il y a déjà eu trois autres Sophie dans sa classe à l'école primaire, les chances qu'il tombe sur le sien. Comme ça. Par hasard. Plutôt maigres.

— Qui êtes-vous ? D'abord êtes-vous un vrai Alexandre ou plutôt un Patrick, un Jean-Sébastien, un Luc Langevin ?

— Je suis un explorateur, répond-il. Un foreur. Le sol aride, l'air poussiéreux et la chaleur du Nouveau-Mexique, particulièrement à Santa Fe, sont tout désignés pour mon travail.

— C'est là que vous allez ? Moi aussi, dit Sophie.

— Pour quelle raison ?

— Pour visiter le musée Georgia O'Keeffe.

Et alors, c'est une demi-vérité, non ? Sophie tourne la tête vers le hublot, les joues un peu rouges. Que distiller à un inconnu comme informations sur son voyage « d'affaires très personnelles » ? La passagère prend une grande respiration, revient à sa position initiale et... écarquille les yeux devant le spectacle que lui a préparé Alexandre. Mince, plus besoin de cacher le but de son voyage !

— La fente... Bleue, tel le sang perçu à travers les veines et l'épiderme. Et cette peau lisse, très blanche, qui la définit et l'enveloppe. Qu'elle est belle cette lumière au centre de ce tableau! Pas vrai? La fente, j'y reviens... Ligne toute menue qui happe le regard. Vers l'intérieur, puis vers le bas où pointent deux jambes ouvertes. Comme celles écartées lorsque des doigts et une langue s'y postent avant de s'y introduire.

Le poète à ses côtés tient dans ses mains la photo d'un tableau aperçu quelques heures plus tôt par Sophie sur Internet.

— *Blue Line* de Georgia O'Keeffe? balbutie-t-elle.

— Peint à New York en 1919 comme plusieurs de ses tableaux floraux, lui enseigne Alexandre le foreur.

— On dirait un lis, dit Sophie pour tenter de faire baisser sa pression soudainement élevée.

— Non, une fente qui attend d'être explorée, corrige Alexandre. Les moins convaincus l'ont baptisé *fleur orgasmique* ou *clitoridienne*, au grand déplaisir de madame O'Keeffe, qui a toujours prétendu qu'elle peignait simplement des fleurs.

— Ouais, un gros plan de pétales, répète obstinément la passagère pour montrer qu'elle se range du côté de la peintre américaine considérée comme une des artistes majeures du dernier siècle.

— Eh! bien, elle attend de se faire caresser, lentement, doucement les pistils, cette fleur à six millions de dollars. Maintenant, donnez-moi l'enveloppe remise par l'employé de l'agence. Je veux savoir où on va s'enfermer et faire l'amour pendant deux jours.

Il n'y a pas de hasard dans la vie. Même à trente-trois mille pieds d'altitude. Et Sophie sait maintenant qu'un voyage érotique à quatre mille neuf cent quatre-vingt-quinze dollars commence dès qu'on pose son cul sur son siège d'avion !

×✕×

Sophie est muette depuis deux heures lorsque l'avion pose ses roues sur le tarmac de l'aéroport d'Albuquerque. Qu'attendre de son voisin de siège attirant et un brin hâbleur qui ne doit pas rechigner à flâner dans des musées toute la journée, mais qui pour l'instant décroche ses payes en plaisant à ces dames et qui sait les mettre en appétit ? Les dernières paroles échangées dans l'avion, avant qu'elle ne ferme les yeux pour tenter de retrouver ses esprits, ont toutefois piqué sa curiosité.

— Je vous le jure, chère dame, que d'ici à demain, vous aurez été dégustée et pénétrée jusqu'à la liquéfaction.

— Et Georgia O'Keeffe dans tout ça ?

— Disons, pour l'instant, un prétexte pour amorcer une conversation. Quoique vous aurez le tableau *Blue Line* à quelques pieds de votre face et de vos fesses tout le week-end. L'agence a souvent recours à de grandes œuvres comme inspiration copulatoire.

— Dieu merci, Picasso-le-cubiste ne s'est pas invité à Santa Fe ! Je manque de flexibilité !

×××

Ce n'est finalement pas à Santa Fe que Sophie vivra son expérience sexuelle commandée. Car en approchant de la ville de Georgia O'Keeffe, Alexandre indique au chauffeur qu'il peut filer jusqu'à Taos. Destination : les minuscules chambres du resort El Grande Sagrado.

— On a quitté l'aéroport depuis deux heures, s'impatiente Sophie. On roule jusqu'au Colorado ou quoi ?

— Jusque dans une oasis. On y est dans quelques secondes.

— Vous aurez assez de temps pour accomplir votre mission ? Ai-je le droit maintenant d'avoir plus d'infos sur nos ébats ? Une baise d'une heure et puis s'en va ? Un cours avancé de Kamasutra ? Une mise en scène des cabrioles sexuelles de Mickey Rourke dans *Wild Orchid*, question de demeurer dans l'analogie florale ?

L'interlocuteur reste muet et préfère un court instant laisser sa cliente se forger son éden.

Sitôt pénétré dans une des alcôves du *resort*, Alexandre ferme la climatisation. Pour emprunter au côté frondeur de son guide, Sophie fait tomber sa jupe et déboutonne sa chemise dès sa valise posée. Après tout, les heures s'égrènent et il fera bientôt chaud… Mais, alors qu'elle s'apprête à dégrafer son soutien-gorge, Alexandre s'interpose :

— Pas tout de suite, Sophie. Assoyez-vous ici. Un verre ?

— Oui, répond-elle, prise de court.

— Parlons encore un peu. Il n'y a rien de mieux qu'un échange entre gens allumés pour déclencher les hostilités sexuelles, non ?

— On est vraiment obligés de jouer au Scrabble de la baise tout juste avant de s'envoyer en l'air ?

— Ça fera son effet sur votre épiderme. En moins de deux, toutes vos terminaisons nerveuses seront électrifiées.

Sophie prend une grande respiration en cherchant l'inspiration.

— Il y a peu de verdure au Nouveau-Mexique, amorce-t-elle banalement. Je veux dire, depuis qu'on a quitté l'aéroport en taxi, c'est le désert.

— Lorsqu'on a rapatrié ses tableaux, madame O'Keeffe a en quelque sorte fleuri la terre sèche et hostile de Santa Fe. Regardez le livre de ses œuvres sur la table. Et dans quelques minutes, je parie que ces mêmes fleurs vous feront mouiller. Je pourrai alors goûter à la rosée de votre entrejambe.

— Ah ! je croirais pas. Des livres de reproductions de tableaux ? J'ai déjà essayé. Même devant *Le Grand Masturbateur* de Dali, rien. Les reproductions de photos de Marylin Monroe du catalogue IKEA ? Pas le moindre frémissement ! Même les toiles d'orignaux en rut sur les murs du chalet de mon dernier amant me laissent de glace.

Alexandre débouche une bouteille de Bordeaux, en tend un verre à Sophie et se retourne vers la grande armoire de la chambre pour en sortir un tableau.

— Un faux *Blue Line*, évidemment. Votre forfait n'inclut pas d'œuvres authentiques, plaisante Alexandre.

Sur un clou déjà fixé au mur face au lit, l'amant d'un jour accroche le tableau et va s'asseoir sur une chaise juste en dessous.

— Vous connaissez le mythe de Midas?

— Vaguement, répond la cliente. Ça vous amuse de me renvoyer à mes cours de philosophie du cégep, que je n'ai pas particulièrement appréciés?

— Un mythe sur le désir. Tout ce que le roi Midas touchait se transformait en or. Jusqu'à la nourriture qu'il voulait manger, les cheveux de sa fillette, les joues et lèvres qu'il embrassait. Un mythe sur le désir inassouvi d'un homme devenu riche, mais qui ne pouvait profiter, autrement qu'avec ses yeux, de ses possessions. Maintenant, prenez place ici, devant moi.

Soudainement intriguée, Sophie se lève et se dirige vers le lit.

— Elle est à vous cette toile, explique Alexandre. Il y a un marché pour les reproductions, spécialement celles de Georgia O'Keeffe, au Nouveau-Mexique, en Arizona et au Colorado. En l'affichant sur un site semblable à eBay, mais exclusivement pour les amateurs d'art, on vous en donne facilement mille dollars.

— Illégal?

— Même pas, simplement méconnu. Il permet aux connaisseurs moins fortunés d'avoir sous la main un fragment d'histoire de l'art du Nouveau-Mexique. Et on limite le marché illicite de la contrefaçon.

Devant l'air incrédule de Sophie, monsieur poursuit :

— Cette toile peut donc se transformer en or pour vous, ma belle. Mais je vous en fais cadeau seulement si vous jouissez devant moi. Et il ne sera pas question de simuler l'orgasme ! Car la jouissance a un goût particulier pour qui y prête vraiment attention.

— Ah ! bon, et ça goûte quoi ?

— Chut, maintenant ! Vous pouvez vous asseoir au bout du lit devant moi et poser vos jambes sur le mur de part et d'autre de ma chaise.

— Oui, monsieur le gynécologue ! J'enlève ma culotte ?

— Chut ! Non, et ne fermez pas vos yeux, regardez droit devant vous. Fixez le tableau.

— OK, on pratique l'accouplement par hypnose, c'est ça ? ajoute Sophie encore peu convaincue.

Doucement, avec un doigt, Alexandre entame l'exploration des lèvres de Sophie. Pendant quelques minutes, il s'attarde tant au sous-vêtement qu'à l'épiderme rosé qu'il recouvre. Sa cliente tremble à peine, même si Alexandre sent la dentelle lentement s'humidifier.

— Donc, c'est en quelque sorte grâce à Georgia que je vais venir ?

— Chut, souffle Alexandre en glissant le slip sur le côté et en s'approchant maintenant du sexe de Sophie.

Avant d'y plonger sa langue, il hume et expire pour que celle-ci sente à quel point la bouche est prête à s'aventurer entre ses jambes.

Alors encore un peu de marbre, Sophie frémit quand elle perçoit un premier coup de langue. Un effleurement. Puis un deuxième. Alexandre recule, observe, souffle et effleure à nouveau ce qui s'offre à lui. Il répète sa chorégraphie une dizaine de fois jusqu'à ce qu'il suspecte sa proie hypnotisée. Il colle alors ses lèvres sur la chatte de Sophie, puis dirige sa langue vers la fente. Le clitoris, mouillé, est déjà gonflé quand il commence à le chatouiller après avoir trempé sa langue dans son détroit maintenant prêt à être exploré. L'organe mobile charge à coups légers de façon stratégique. Il sait où se poser, où s'attarder pour faire monter le rythme cardiaque de la cliente.

Au bout de quelques minutes, l'index de la main gauche amorce une lente descente jusqu'à l'anus. Sophie n'a jamais aimé se faire enculer. Mais le doigt d'Alexandre posté devant l'orifice est davantage en mode prospection. À tâtons, il ose parfois foncer dans la nuit pour en ressortir aussitôt, comme pour revoir sa manœuvre. Mais chaque repli est pensé pour s'humecter davantage la phalangette à même ce qui s'écoule maintenant de la fente de Sophie avant d'amorcer l'ultime charge.

Alexandre prend comme signal la respiration plus haletante de Sophie pour maintenant plonger sa langue et non ses doigts vers l'anus. Les jambes retenues par le maître foreur, Sophie perçoit, dans les flots de cette cyprine qui jaillit maintenant de son entrejambe, la langue baladeuse qui s'active. Attisée, la conquise se rend : cette mise en bouche est exquise, à en perdre la parole.

Combien de fois a-t-on bêtement retiré ses sous-vêtements plutôt que de s'amuser avec sa lingerie avant la pénétration ? Combien de fois, comme si on sprintait le cent mètres aux Jeux olympiques, sa corolle n'a-t-elle reçu que de courtes visites péniennes, pouc, pouc, pouc, haaaaaaaaa, merci, bonsoir ? Combien de fois s'est-on contenté de ne jouer qu'avec un orifice ? Les hommes avec qui elle a baisé avaient bien tous dix doigts, non ? Bien sûr, mais à ses yeux, ils accomplissaient davantage leur tâche mécaniquement pour d'abord inscrire un nouveau lieu de coït ou une nouvelle position ou elle ne sait quoi d'autre à leur fiche personnelle. Avec le temps, elle-même s'est prise au jeu du livre des records Guinness de la couchette. Avec ses chums autant qu'avec ses amants. Eh bien ! À force de vouloir l'allumer de toutes les façons sans réelle conviction, ses conquêtes ont fini par l'éteindre, puis l'ont convaincue de monnayer sa jouissance.

Mais là, une rangée de néons de 120 watts scintille de nouveau en elle. Étourdie, Sophie réussit difficilement à se demander si son anatomie vient de croiser le fer avec le « cunnilingueur » de ses rêves. Celui qui sort l'artillerie lourde, sa langue entière, toutes papilles gustatives offertes, quand il bouffe sa belle plutôt que de ne présenter que la proue.

Maintenant, Sophie glisse sur le lit et dans une nouvelle dimension néo-mexicaine. C'est la longue langue exploratrice ou le regard soutenu d'Alexandre, capable de la fixer pendant qu'il la déguste, qui l'enivre soudain ?

— Surprise, hein, mademoiselle Cynique ? C'est la chaleur. Et la fleur à mille dollars de Georgia. Quoiqu'elle est moins humide que vous en ce moment, cette fleur.

— Vos mains, votre langue, elles sont assurées, j'espère ? Il y a quelqu'un de caché sous le lit qui me manipule en tandem, c'est ça ?

Alexandre rit et se remet à la tâche.

— Vous goûtez bon. C'est sucré.

— Décrivez-moi ce que vous avalez, en ralentissant le mouvement de votre langue le plus possible.

— C'est difficile à décrire, dit Alexandre en levant la tête.

— N'arrêtez pas !

— Sucré comme les dattes du Maroc.

— Celles étiquetées à quatre dollars et quatre-vingt-dix-neuf chez Costco ?

— Disons, oui.

— Les chattes que vous goûtez sont-elles toujours sucrées?

— Non.

— Comme le sperme, alors. Il a différents goûts, échappe Sophie de plus en plus engourdie.

— Ah oui! Et ça goûte quoi?

— L'a...mer...tu...me est dif...fé...rente, d'un gars à un autre. Mais j'y prête pas vraiment attention, en fait. Mon Dieu! mais qu'est-ce que vous me faites?

Alexandre caresse de plus belle le lis qui chatouille sa bouche, tout en écoutant Sophie dont le débit perd son aplomb.

— Je me concentre habituellement sur la jouissance, souffle-t-elle. Sur ce qui est érigé dans votre bouche. Heu, je veux dire, dans ma bouche. J'essaie d'en faire d'abord mon plaisir. Je suce. Comme les Popsicles trois couleurs qu'on léchait dans notre enfance... Ceux qu'on achetait à dix cents au dépanneur du coin... Je bouffe allègrement à la fois le gland et le membre, en aspirant la queue jusqu'aux couilles.

— Vous parlez de sexe comme si vous lisiez des colonnes de chiffres. Ça me rappelle que vous êtes comptable.

— Difficile de ne pas faire autrement, avec ce que je viens de débourser pour vous faire visiter mon entrejambe! J'ai quand même payé un mois de sal..., de salaire...

Sans jamais la quitter du regard, Alexandre abandonne une des jambes de Sophie pour ramener sa main droite sur le haut du corps de sa cliente émerveillée. Il remonte son soutien-gorge et atteint son mamelon droit, dur, au garde-à-vous, et le caresse en le tambourinant avec son pouce et son index, sans le pincer.

— Dans une minute exactement, vous jouirez, Sophie, chuchote Alexandre.

Mais que vient-il de toucher ? Sophie sursaute. Et bang ! Le pied gauche qui tenait ferme sur le mur en face bascule sur la toile et la défonce.

— *Fuck*, mes mille dollars !

Alexandre a maintenant l'index dans l'anus de sa cliente, le pouce aux confins de son vagin et la bouche en position pour avaler la liqueur qui s'apprête encore à s'en échapper. La langue est toujours aussi attentionnée. Mais la culotte est maintenant étirée et détrempée par la salive de l'opérateur.

— *Fuck, fuck*, ah, oui, *fuck* !

Sophie ne s'est jamais entendue gémir aussi bruyamment et atteindre son Everest orgasmique de façon si singulière. Les clients des chambres adjacentes doivent en ce moment déposer une plainte pour bruit à la réception de l'hôtel ou se foutre à poil pour joyeusement imiter leurs voisins. La cliente moulue entend à peine son maître la sommer de s'étendre maintenant sur le côté pour la partie « extra » du forfait :

— Dans une minute, vous jouirez une deuxième fois.

— Quoi ? J'ai droit à deux orgasmes dans mon forfait ? souffle la soumise, dorée, rissolée par le soleil qui pénètre dans la chambre.

Sans répondre, Alexandre presse le ventre de sa partenaire d'une main et enfonce sans précaution deux doigts de son autre main dans la tanière disposée à être sondée, inspecte quelques secondes la paroi, la chatouille, trouve au fond vers le haut ce qu'il cherche et démarre l'ultime manipulation. Sophie a alors droit à un massage avec des doigts qui bougent à peine, qui répètent le même mouvement au milieu d'une cible imaginaire, en l'effleurant. C'est le supplice de la goutte. Mais cette torture fait frémir et non souffrir.

— La femme de chambre ne nous aimera pas ! annonce Alexandre. Je compte encore trente secondes et je vous mets à sec.

— Ahhhhhhh... Mon Dieu !

Il y a un bouton « déluge » au bout de l'antre qu'aucun autre amant n'a déniché ni pensé chercher. Les yeux de Sophie roulent maintenant sous ses paupières en même temps que sa voix imite la finale d'un duo Céline Dion-Ginette Reno. Elle n'a jamais giclé ni hurlé de plaisir. Ni tant hurlé en giclant ni tant giclé en hurlant. Bref, il pleut maintenant sur le lit, ses jambes, ses pieds. Du septième ciel où elle est maintenant postée, Sophie imagine en alternance les bégonias de sa terrasse sous une averse et la douche multi-jets qu'elle rêve d'installer dans la salle de bain de son condo. Sophie baigne dans un éden liquoreux duquel elle ne veut pas s'extirper.

Alexandre décide cependant de la ramener sur terre. Il attend encore une chose d'elle. Qu'elle passe à l'acte, elle aussi.

— Votre biscuit, lance-t-il.

— Mon biscuit ?

— Le biscuit chinois que vous avez ouvert à l'agence. Que disait-il ?

— « Apprenez à fourrer votre nez partout. »

— Avancez vers la toile, maintenant.

À contrecœur, Sophie se décolle des draps et se lève.

— Vers la fente, là où vos émois ont rompu la toile, précise Alexandre. Insérez-y votre bouche et agrippez ce qui s'y trouve avec vos dents.

En ouvrant sa bouche et en sortant sa langue, Sophie pousse les morceaux de toile lacérés un quart d'heure plus tôt par son pied, en tenant les bords du tableau avec ses mains. Qui a déjà communié de la sorte avec une œuvre d'art ? pense-t-elle, devant le ridicule de la pose. Mais elle joue le jeu et prend son temps sachant qu'elle est observée.

Elle tire avec précaution le papier caché et le prend dans sa main.

— Un chèque de mille dollars. Et cette histoire de site Internet, alors ? Et la toile ?

— Un petit mensonge, dit Alexandre. Je vous ai montré une banale reproduction qui ne vaut même pas un dessin d'enfant sur le marché de l'art. On n'oserait pas risquer de faire défoncer de grands tableaux par nos clientes ! Vous n'appreciez pas la mise en scène ? Donc vous encaissez le chèque dans la prochaine heure et, du coup, vous remboursez en partie les frais de votre voyage de baise. Mais on retourne ensuite immédiatement à Montréal, comme prévu. Sinon, je vous soulève du lit et de terre toute la nuit, vous vous rapportez en retard à l'agence et vous oubliez le chèque : c'est ça le léger supplément dont on vous a parlé.

Sophie réfléchit pour la forme, même si elle aimerait bien savoir son compte en banque plus garni, et déchire le chèque. Elle sourit, revient vers le lit et pose un regard sans équivoque sur Alexandre.

— Un moment, alors, dit-il.

Alexandre attrape son iPhone et compose, sourire en coin, le numéro de l'agence Les gloires du matin.

— Patron ? Elle est venue deux fois et ne reviendra pas demain.

La cliente satisfaite est couchée sur le lit. En apesanteur. Dans les nuages. Parmi une centaine de cumulus. Non, plus haut encore, dans la stratosphère.

— C'est extraordinaire un show de Lady Gaga, gémit-elle.

— Pardon ?

— Je me comprends. Allez, on reprend !

Matthieu Simard

Dans ma face, mon amour

Ils sont deux. Depuis trois quarts d'heure, ils me défoncent à tour de rôle. Il y a Éric, grand, svelte. Un athlète. Pas une goutte de sueur, pas un tremblement dans le triceps. Et il y a Rick, qui s'appelle aussi Éric, mais qui préfère Rick, et qui ne déteste pas me prendre par-derrière. Une montagne de muscles qui, à chaque coup de hanches, me fait perdre l'équilibre ; heureusement, il me retient par les cheveux.

Si je me fie aux succès récents de la courbe de mes fesses, Rick ne tiendra pas longtemps. De fait, il se retire rapidement et j'imagine, à regret, la fête terminée. Mais alors que je tourne la tête pour le voir jouir sur mon dos, il est déjà étendu par terre, m'invitant à le chevaucher. Sans me faire prier, je m'empale sur son sexe énorme et entreprends de me démener comme une possédée, tandis qu'il empoigne mes seins comme s'il les possédait. Il découvre la flexibilité infernale de mon bassin, le péché, le cul mouvant qui l'engloutit, en haut, en bas, *work-out* sur le bord du Styx, viens, Rick, viens. Mais il ne vient pas. C'est plutôt Éric qui s'immisce dans l'action, touchant mon anus du bout de son pénis. Sans attendre ma réaction, il l'enfonce au plus profond de moi, et ça fait mal, mais j'adore ça, j'ai toujours adoré ça. Éric et Rick, synchronisés sans natation, qui m'emplissent de chairs tremblantes, suintantes, je sens leurs battements de cœur au creux de moi, du bout de leurs membres, de leurs êtres entiers, et je bénis Éric, le beau Éric, pour son initiative : il y a longtemps que je n'ai pas eu autant de plaisir.

Deux minutes, peut-être mille, l'orgasme est long, des plateaux de frissons qui n'en finissent plus de s'empiler en moi. Je me retourne pour voir le visage d'Éric. Il crache sur ma joue. Je crie encore plus fort.

Puis c'est leur tour. Je m'assois devant eux, épuisée, je relève la tête, je ferme les yeux, j'ouvre la bouche. Rick m'envoie presque tout dans la gorge en salves rapides. Éric, fébrile, propulse un long jet de sperme tout le long de mon visage, jusqu'à mon œil gauche. Mes cils sont couverts de son ADN gluant, chaud pendant quelques secondes, ponctuation finale d'une heure de pur bonheur.

J'ouvre l'œil droit. Je souris à Éric. Gentleman, il passe son pouce sur ma paupière gauche pour en enlever le sperme qui menaçait de se frayer un chemin jusqu'à ma sclérotique. J'avale ce que je n'ai pas craché de l'orgasme de Rick, en fixant Éric dans les yeux.

— Je t'aime, lui dis-je dans un souffle.

La dernière fois que j'ai dit « je t'aime », c'était il y a sept ans, quand j'étais encore une adolescente qui ne connaissait rien à rien. En m'essuyant le visage, j'essaie de comprendre ce qui vient de se passer, de saisir l'ampleur de ces mots que je viens de lâcher, d'expliquer le sens de ces paroles qui se sont évadées de mes poumons. Ça ne se fait pas.

Dans le milieu, ça ne se fait pas.

Un profond silence a envahi le plateau. Malaise. La maquilleuse retient son souffle. Le réalisateur grimace derrière sa caméra. L'assistant écarquille les yeux, curieux de découvrir la suite.

Quelques secondes passent, puis Éric éclate de rire, me fait un clin d'œil, et quitte le plateau. J'ajoute mon rire au sien, feignant la bonne blague, ha, ha! je vous ai bien eus.

— *Good work,* tout le monde, lance le réalisateur.

Work. Oui, c'est ce que ça devait être.

×✳×

— Je me sens seule, maman.

— Moi aussi, Pinotte. Mais t'as toujours aimé ça, être toute seule, non?

— Oui, peut-être...

— Je suis là, moi.

— Je sais.

Ma mère n'a jamais su comment me parler. Elle a toujours été la meilleure pour me caresser les cheveux et préparer des muffins aux pépites de chocolat, mais pour la communication, elle rivalise avec une chaise. Et pourtant, encore aujourd'hui, je m'entête à échanger avec elle, en espérant qu'elle m'aide.

— C'est comme si j'étais pleine de vide, pis que je trouvais plus rien pour le remplir.

— Si tu mangeais plus, aussi...

La file avance lentement, paquet d'escargots cinéphiles du vendredi soir, dont on fait partie, ma chaise et moi. Une fois par mois, on va aux vues, voir n'importe quoi. *Louis Cyr*, cette fois-ci. Ça nous fait du bien, moi pour décrocher de mon quotidien de cul, ma mère pour se rappeler qu'il y a autre chose que son atelier dans la vie, autre chose que ce refuge emplisseur de son propre vide.

— Y'a du monde, han?

Chaque mois, y'a du monde, han. Elle est épuisante, mais c'est ma mère-mobilier, et je ne pourrais pas m'en passer. On arrive au guichet. L'adolescent derrière la vitre rougit. Rire nerveux. Il m'a reconnue. Il ne le dira pas, ils ne le disent jamais, à cet âge-là, mais je sais.

— *Louis Cyr*, deux fois.

— En français?

Ils perdent souvent la tête, quand ils me reconnaissent. C'est que je suis *big*. Une des plus *big*, en fait. Il essaiera de me prendre en photo, juste après que j'aie payé, mais il n'aura pas le temps. Ils ont rarement le temps, s'ils ne me le demandent pas.

— Il t'a reconnue, le petit gars.

— Oui.

— Ils sont donc ben jeunes, les jeunes qui regardent ça...

Nos places ne sont pas terribles, et le plancher colle. Je pense aux Simpsons, *the floor's sticky*, je ris toute seule.

— Qu'est-ce qu'il y a de drôle?

— Rien, maman. Heille, te souviens-tu de Carl Gauthier?

— Le petit Carl Gauthier?

— Y'était grand. On avait dix-sept ans.

— Y'était fin, lui.

— Oui. Tu sais que c'est le dernier gars à qui j'ai dit «je t'aime»?

Avant-dernier. Mais ça ne compte pas. Ça ne devrait pas.

— Ce qu'il te faudrait, c'est un gars comme Antoine Bertrand. Il a l'air doux.

×✕×

— L'as-tu déjà fourré, lui?

J'adore Becky. Ses lunettes trop grandes. Ses questions de petite fille de trente-cinq ans. Son sourire assez discret pour qu'on ne doute jamais de sa sincérité. Sa dent croche. La façon dont elle dit «fourrer», avec le plus mignon accent anglais.

— Oui, mais pas souvent.

— Ça se passe bien, d'habitude?

— Correct.

Depuis deux ans, je m'arrange pour que Becky soit ma maquilleuse le plus souvent possible. Elle est la seule qui sache voir en moi autre chose qu'une courbe lisse, qui sache voir une colonne sous la peau pêche, un frémissement humain derrière la pulpe des lèvres. Je n'en veux pas aux autres, ils sont tantôt professionnels, tantôt désintéressés, et je ne leur demande rien. Je ne me plains pas non plus, j'aime mon métier, le leur aussi. Mais une fois de temps en temps, une Becky qui se soucie de mes fragilités, ça fait du bien.

— *So what happened the other day ? It's so cute*, «je t'aime», dans ta bouche...

— *Yeah*, je sais pas. C'est sorti tout seul.

Comme une torpille lancée par erreur, le doigt sur le mauvais bouton, le doigt dans le fond de la gorge, une mine qui explose, mais où a-t-il donc posé le pied ? Je ne l'aime pas, l'Éric sans goutte de sueur, je ne l'aimerai pas, mais ce moment au creux de ses yeux m'a reflété mon vide, et l'instinct humain, peut-être, m'a rappelé qu'un jour je devrai sans doute aimer quelqu'un, effleurer ce sentiment qui m'a toujours fait peur. Un jour.

Je ne suis pas vieille, mais je vieillis, et quand j'inspire je m'étouffe, et quand je ferme les yeux je ne vois rien. J'ai toujours vu plein de choses les yeux fermés, le tourniquet au parc, le soleil multicolore, la pluie sur le trottoir, les enfants dans la cour d'école et toutes sortes de possibilités. Maintenant je ne vois plus rien.

Fourrer. C'est la langue d'ici, des projecteurs à la lumière jaunâtre, des scénarios faciles, des *one-takes* sans émotions.

— Tu sais ce que ça te prend ?

— Antoine Bertrand?

— *Who*?

— Non, rien... Qu'est-ce que ça me prend, Becky?

— Faire l'amour.

×××

La quête d'érotisme dans une vie pornographique, d'un fragment d'amour loin des *spots* brûlants. Mon chemin tortueux, de la double pénétration au massage romantique au bouquet de fleurs à la fondue chinoise aux petits cœurs à la cannelle, avancer contre le trafic dans un sens unique. Me faire défoncer le cul-de-sac. Souffrir, saigner, la *fuckin'* tendresse que je n'ai jamais connue, la volonté tout habillée d'un pénis qui ne claquera pas contre ma joue chauffée par les réflecteurs, le besoin douloureux d'un frisson qui viendrait d'ailleurs que de mon bas-ventre. La quête de vingt-cinq autres lettres dans un monde rempli de X.

×××

Quand je ne m'exhibe pas aux États-Unis, j'habite Villeray. *Glam* fois mille, les petites tomates au marché Jean-Talon et le jogging dans le parc Jarry. Et la fin de semaine, de temps en temps, la bibliothèque. «Ah, tu sais lire?», ce n'est pas nécessaire, je l'ai déjà entendue.

Dimanche matin, tranquille dans les allées, je suis dans la lune. J'explore sans chercher, l'histoire de ma vie, je tâte, je hume, je feuillette sans lire un mot. Parfois je donne une chance à un paragraphe au hasard, espérant être séduite, l'étant rarement. Parfois c'est un titre, une photo, un seul mot qui me happe, d'autres fois je m'abandonne à un chapitre complet, assise par terre, emmitouflée dans le style d'un inconnu. Le chapitre terminé, je me lève, étourdie, enfouie dans des vapes de mots, et j'avance vers nulle part.

Ce dimanche matin là, j'aurais aimé que nulle part soit ailleurs. Quand j'ai levé les yeux, je faisais face à une dame au sourire trop enthousiaste, qui posait dans ma main un verre en styromousse rempli de café tiède.

— Je... Je bois pas de café.

— C'est pas grave. Bienvenue quand même. Assoyez-vous, ça va commencer.

Ça, c'est une rencontre café-croissants avec un écrivain dont je n'ai jamais entendu parler. Je suis polie, je m'assois.

Deux amies âgées qui rigolent dans un coin, une nouvelle maman qui essaie de garder son bébé endormi, un homme qui a apporté un calepin pour prendre des notes, et deux autres dames qui se vautrent dans les croissants : il s'agit sans doute d'un auteur à succès mitigé. Et pourtant, pendant une heure, il tente de nous convaincre qu'il n'est pas si inconnu que ça. Son parcours n'a rien de bien intéressant, mais les fossettes qui creusent ses joues quand il rit de ses propres bafouillages ont un certain charme.

Il n'est ni mon genre de gars, ni mon genre d'auteur. Un maigrichon à lunettes qui écrit de l'autofiction, coupe de cheveux bon marché, histoires narcissiques de peines d'amour édulcorées, palettes décentrées, jeux de mots endimanchés, tatouages dépassés, première personne du singulier. Rien pour me plaire. Et pourtant, le voir se démener devant ce demi-troupeau de lecteurs distraits me le rend sympathique. Quelque chose dans son anxiété s'accroche aux parois de ma cage thoracique et m'empêche de l'ignorer.

En plus, il me reconnaît, je le devine, mais il me regarde quand même dans les yeux.

×××

Et si c'était ça ?

Si ce gars ordinaire, loin de mes envies charnelles habituelles, incarnait ce qu'il manque dans mon existence ? Des yeux qui viennent s'ancrer en moi, d'abord, comme on n'en trouve jamais sur un plateau de tournage. Des frissons sans qu'on se touche. Des mots soufflés. Se regarder, s'admirer. S'effleurer lentement, glisser sur le tissu de nos vêtements des doigts effrayés. Déboutonner nos chemises, nos pantalons, nos peaux, nos os. La chair de poule comme une vague. Lécher doucement nos cous, nos dos, mes seins, le creux de sa clavicule. Frôler. Son sexe contre le mien, immobiles, des battements de cœur dans tous nos membres. Un soupir. Un souffle. Nos langues lovées l'une contre l'autre. Son être qui pénètre en

moi, une décharge diffuse, une vibration, un râle-
ment. Un orgasme, un autre, un autre encore,
enlacés, imbriqués. Des heures lentes, l'inspiration, l'odeur des corps qui s'aiment.

Et si c'était ça ?

×××

— Me suis masturbée dans les toilettes de la
bibliothèque.

— *What ?*

— Hmm. Je sais pas. Ma tête fait des *free-
games*.

— Lui as-tu parlé ? Vas-tu le revoir ?

— Non. Et non.

Même Becky ne comprend plus mes failles. J'ai
envie d'emplir le vide avec ce que je trouve sur le
bord de la rue, n'importe quel caillou, des déchets,
un vieux meuble. Il y avait en moi une certitude,
le cran de la petite fille qui fait ce qu'elle veut,
comme elle veut, qui n'a peur de rien et qui ne
pleure jamais. Un bonheur insouciant, le pouvoir
de mes courbes, de la confiance qui m'a menée là
où je suis. Mais ça s'effrite, et Becky le voit, et ça
me fait peur parce que je ne sais pas comment cal-
feutrer tout ça.

J'essaie de contenir ma vulnérabilité, mais
Becky doit travailler plus fort que d'habitude sur
le bord de mes yeux.

Et là, je dois aller lécher le clitoris d'une fille
pour qui je n'ai pas beaucoup d'affection, en m'assurant que la caméra puisse capter le contact

entre les muqueuses, en inclinant ma tête de 25 degrés, légère rotation des épaules, redresse le torse, plus loin la langue, sors tes fesses, crie plus fort, *come on*.

Torticolis.

×∗×

J'ai pleuré dans les toilettes du café. Et j'ai osé le lui dire.

— Mais écris pas ça dans un de tes livres, là.

Avant de lui donner rendez-vous, j'ai lu son plus récent roman, qui m'a laissée indifférente, et c'était parfait comme ça. Je n'admire rien de précis chez lui ; il ne m'intimide donc pas. Je croyais que ça faciliterait les choses. Qu'on se rapprocherait juste assez pour vivre un minuscule échantillon d'amour. Pour tâter du bout des doigts ce sentiment que je ne connais pas et m'enfuir en courant parce que tout ça semble bien difficile. Confirmer que ce n'est pas pour moi, oublier grâce à lui les dernières semaines et redevenir exclusivement cette star sexuelle qui stimule les poignets de tous sans le moindre questionnement.

Sauf que je ne m'enfuis pas, et que les questions ne s'estompent pas. Je suis ici, dans ce café, devant cet auteur qui me sourit sans bander, qui me rassure sans me déshabiller, qui m'écoute, qui me comprend, qui fait tout trop bien pour que je puisse le supporter, mais je ne m'enfuis pas. J'ai pleuré dans les toilettes, et je suis retournée le voir en souriant.

Il n'a rien des autres que j'ai fréquentés, tous ceux qui n'étaient rien. Ça ressemble peut-être à un embryon d'amour.

Et il n'y a personne pour crier « coupez ».
Damn.

×××

— Y'a du monde, han ?

— Pas plus que d'habitude.

C'est une autre soirée cinéma avec mon mobilier de cuisine, mais ce soir, je n'ai pas la tête à ça. Heureusement, j'ai réussi à convaincre ma mère d'aller voir une comédie facile, et de laisser nos cerveaux se perdre dans une chaudière de popcorn.

— Qu'est-ce qui se passe, ma grande ? T'as l'air triste.

— Je pense que j'ai trouvé mon Antoine Bertrand.

— Ah ?

Elle est forcément plus enthousiaste que moi. Depuis toujours, elle sait que j'aime mon métier, mais elle sait bien aussi qu'il n'y a pas beaucoup de petits-enfants qui se conçoivent devant une équipe technique – « pis pourquoi il faut toujours qu'ils jouissent dans ton visage ? Ça doit pas être bon pour ta peau, ça ».

Elle me donne un coup de coude, réprimant un petit rire d'énervement.

— C'est qui ? Comment ça s'est passé ?

— C'est un... un gars qui écrit. Ça fait une couple de fois qu'on se voit. Il est super fin.

— Est-ce qu'il est doux?

— Oui. Il est doux.

— Pis au lit?

— Je sais pas. Pas encore.

Ma mère écarquille les yeux.

— C'est-tu pour ça que t'es triste?

— Non. Pas du tout. On prend ça lentement volontairement. J'essaie d'être autre chose. Je...

— Mais pourquoi t'es triste, d'abord?

— Je suis pas triste. J'ai peur.

×××

J'ai cuisiné. On a bu du vin. Du bon. Il m'a parlé d'une nouvelle qu'il devait écrire pour un collectif. Il était en retard pour la remise de son texte. Je lui ai parlé du *shooting* que j'ai fait pour une revue. Il ne m'a pas jugée, ou si peu. Il m'a dit que j'étais belle. Pas que j'étais sexy. Ni que j'avais l'air cochonne, ou que j'avais des lèvres de suceuse. Je lui ai dit qu'il n'avait pas besoin d'aller au gym, qu'il était parfait comme ça. «Parfait», j'ai utilisé le mot «parfait». Il a posé sa main sur la mienne, sur la table. J'ai aimé ça.

On a glissé en silence jusqu'à ma chambre. Il m'a embrassée doucement, m'a regardée dans les yeux en souriant. Je l'ai déshabillé en prenant mon temps, en profitant de chaque instant, pas tant pour le regarder que pour vivre cette fraîcheur, ce rythme, ce prélude d'avant-générique. Nu, il a tenté de cacher son sexe déjà dur. J'ai souri, l'ai embrassé à mon tour. En retirant chacun de mes

vêtements, il a touché des lèvres chaque centimètre carré de peau, m'a fait frissonner cent fois.
Je me suis étendue sur le lit, il a plongé entre mes
jambes, soudainement plus pressé, a enfoui sa
tête entre mes cuisses, a englouti mon sexe de
toute sa bouche. Je me suis retenue d'écarter les
jambes davantage, de me positionner pour une
caméra qui n'existait pas. J'ai fermé les yeux, ai
laissé le mouvement de sa langue me bercer. Ma
respiration devenait saccadée, il a augmenté le
rythme et j'ai joui dans un soupir silencieux,
comme pour profiter pleinement de la douceur du
moment. Il m'a regardée, fier, et je lui ai souri tendrement. Tendrement. Moi.

— À ton tour...

Il s'est étendu, et j'ai déposé ma main sur son
pénis. Il a frémi. J'ai promené le bout de mes
doigts sur son membre pendant de longues
minutes, jusqu'à ce qu'il n'en puisse plus et qu'il
force ma main à le masturber vigoureusement.
Puis je l'ai sucé en me concentrant sur lui, sur son
plaisir, sur ses réactions. Il a joui dans ma bouche.

Nous n'avons pas dit un mot. Quelques minutes
plus tard, il m'a pénétrée en me regardant dans les
yeux, alors que je me mordais la lèvre inférieure.
Il était doux. Tellement doux. Je gémissais à
chaque coup de hanches, coups qui se faisaient de
plus en plus rapides. Il n'en pouvait plus. Il a éja-
culé sur mon ventre, mi-cochon, incertain, n'osant
pas pornographier notre moment de grâce.

On venait un peu de faire l'amour. L'amour.

On est étendus sur mon lit. Il dort. Je regarde le plafond, tâtant mon corps pour y déceler des fissures, des cicatrices, une réparation. Je me sens toujours aussi vide. Je ferme les yeux. Je ne vois rien.

Ça ressemble à ça, l'amour?

C'est un peu plate, l'amour, finalement.

Chloé Varin

Selfie

J'aime deux sortes d'hommes : ceux de mon pays et les étrangers.

Mae West

Ça fait longtemps qu'on n'a pas baisé. En vrai, je veux dire. On a beau se cyber-caresser comme deux carencés, Skype ne remplacera jamais un corps à corps de peaux qui s'entrechoquent, de vêtements qu'on arrache, de langues qui se cherchent.

C'est de la torture d'être aussi loin et de se désirer autant, mais c'est mieux que rien. Ou en tout cas, c'est mieux comme ça. Séparés par l'océan, mais connectés par nos écrans.

Je ne regrette pas notre rupture, encore moins mon départ. M'exiler sur le vieux continent pour fuir notre lente agonie est sûrement la meilleure décision que j'ai prise de ma vie. Reste que je m'ennuie de lui, même si j'essaie de me convaincre du contraire. Ce n'est pas en continuant d'accepter ses rendez-vous cochons dans le cyberespace que j'arriverai enfin à m'en désintoxiquer, mais je m'en fous. Je ne suis pas prête à le reléguer au passé.

L'éloignement nous réussit trop bien. On s'est résignés à se toucher à distance et à jouir librement, sans attaches, pour éviter de s'enfarger dans la romance. La séparation géographique nous ramène à l'essentiel, à ce qui cimentait notre couple dysfonctionnel : le cul.

Ce cul que je trémousse allègrement en ce moment, juste pour lui. Même si je suis loin d'être douée pour les *stripteases*, j'y mets toute ma bonne volonté et pourtant, mes gestes restent calculés, mécaniques, maladroits. Mon déhanchement manque de sensualité, mais il trahit moins mon absence de coordination que les dernières fois. Je m'améliore. N'empêche que je m'effeuille comme on pèle un oignon : en vitesse, les yeux plissés. En guettant une réaction. Comme toujours, notre petit jeu l'amuse autant qu'il l'excite. Je le devine à son sourire lubrique et à ses pupilles dilatées, deux immenses billes braquées sur moi. Sur mes petits seins rebondis et leurs mamelons durcis qui percent son écran.

Lui, outre-Atlantique, torse nu et outrageusement sexy dans son caleçon qui se tend. Il me dit : « Sti que t'es belle », mais j'entends : « Sti que t'es loin ». Je chasse cette pensée parasite de mon esprit, et me contente de lui répondre par un sourire coquin. À quoi bon lui avouer qu'il est lui-même assez agréable à regarder ? Il le sait déjà. Un peu trop, d'ailleurs.

Je fixe mon attention sur son caleçon, déformé par une érection majestueuse. Je mouille déjà en imaginant ce qui se trouve dessous, n'ayant aucun mal à visualiser dans les moindres détails sa verge érigée pour l'avoir si souvent touchée. Goûtée. Cette seule pensée suffit à me faire gémir. Je me cambre davantage en disant :

— Mmm... J'aurais tellement le goût de te sucer.

Mon désir lui arrache un soupir qui se transforme en un demi-sourire. Sti que t'es beau, toi-même !

— Si tu savais tout ce que j'aurais envie de te faire, moi aussi...

— J'ai ma p'tite idée là-dessus, mais tu pourrais quand même être plus explicite.

— Je glisserais ma main dans ta petite culotte. Non, je te l'arracherais. Pis je te prendrais par-derrière, une main sur ton sein, l'autre sur ta...

Ça cogne à ma porte. Trois petits coups discrets, juste assez pour me faire sursauter. Je lève mon index en caressant ma poitrine de l'autre main, histoire de le tenir en haleine pendant qu'il patiente.

— ¿Sí?

La voix suave de Tiago, un de mes colocataires, m'annonce que notre bande de fêtards n'attend que moi pour sortir. Je baragouine une réponse en espagnol afin de lui signifier que je suis presque prête. Ne me reste plus qu'à finir de me déshabiller, pour mieux me rhabiller.

— T'es pressée ? me demande mon ex d'un œil inquisiteur.

— Non.

Je mens et il le sait. Y'a que lui et ma mère qui peuvent lire en moi, me deviner si facilement. Ça m'agace, mais ça aussi, il le sait pertinemment. Il me connaît trop bien, c'est une des raisons pour lesquelles j'ai autant de mal à enterrer ce « nous » idéalisé. La petite fille en moi s'obstine à croire aux contes de fées, même si la femme se fait un devoir de lui rappeler que, dans la vie, ces histoires-là finissent au pire par une thérapie, au mieux par des litres de crème glacée engloutie dans la culpabilité.

Il continue à me toiser d'un air perplexe, m'obligeant à me justifier :

— Je pensais que t'avais envie d'une petite vite.

— Non, j'ai tout le temps qu'il faut pour te regarder jouir autant de fois que tu voudras.

Pour lui faire croire que moi aussi, j'ai tout mon temps, je ralentis la cadence et me mordille la lèvre inférieure tout en baissant ma petite culotte brésilienne dans une lenteur désespérante. Je me trouve assez convaincante.

Je tourne sur moi-même pour lui montrer ce petit cul qu'il aime tant. Mais ce n'est visiblement pas la disparition de cet aguichant bout de tissu qui retient son attention.

— Tu sors encore ce soir ?

— Y'a de bonnes chances, oui.

— Avec tes colocs, toujours ?

— Possible...

— Mélodie t'accompagne, j'imagine ?

Soupir. Je remonte ma culotte d'un geste rapide et précis.

— Je pensais qu'on avait été clairs là-dessus. Qu'on profiterait du fait qu'on est loin pour essayer de s'oublier. Pour rencontrer du monde et se faire du bien, chacun de notre côté.

— Oui, mais...

— On se doit rien. Ma vie ici te regarde pas, pis ta vie là-bas me concerne pas non plus.

— T'as raison, c'était con de te poser ces questions-là.

S'il lui restait une once d'excitation, j'y apporte le coup de grâce en remettant mon soutien-gorge malgré ses protestations.

— Allez, rhabille-toi pas pour ça !

— T'avais raison, je suis pressée. On se reprendra.

Je me déconnecte de Skype sans même lui laisser le temps de répliquer. J'ai mieux à faire que d'encaisser sa jalousie sans fondement.

La faune barcelonaise m'attend.

×××

Une migraine lancinante me tire du lit en début d'après-midi. On distingue à peine le jour de la nuit dans cette foutue chambre sans fenêtre et pourtant, l'heure qui s'affiche à l'écran de mon téléphone cellulaire ne m'étonne pas particulièrement.

14 h 48.

Dans mon ancienne vie avec lui, je me serais autoflagellée d'avoir fait la grasse matinée. Se lever tard allait à l'encontre de ses « grands » principes et de nos ambitions démesurées. Maintenant, je conçois difficilement comment je pourrais me lever à une heure décente si je me couche aux petites heures tous les matins, trop éméchée pour prendre la peine d'enfiler un pyjama et de me démaquiller.

La soirée d'hier me revient par bribes alors que des images resurgissent, éparses, s'emmêlant au fil décousu d'une conversation. Mel qui embrasse Tiago à pleine bouche ; moi qui cherche à repérer le reste du groupe parmi les fêtards entassés dans le logement abandonné où la beuverie bat son plein. Mel qui m'annonce qu'elle va encore passer la nuit avec son amant brésilien ; moi qui avale ma bière cul sec pour noyer ma solitude dans son arrière-goût amer.

Je me lève et titube dans la noirceur opaque, encore vêtue du linge de la veille, que je devine aussi fripé que mon visage. Me sachant seule dans la chambre en l'absence de ma compagne de voyage, je cherche la lumière à tâtons sans me gêner pour maudire cette infâme gueule de bois qui me martèle le crâne.

Des relents d'alcool me montent à la gorge. Je sors de la pièce en trombe pour me diriger vers les toilettes avant que l'acidité familière de la bile se fraie un passage jusqu'à mon œsophage. J'ai le cœur au bord des lèvres ; chaque seconde qui me sépare de la cuvette accroît dangereusement les risques de débordements. N'étant pas en état de nettoyer un dégât, je me rue sur la porte d'un geste désespéré, mais la poignée me résiste. La salle de bain est occupée.

J'enfilerais un chapelet de jurons bien sentis si un violent spasme ne me forçait pas à me recroqueviller. Le souffle coupé, je titube tant bien que mal vers le divan jusqu'à ce que la nausée freine mon élan. Je me retrouve à quatre pattes en train de renvoyer une substance grumeleuse aux effluves maltés dans le cache-pot de notre très chic fougère en plastique. La grande classe.

Les toilettes se libèrent à l'instant, dix secondes trop tard. Mes yeux sont tellement embués que je distingue à peine la silhouette de celui qui en sort. Ce pourrait être n'importe lequel de mes colocataires masculins, mais je m'efforce d'ignorer sa présence, tout occupée que je suis à retenir mes cheveux en appréhendant la prochaine vague de nausée.

L'individu s'arrête à ma hauteur pour me narguer d'un « grosse soirée ? » racoleur. C'est la première fois que j'entends cette voix, j'en suis persuadée. Difficile d'oublier un tel accent, à la fois rude et chantant. Ma curiosité est irrémédiablement piquée, j'essuie mes larmes du revers de la main et relève la tête pour lui faire face, mais je suis bien trop confuse pour être préparée au spectacle qui m'attend.

Au lieu de m'attarder sur son visage, mon regard s'accroche à l'abondante toison bouclée qui s'échappe négligemment de son pantalon. Cet exhibitionniste de première ne porte visiblement aucun caleçon sous son vêtement en lin.

Je n'ai rien contre une bonne vieille grève de sous-vêtements, c'est vrai. Qu'il soit «commando» me laisserait peut-être indifférente si je n'avais pas le nez collé sur son entrejambe. Que sa zone forestière ne soit pas défrichée constitue, en revanche, un motif raisonnable pour me troubler. Tous ceux que j'ai eu la chance, ou la malchance, de voir à poil en avaient peu ou pas du tout, de poils. J'ai l'impression que les gars de ma génération sont obsédés par l'épilation intégrale.

Sa voix rauque me tire de ma torpeur. Les mots qu'il enfile dans un espagnol approximatif me parviennent, mais le sens m'échappe. Voyant qu'il attend toujours une réponse de ma part, je me remets sur pied en bafouillant un faible :

— ¿ Qué ?

Il répète avec une assurance déconcertante ce que je traduis librement par : «Quand t'auras fini de nettoyer ton dégât, tu pourrais te rendre utile. J'ai besoin d'aide pour ranger ma chambre» et pousse même l'audace jusqu'à me tendre la vadrouille.

Sa requête, aussi sexiste qu'incongrue, me prend au dépourvu. C'est une blague, ou quoi? Je décide de mettre mes maigres notions d'espagnol à contribution pour lui servir l'unique insulte dont je maîtrise la prononciation :

— ¡ Vete a la mierda !

Si je comptais le vexer, c'est raté. S'il espérait se payer la gueule de quelqu'un, l'exhibitionniste en a pour son argent. Non seulement j'ai mordu à l'hameçon, mais je serais prête à parier qu'il espérait pile cette réaction. Il ne se bidonnerait pas autant, sinon.

Malheureusement pour lui, je déteste perdre la face. Je suis biologiquement prédisposée à toujours vouloir avoir le dernier mot. C'est plus fort que moi. Je lui brandis mon majeur en lâchant l'injure universelle par excellence, un éloquent *Fuck you !* pour faire taire la petite voix dans ma tête qui le supplie : *Fuck me !*

Qu'est-ce qui me prend d'éprouver du désir pour un tel con ? Je n'ai pas les idées claires, de toute évidence, parce qu'il a exactement le profil type des gars que j'évite. Je pourrais mettre ça sur le compte de la gueule de bois, mais je préfère croire que c'est la faute de ma libido, mise à rude épreuve par ma récente séparation et surtout, par ce nouveau monde de tentations.

N'empêche que j'ai connu de meilleures façons de commencer la journée en beauté que de me vider les entrailles sous l'œil indiscret d'un bel étranger. J'aurais peut-être dû rester couchée, finalement. Mais je suis déjà réveillée, alors aussi bien me faire couler un bon café pour chasser mon haleine de charognard et le souvenir de mon humiliation.

La cafetière est vide et ma réserve personnelle de café moulu a fondu. Il fallait s'y attendre ; ici, tout disparaît en moins de temps qu'il n'en faut pour crier « cleptomane ». Tu laisses ton paquet de clopes sur la table de cuisine durant la nuit, tu découvres à ton réveil que tout le monde s'est servi. Tu sors des toilettes en y laissant ton papier hygiénique ; le rouleau est fini avant même que tu te rappelles que t'as une vessie.

Par chance, Mel m'a révélé sa cachette, m'évitant ainsi de piquer une crise digne d'une junkie finie. Le sevrage de caféine, très peu pour moi. Tandis que je bourre le filtre de la petite cafetière italienne à grands coups de cuillerées rageuses, je repense à celui qui m'a prise en flagrant délit dans cette posture peu glorieuse. Un petit quelque chose me dit qu'il s'agissait de l'Italien, l'unique colocataire à qui je n'avais pas encore été présentée, malgré nos trois semaines de cohabitation. Celui que Mel surnomme « le fantôme » et que je m'étais résignée à ne pas rencontrer, pour cette même raison.

Je retourne enfin à la chambre, une tasse fumante à la main. J'allume mon ordinateur portable et prends mes messages en touillant mon café. Parmi la demi-douzaine de courriels reçus, un seul retient mon attention.

Le sien.

« Désolé pour hier... Je sais pas trop ce qui m'a pris. Ça me rend fou de penser qu'il pourrait t'arriver quelque chose, et que je sois pas là pour te protéger. T'es une grande fille, je sais, mais t'es cute pis les trous-de-cul aiment ça, les p'tites touristes sexy. Je m'en fous que tu sortes tous les soirs avec des gars qui attendent juste le bon moment pour te sauter. Tout ce que je veux, c'est que tu me promettes de pas trop faire de conneries pis de surveiller tes arrières... »

En temps normal, j'aurais trouvé ça attendrissant, qu'il se prenne pour ma mère. Aujourd'hui, j'ai une seule envie : lui donner de vraies bonnes raisons de s'inquiéter.

×××

Je me fais violence pour ne pas penser à mon ex ou, pire, à l'Italien tandis que Mel prend un malin plaisir à me raconter les détails de sa nuit torride avec le Brésilien.

— ... il m'a plaquée contre le mur pis il m'a baisée encore plus fort que la première fois. Il me chuchotait des mots cochons en portugais. Je comprenais pas trop ce qu'il disait, mais ça m'excitait tellement, t'as pas idée !

On déambule sur la Rambla del Raval, le nez pointé vers le ciel et les yeux mi-clos pour savourer pleinement la caresse du soleil printanier. Si j'étais à Montréal, je serais encore emmitouflée dans mes gros chandails et mes foulards tricotés, alors je porte ma robe d'été comme un affront au dicton « en avril ne te découvre pas d'un fil » et, aussi ridicule que ça puisse paraître, ce décalage saisonnier me grise d'une irrésistible sensation de liberté.

Je me laisse guider par ma compagne de voyage et mon ventre qui gargouille vers la Boqueria. Avec ses étals multicolores aux parfums enivrants, ce marché public s'avère la solution ultime pour renflouer nos réserves de café et sustenter nos pauvres estomacs. Mes papilles gustatives s'émoustillent juste d'y penser.

— J'sais pas s'il l'a fait exprès, mais il s'est retiré juste avant de jouir. J'en avais partout sur le ventre pis sur les cuisses. Je m'attendais tellement pas à ça ! Faut croire que j'ai aimé ça parce que je suis venue sans qu'il ait besoin de me toucher. Ça m'était jamais arrivé. C'était pas un orgasme, c'était un tremblement de terre. Au moins huit ou neuf sur l'échelle de Richter !

Elle exagère, c'est évident. Son récit est trop précis pour concorder avec celui d'une soûlonne qui peinait à se souvenir de son propre prénom, mais je lui laisse le bénéfice du doute, résignée à vivre son excitante liaison avec Tiago par procuration. À défaut d'avoir une vie sexuelle satisfaisante, je me complais dans le rôle de la confidente. Et j'en assume les conséquences.

Le moins qu'on puisse dire, c'est que Mel est une conteuse généreuse. Elle est à peu près aussi discrète qu'une actrice porno dans une convention religieuse tandis qu'elle jacasse en mimant les moindres faits et gestes de son amant. N'en déplaise à la petite famille de touristes français qui passe par là, j'écoute mon amie sans broncher, trop captivée par ses confidences libertines pour me préoccuper des oreilles chastes et des regards insistants.

Un détail de son histoire me chicote. Pourquoi son partenaire aurait-il pris le temps de retirer le condom dans le feu de l'action ? Ça me paraît insensé. Au lieu de la relancer sur sa partie de jambes en l'air, je lui balance la question qui tue :

— Vous vous êtes protégés, j'espère ?

— Euh. Ouais, c'est clair.

Mais son regard fuyant et sa voix faussement assurée disent le contraire.

— Tu me niaises ! Vous avez pas mis de capote ?!

— Il me semble que oui. Je sais plus…

— Franchement, Mel ! À quoi t'as pensé ?

— Tiago est *clean*, il me l'a dit.

— Et tu l'as cru ? Ce gars-là a « chlamydia » d'étampé sur le front !

— Ben là… exagère pas.

L'exagération, c'est son rayon. Pas le mien. Moi, je me contente d'analyser les faits. Et d'après mes observations, son beau spécimen de Brésilien à sang chaud a tous les attributs du parfait tombeur. Avec ses abdos bien découpés, sa crinière rasta à la Bob Marley et son charisme à faire mouiller la plus frigide des mégères, il a tout pour plaire. Et il le sait. Il n'y a qu'à voir le nombre phénoménal de filles qui le saluent quand on se promène avec lui dans la rue. Je serais prête à parier qu'il les a toutes sautées. Ou qu'elles en ont déjà rêvé.

Mel n'a pas l'air de se sentir menacée par leur présence. Au contraire, je parie qu'elle se dit «nanananèèèère, c'est moi qu'il baise aujourd'hui, et pas vous!» en remerciant ses courbes voluptueuses de tenir ses rivales à une distance raisonnable. J'ai toujours admiré son indéfectible assurance, mais là, ça frôle carrément l'indécence.

Si je me suis laissé convaincre de la rejoindre dans la capitale catalane pour une durée indéterminée, c'est qu'elle m'avait assuré qu'il n'existe pas meilleure ambiance pour faire le deuil d'une relation. Et elle avait raison, d'une certaine façon. J'ai tout de suite ressenti un coup de foudre brutal pour cette ville délurée qui correspondait parfaitement à mes envies du moment: fuir ma routine écrasante et me payer du bon temps. À peine quarante-huit heures, deux cuites, quatorze Advil et trois litres d'eau après mon atterrissage, je me sentais comme chez moi dans le logement miteux, mais relativement spacieux, que mon amie partageait déjà avec une autre fille et sept gars.

Dix dans un appart, ça frappe l'imaginaire, mais ce n'est pas aussi *trash* que c'en a l'air. À part l'Italien et le couple d'Indiens qui se tiennent généralement à l'écart, nos colocs nous traitent tous comme des reines. Ils cuisinent pour nous des mets décadents, nous invitent dans les fêtes privées, dans les festivals *underground* et les concerts en plein air pour nous faire découvrir l'envers des cartes postales ; la vraie ville et sa faune locale. Ils ont été d'excellents guides pour Mel, à en juger par l'aisance avec laquelle elle avance, comme si les rues lui appartenaient.

— On est arrivées, annonce-t-elle en désignant le marché de la Boqueria, droit devant.

Ça me prend de plein fouet en voyant tous ces étals garnis de produits alléchants : je n'ai encore couché avec personne en trois semaines de tentations à Barcelone, et j'ai pourtant le privilège de vivre dans ce que l'on pourrait qualifier de harem au masculin. Un buffet cinq étoiles à saveur internationale. Du Brésilien, du Mexicain, de l'Espagnol et de l'Italien. La totale.

Je suis ici pour me nourrir de nouvelles expériences, pas pour trouver l'homme de ma vie. Ça tombe bien, il y en a pour tous les goûts, pas plus loin que chez nous. Qu'est-ce que j'attends pour me gâter ?

Le jeûne a assez duré.

×××

L'appart ne m'avait jamais paru si silencieux.

C'est la première fois qu'on se retrouve seules depuis que j'y ai emménagé. À Montréal, on entendrait une mouche voler ; ici, on entend un cafard agoniser. Littéralement. Ce ne sera ni la première ni la dernière coquerelle à rendre l'âme sur ce plancher.

La plupart de nos colocs sont sortis dans les bars. Les Brésiliens sont à leur cours de capoeira, alors on en profite pour passer une soirée entre filles, juste nous deux. La belle idée.

Mel m'adresse à peine la parole depuis que j'ai osé lui reprocher sa négligence avec Tiago, comme si elle craignait que je revienne sur le sujet. Elle n'a pas l'air de saisir que son orifice chéri est vraiment le dernier de mes soucis.

Est-ce que ça fait de moi une égoïste si je préfère m'occuper du mien avant de penser au sien ? Non. Est-ce que ça me garantit un plan cul ? Non plus.

On en est à vider notre énième bouteille de sangria bon marché quand les Brésiliens reviennent de leur cours, les cheveux humides et le visage perlant de sueur. Rafael s'empresse de filer sous la douche, mais Tiago semble avoir une autre idée en tête, à en croire le regard sans équivoque qu'il échange avec Mel. Mon amie glousse déjà en anticipant la nuit de rêve éveillé qui l'attend. La vie est injuste. Moi, je fume une dernière cigarette avant de me résigner à aller dormir alors que pour elle, le meilleur reste à venir.

Comme de fait, les gémissements et les soupirs langoureux ne tardent pas à se faire entendre dès que mon amie disparaît avec lui dans sa chambre. C'est un supplice de les écouter baiser sans pouvoir me joindre à leurs ébats. Surtout que, connaissant l'insatiable libido de Tiago, il ne s'y opposerait sûrement pas. Mais je ne suis pas prête à sacrifier la complicité que j'entretiens avec Mel pour un trip à trois.

Cela dit, je ne vais certainement pas me gêner pour me gâter en solitaire. Je m'empresse de regagner ma chambre et glisse spontanément ma main sous l'élastique de ma petite culotte pour me frayer un passage jusqu'à mes lèvres humides. Mes doigts effleurent mon clitoris avant de s'enfoncer dans mon intimité que j'explore d'abord en douceur, puis avec vigueur.

Il me suffit de penser à Tiago et à Rafael, nus et bandés, pour sentir l'excitation monter comme un raz-de-marée de pulsions refoulées. Je les imagine qui se caressent en me dévorant des yeux, cherchant mon approbation pour se glisser sous mes draps. Je les encourage à m'y rejoindre, mais contre toute attente, c'est l'Italien qui s'y faufile sans y avoir été invité. Aussi effronté dans mes fantasmes que dans la réalité.

Titillée malgré moi par l'intrusion de cet imposteur, je frémis bientôt dans un dernier spasme, alanguie. Je ne peux m'empêcher de sourire à l'idée que d'autres locataires en profitent pour assouvir leurs bas instincts, tout aussi émoustillés que moi par les cris des chauds lapins.

Ça faisait longtemps que je ne m'étais pas touchée en solo, sans personne pour me regarder ni rien d'autre que le pouvoir de mon imagination pour m'allumer. En cas extrême, on n'est jamais mieux servi que par soi-même. C'est du moins ce que je crois jusqu'à ce qu'on cogne et que j'aille ouvrir pour découvrir un Rafael fraîchement douché sur le pas de ma porte.

À son sourire embarrassé, je devine qu'il n'ose pas interrompre le coït qui gagne en intensité dans la chambre du fond, la sienne, et qu'il cherche de la compagnie pour terminer la soirée.

C'est l'occasion rêvée. Le moment que j'attendais.

Je lui fais signe d'entrer et de venir s'étendre à mes côtés. Même si la politesse voudrait que je l'invite d'abord à s'asseoir, les options sont limitées, la pièce n'étant meublée que d'un lit, d'une table de chevet et d'une armoire. Je ne vais pas m'en plaindre et lui non plus, j'espère.

Il passe la main dans ses cheveux courts d'un geste nerveux, alors j'insiste d'un « *ven aquí* » assez persuasif pour qu'il daigne enfin s'approcher. Je me retiens pour ne pas lui sauter dessus pendant qu'il s'allonge tout près.

Il est là, à portée de main. Je n'aurais qu'à m'étirer un peu pour parcourir son corps fraîchement savonné. La lumière crue du plafonnier m'agace, mais si je l'éteins, on n'y verra rien. Ça me donne une idée. Je le chevauche en prétextant vouloir allumer la chandelle posée sur la table de chevet, de son côté du lit. La belle excuse. Son visage se fige d'étonnement, mais ça ne semble pas lui déplaire puisque son bassin se met à bouger, lentement, mais sûrement. Ça commence par un petit coup, bientôt suivi par un deuxième, plus senti. Tandis que son « semi-croquant » se transforme en solide érection, mon corps est parcouru de frissons. Je me frotte sur lui sans pudeur ; une vraie chatte en chaleur. On ne s'embrasse pas, mais ça me va. Tout ce que je veux, c'est le sentir en moi.

Vite. Un condom. Je tends le bras pour ouvrir le tiroir de la table de chevet en continuant à me balancer sur lui, toujours à califourchon. Je déchire l'enveloppe du préservatif d'un geste impatient. J'en tremble presque. Je desserre l'étreinte de mes cuisses et soulève mon bassin pour l'aider à baisser son caleçon. En le regardant dérouler la capote sur son sexe durci, j'ai l'impression que je pourrais mourir par combustion spontanée tellement j'ai envie de lui.

Je retire mon jeans et ma culotte avec fébrilité, n'en pouvant plus d'attendre. Ça doit paraître sur mon visage parce que je sens aussitôt ses ongles s'enfoncer dans la chair tendre de mes fesses et sa queue plonger au plus profond de moi. Mes hanches marquent la cadence, guidées par ses mains, toujours posées sur mon cul. On se dévore des yeux, mais on ne s'embrasse toujours pas. J'aime ça.

Faut croire que c'est trop beau pour être vrai parce qu'on est vite interrompus par de nouveaux cris qui n'ont rien à voir avec la jouissance, cette fois.

En reconnaissant la voix de son acolyte, Rafael bondit hors de la chambre sans même prendre le temps de se rhabiller ni de retirer le préservatif.

Dire que je commençais enfin à prendre mon pied! J'enfile les premiers vêtements qui me tombent sous la main et le rejoins au fond du couloir, d'où proviennent les éclats de voix.

Ce que j'y découvre me donne froid dans le dos. J'aperçois d'abord Mel, emmaillotée dans un drap, en retrait derrière Tiago. Celui-ci est flambant nu, comme son compatriote, mais sans la capote. J'en profiterais pour me rincer l'œil si je ne remarquais pas aussitôt la présence de l'Indien, le visage déformé par la rage, menaçant le couple d'un couteau. Je savais le quadragénaire misogyne et alcoolique, mais je ne l'imaginais pas si instable.

Le ton monte, les esprits s'échauffent et la scène se précise. Je lis entre les lignes que Mel a surpris l'Indien et sa conjointe en train de les mater par l'embrasure de la porte. Elle a eu le réflexe de crier, Tiago s'en est mêlé, mais les choses se sont envenimées quand il a vu que l'Indien était armé.

On est rassemblés dans le couloir, témoins silencieux de cette altercation dont je redoute de plus en plus l'issue. Pensant bien faire, Rafael s'interpose pour calmer les ardeurs, mais son intervention provoque l'effet contraire.

Il aurait sûrement plus de crédibilité dans son rôle de médiateur sans le caoutchouc qui lui pend au-dessus des genoux. Être convenablement vêtu ne nuirait pas, non plus. Pendant que les Mexicains s'étouffent de rire devant l'absurdité de la situation, l'Indien profite du moment d'inattention pour se ruer sur son opposant. Et nous, on retient notre souffle en le voyant fondre sur Tiago, impuissants.

Je composerais bien le 9-1-1, mais j'ignore si c'est le bon numéro et surtout, je doute que la perspective d'une descente policière plaise à mes colocataires. Je les ai déjà entendus dire que les taureaux auront des couilles en or blanc avant que les bœufs ne mettent les pieds dans notre appartement. La plupart d'entre eux sont sans papiers et risqueraient d'être déportés ; des plans pour que le 40, Sant Pau soit déserté.

Je réalise qu'on est tout bonnement livrés à nous-mêmes, et ce constat est loin de me rassurer. J'avais toutefois oublié qu'il y a parmi nous deux vrais passionnés de capoeira. La bonne nouvelle, c'est que Rafael n'a visiblement pas l'intention de se gêner pour mettre ses techniques en pratique. Il revient à la charge, la rage au corps, bien déterminé à maîtriser l'Indien. Celui-ci n'a aucune chance de s'en tirer face à une intervention aussi musclée. Il s'en prend plein la gueule tandis que le Brésilien lui assène un violent coup de pied à la mâchoire.

Je croyais avoir eu mon lot d'émotions fortes pour la soirée, mais le « commando » italien surgit encore une fois derrière moi alors que je ne m'y attendais pas. Je ne l'avais pas entendu entrer, avec tout ce boucan. Même s'il a le don de se manifester dans les circonstances douteuses, je me réjouis de son arrivée inopinée.

Il défait sa ceinture pour aider Rafael à ligoter l'Indien, qui se débat comme un diable, et je prends conscience que, d'un point de vue extérieur, cette scène surréaliste doit ressembler à une orgie qui aurait mal viré. Je ne peux qu'espérer que l'Italien ne s'imaginera pas que j'y suis mêlée. Après tout, j'ai une certaine réputation à maintenir.

Ou à redorer, devrais-je dire.

×✱×

Mel est allée passer un test de dépistage. Je lui ai proposé de l'accompagner à son rendez-vous, mais elle a refusé et je n'ai pas trop insisté. Je sentais qu'elle avait besoin d'un peu de solitude, et ça m'arrangeait parce que moi aussi, j'avais envie d'être seule... avec les colocs. La perspective d'une virée à la plage avec eux me semblait pas mal plus excitante qu'un après-midi passé sur la chaise d'une salle d'attente. Reste que j'y serais allée si elle me l'avait demandé.

Mais les remords s'envolent dès que je commence à suivre les gars jusqu'à la plage de la Barceloneta et à sentir les yeux de braise de Massimo, le commando italien, rivés sur moi. D'après mon examen rapide, pas de boxer sous son bermuda. Lui aussi se demande visiblement ce que je porte sous ma jupe parce que je le surprends à deux ou trois reprises en train d'incliner la tête pour avoir une meilleure vue sur mon cul.

Arrivés à l'intersection de La Rambla et du Passeig de Colom, je décide de lui faciliter la tâche en accélérant le pas pour marcher devant lui. Je me déhanche juste assez pour qu'il puisse imaginer mes fesses qui rebondissent contre son bassin. Cette simple pensée suffit à me faire mouiller. La culotte de mon maillot est déjà bien trempée avant que la mer n'apparaisse dans mon champ de vision.

Quand on se pose enfin sur nos serviettes de plage pour boire de la bière, jouer de la musique, jaser de tout et de rien, je prends soin de m'installer non loin de Massimo, à l'extrême opposé de Rafael. Je n'ai pas vraiment reparlé au Brésilien depuis notre coït interrompu, sinon pour l'entendre m'avouer qu'il est marié, et qu'il regrette par conséquent son moment d'égarement avec moi. Tant que j'arrive à me consoler dans les bras d'un autre, je respecterai ses efforts de fidélité.

Pendant que les gars discutent de l'incident survenu la nuit dernière, j'en profite pour saluer le courage de ceux qui ont su désamorcer la situation en désarmant l'agresseur. Je ne sais pas ce qui serait arrivé s'ils n'avaient pas eu l'audace de plaquer l'Indien au sol pour lui arracher le couteau des mains, de sang-froid. Le quadragénaire s'en tire avec quelques ecchymoses et une expulsion, à défaut d'aller croupir en prison. Une chose est sûre : sa femme et lui n'ont plus leur place à l'appartement.

Mon regard se perd à l'horizon tandis que je m'évade dans mes pensées. J'observe avec une once de mépris les touristes occupés à se bombarder de selfies. Dire que je leur ressemblais, il n'y a même pas un mois. Je réalise que ma perception de ce qui m'entoure a bien changé depuis mon arrivée.

Les rires gras des colocataires me font redescendre sur terre. Quelque chose a dû m'échapper parce que c'est l'hilarité générale autour de moi. Qu'est-ce qu'ils ont tous, à beugler comme des attardés ? Je tends l'oreille pour saisir des bribes de leur conversation et m'expliquer la cause de cette subite agitation.

Rafael, alias Biteman, est devenu la risée des colocs et le sujet de leurs échanges salés. Ils cherchent à obtenir des détails sur la performance du superhéros à la bite caoutchoutée. Je n'ai pas l'intention de leur donner cette satisfaction. Après une nuit aussi tumultueuse, je ne me sens pas la force de répliquer à leurs boutades. Je bondis sur mes pieds en invoquant une envie pressante, pensant ainsi m'en sauver.

L'Italien m'imite, à mon plus grand étonnement. S'il insiste pour me tenir compagnie, je ne vais certainement pas m'en offusquer.

On quitte la plage d'un pas rapide sans même se retourner. Alors qu'on longe la marina, un mirage inusité capte mon attention : un sexagénaire nu comme un ver avance dans notre direction. Il n'y a pas une parcelle de son corps qui ne soit tatouée ou percée, mais outre les chairs flasques vandalisées par un trop-plein de signes tribaux, je remarque ce long pénis pendouillant au bout duquel un prince Albert semble narguer les passants. Massimo salue le nudiste, qui lui rend ses salutations d'un signe de tête. J'en déduis qu'ils se connaissent, et je souris en pensant que l'Italien a peut-être le gland percé, lui aussi. Je me demande ce que ça ferait de s'amuser avec un tel bijou, de sentir la froideur du métal sur ma langue ou mieux, dans la moiteur de mon intimité. Le simple fait de l'imaginer suffit à attiser ma curiosité.

On continue à marcher en silence jusqu'à ce que Massimo s'arrête net devant une petite *taberna*. Il ouvre la porte pour m'inviter à y pénétrer. La première chose qui me saute aux yeux en entrant, c'est l'image de tous ces saucissons pendus au plafond tel un cruel rappel de mon appétit sexuel inassouvi.

L'endroit est désert. J'entre dans la toilette des filles pour jouer le jeu ; même si je n'ai pas réellement envie d'uriner, je fais comme si. Je ressors de la cabine deux gouttes plus tard et, pendant que je me lave les mains face au miroir, la porte s'entrouvre sur Massimo.

Il se faufile à l'intérieur pour me rejoindre avec le sourire canaille du gamin qui s'apprête à commettre un mauvais coup. Les yeux toujours braqués sur le miroir, je le vois venir se placer derrière moi, le regard fiévreux. Je sens son souffle chaud s'égarer sur ma nuque et sa tête se nicher dans mon cou. Je serais prête à défaillir au premier contact de sa bouche sur ma peau brûlante, mais il me retient fermement.

Ses doigts courent sur mon ventre avant de se perdre sous ma jupe, qu'il relève brusquement pour baisser ma culotte. Il l'envoie valser sur le sol crasseux et, avant même de comprendre ce qui se passe, je me retrouve le cul à l'air, vulnérable. Il en profite pour me pincer une fesse pendant que je plonge la main dans son bermuda, qui lui glisse aussitôt sur les chevilles.

On est quittes.

S'il est vrai qu'une toison fournie fait paraître le pénis plus petit, l'Italien doit être sacrément bien équipé parce que cette bandaison magistrale est la preuve incontestable qu'il n'a rien à envier à personne. J'en oublie vite ma déception de constater qu'il n'est pas percé. Je me penche pour lui prodiguer une fellation dont il se souviendra toute sa vie, mais il a d'autres plans pour moi.

Il me soulève de ses bras vigoureux pour m'installer sur le comptoir du lavabo avant d'enfouir son visage au creux de mes jambes pour goûter cette chatte qui n'attend que ça. Cet homme dégage une force brute, animale, qui m'impressionne. Difficile de résister à une telle dose de testostérone. Je me cambre sous la caresse de sa langue et mords mon poing pour étouffer mes gémissements en fermant les yeux, malgré moi.

Quand je les rouvre enfin, je surprends le visage crispé du propriétaire de la taverne, une serpillière à la main. J'ignore depuis combien de temps il nous épie, mais notre petit spectacle improvisé l'irrite manifestement plus qu'il ne l'excite. Je repousse Massimo à contrecœur, et on ramasse nos affaires en vitesse pour disparaître avant qu'il ne vienne l'idée au proprio d'utiliser sa moppe malodorante pour nous chasser.

Dans la rue, on échange une œillade complice malgré l'embarras causé par notre flagrant délit. Pas question de retourner à la plage avant d'avoir fini ce qu'on a commencé. La ruelle pourrait être une option si elle n'était pas le terrain de jeu des enfants du quartier. Je n'ai pas envie d'être celle qui leur volera leur innocence, ni d'être arrêtée pour grossière indécence. Lui non plus, visiblement. Il propose de rentrer à l'appart alors on grimpe dans un taxi, le souffle haletant et le sexe palpitant.

Même si on habite tout près, le trajet me paraît interminable. En parfait gentleman, il m'aide à prendre mon mal en patience en me doigtant allègrement sous ma jupe, sans égard pour le chauffeur qui nous espionne dans le rétroviseur. Je n'ai jamais été aussi ravie d'avoir oublié ma culotte sur un plancher souillé.

Les poils de sa barbe négligée me chatouillent quand il m'embrasse, mais j'aime ça. Sa langue goûte le houblon et ses lèvres charnues, le tabac. L'Italien embrasse divinement bien. Je n'ai qu'une envie : m'allonger encore pour le laisser me boire à petites lampées.

Arrivés à destination, Massimo paie la course et déverrouille la porte de sa main libre, son corps plaqué contre le mien. Je m'écarte pour le laisser passer dans le hall sombre de l'immeuble, où je m'empresse de le rejoindre. On gravit les escaliers pour se ruer du vestibule jusqu'à sa chambre, soudés l'un à l'autre. Je remonte son chandail, impatiente de laisser mes doigts courir sur son torse, et j'y découvre une constellation de grains de beauté qui achève de me charmer. J'enfouis ma tête dans son cou pour m'imprégner de son odeur, fin mélange de musc et de sueur, mais je m'éloigne aussitôt en me rappelant que c'est exactement le genre de détails auquel je m'attache, habituellement.

Je pense « C'est juste du cul » en baissant son short pour masser son sexe. « C'est juste du cul » en me penchant pour l'enfoncer dans ma bouche. « C'est juste du cul » en léchant son gland et en lui caressant les couilles jusqu'à le rendre fou.

Il grogne de plaisir, mais il me repousse aussitôt pour m'allonger sur le lit et venir s'affaler sur moi. Son souffle se fait court et ses gestes, pressants. Il me caresse le clitoris comme si c'était une question de vie ou de mort, et il n'a pas tort. C'est pile le bouton qu'il fallait enclencher pour ressusciter ce désir latent qui ne demandait qu'à rejaillir. Mes gémissements haletants l'incitent à plonger en moi d'un puissant coup de bassin tandis que ses mains remontent à mes seins.

Je frémis. Non, je fonds. Je voudrais que ça ne s'arrête jamais tellement c'est bon.

J'écarte les jambes pour qu'il s'enfonce davantage. Je veux entendre ses couilles claquer contre mes fesses pendant qu'il jouit en moi. Parce qu'à force de s'être trop *teasés*, je devine qu'on en est déjà rendus là.

Comme de fait, le mouvement de va-et-vient s'accélère entre mes reins avant de s'interrompre dans un râle animal à m'en faire perdre la tête. Son ventre se soulève par saccades tandis qu'il déverse sa semence en moi. Je ne pense plus à rien d'autre qu'à cette éjaculation libératrice et à l'irrésistible sentiment de volupté qui m'envahit lorsque je jouis à mon tour, laissant échapper ce soupir de satisfaction retenu trop longtemps. Je me sens furieusement vivante. Vidée, mais vivante.

Pendant qu'on reprend notre souffle en fixant le plafond, les lèvres fendues d'un sourire niais, les paroles de Mel me reviennent en mémoire :

« C'était pas un orgasme, c'était un tremblement de terre. Au moins huit ou neuf sur l'échelle de Richter ! » Elle n'exagérait peut-être pas tant que ça, finalement. Parce que je dois reconnaître qu'au lit avec l'Italien, c'est le paradis version améliorée. Adam et Ève, en moins innocents. Et sans le serpent. Je suis tellement remuée que j'ai l'impression de me liquéfier dans les bras de mon nouvel amant. Et ce n'est pas qu'une impression, à voir le liquide chaud et visqueux qui serpente le long de ma cuisse.

Je me surprends à savourer sa chaleur contre ma peau nue en suivant la progression de sa semence au lieu d'y voir une preuve irréfutable de mon imprudence. L'ancienne moi aurait paniqué, mais je suis beaucoup plus zen depuis que la sangria et la cachaça me coulent dans les veines.

Pour la première fois depuis mon arrivée, je me sens enfin prête à reléguer mon ex au passé. Que j'apprenne à me désintoxiquer de lui risque de l'anéantir, mais j'en ai plus qu'assez de me laisser manipuler ou pire, de me taire. Il ne mérite pas de rester dans l'ignorance, j'aurais tout intérêt à lui avouer mon attirance pour le mystérieux colocataire.

Puisqu'une image vaut mille mots, je m'empare de mon téléphone cellulaire pour nous croquer sur le vif, les cheveux en bataille et les joues rougies. Éloquent, le selfie.

Je sélectionne le numéro de mon ex et appuie sur la touche «envoyer» sans trop réfléchir. J'ai mieux à faire que d'épargner ses sentiments.

Comme apprivoiser le vertige dans les bras de mon amant.

Miléna Babin

Opération
Commando

À Vickie Bonsaint.

Du dernier étage du salon, on pouvait admirer les centaines de spectateurs et la pénombre envahir simultanément la Basse-Ville de Québec. Voyant qu'Élizabeth allait céder devant l'insistance des deux derniers clients qui quémandaient un extra, j'ai hoché la tête en poussant un soupir.

— Chacun une branlette pis vous déguerpissez, *right* ?

Elle a accepté les billets de vingt qu'ils brandissaient sous son nez.

Les deux gars passaient au Salon Oasis chaque semaine, mais le groupe Weezer, lui, n'allait pas rejouer sur les Plaines de sitôt. À peine quinze minutes plus tard, j'escortais les deux jeunes hommes jusqu'à la sortie. La pancarte «OUVERT» a claqué quelques fois sur la porte vitrée quand je l'ai tournée. J'ai remonté les marches à pleine vitesse pour rejoindre Élizabeth qui avait déjà troqué ses talons pour des Vans et son uniforme érotico-*classy* pour une paire de jeans coupée sous la fesse et un chandail des Strokes. Si ma gérante et redoutable coloc arborait un air impudique au salon, je pouvais facilement passer pour sa grande sœur dès qu'elle mettait les pieds dehors.

— OK ma biche, t'as tout ce qu'il faut? m'a-t-elle lancé en sortant une bouteille de Jack de sous le comptoir.

— Éli, si tu m'appelles encore « ma biche », je te refile le gros Mario demain. Tu sais, celui qui lèche les orteils.

— À vingt dollars l'orteil, ça monte vite ma biche. D'ailleurs, s'il était passé ce soir, on serait pas en train de se préparer à entrer par infraction dans un festival de musique.

— Pas faux.

J'ai éventré mon sac sous ses yeux: un paquet de cigarettes, des cartons d'allumettes gribouillés, de l'ombre à paupières, un Lypsyl, un pot d'Aspirine, quelques préservatifs et une flasque qu'elle s'est empressée de remplir.

Un peu de courage pour l'Opération Commando.

×××

Le plan était simple. Traverser le parc et le boisé sans attirer l'attention des gardiens de sécurité, puis escalader le grillage. Une fois qu'on se serait laissées tomber de l'autre côté, nos silhouettes se fondraient parfaitement dans la dizaine de milliers de spectateurs. « Un jeu d'enfant! » prétendait Éli, la veille, penchée sur un plan aérien des Plaines qu'elle avait googlé entre deux martinis.

Des attroupements s'étaient formés autour des tables à pique-nique. Apparemment pas plus riches que nous, des jeunes s'étaient réunis pour trinquer à même leurs sacs de papier brun au son des MGMT, qui assuraient la première partie.

— Des bums qui glandent? Ex-cel-lent pour détourner l'attention! m'a fait remarquer Éli.

Mis à part les rares lampadaires qui éclairaient les tables, l'endroit était plongé dans la noirceur totale. Environ un kilomètre devant nous, un boisé dense mais étroit séparait le parc de la zone de spectacle. Le grillage que nous allions escalader se tenait entre les deux.

Après avoir traversé le parc tout naturellement, saluant même un gardien sur notre passage, on s'est assises au pied d'un arbre pour enfiler quelques gorgées de Jack.

— OK ma biche, c'est l'heure.

— Toi. Mario. Demain. Je t'avais prévenue.

Elle a placé sa main sur ma bouche, deux gardiens sortaient du boisé. Sitôt qu'ils se sont éloignés, elle m'a pressée de la suivre. La foule s'est mise à hurler : Weezer venait de monter sur scène.

— On marche jusqu'au boisé, pis après, on court. Comme si on était pourchassées par un monstre.

Son épaule droite s'était dénudée quand elle s'était relevée.

— Un monstre genre Mario?

— Genre.

J'ai noué les lacets de mes souliers comme elle venait de me le recommander et jeté un dernier coup d'œil au trajet que je m'apprêtais à parcourir.

L'herbe était recouverte d'une bruine qui fonçait la pointe de mes souliers. Élizabeth avançait mielleusement devant. J'ai glissé un doigt à travers son jeans effiloché pour accéder aux plis qui se formaient à la base de ses fesses à chacun de ses pas.

— Hey!

Un gardien nous avait repérées à l'entrée du boisé.

— Cours! m'a ordonné Éli en voyant qu'il nous poursuivait.

Elle se débrouillait mieux que moi avec les racines et les branches qui tapissaient le sol et m'a dépassée illico. J'avais perdu de vue ma complice et j'enjambais les obstacles sans trop savoir si je m'aventurais dans la bonne direction. Était-elle parvenue à escalader le grillage? Quoi qu'il arrive, je la retrouverais cette nuit à l'appartement.

Sachant que le gardien n'était plus qu'à quelques mètres de moi et qu'il finirait, de toute évidence, par me mettre la main dessus, je me suis arrêtée brusquement. Il n'a fallu que quelques secondes pour qu'il me jette au sol.

— Tu t'en allais où comme ça, pauvre conne?

Il m'a attaché les mains dans le dos.

— Tu t'en vas au poste de police, m'a-t-il annoncé en me retournant.

J'ai tenté de lui cracher au visage, mais mon crachat s'est perdu dans le gazon, quelques pieds plus loin. Il a poussé un rire méprisant.

— Tu ferais bien de te calmer si tu veux que je te détache avant Noël.

— Tu serais surpris de savoir tout ce que je sais faire sans les mains, lui ai-je soufflé.

— Petite salope.

— Tu serais prêt à faire une exception, pour la petite salope ?

— Connasse.

Cet abruti n'allait pas céder à mon arrogance, mais peut-être allait-il céder à mon charme. J'ai humecté mes lèvres sans le quitter du regard et me suis redressée. À genoux, je suis partie à la conquête d'une érection en approchant ma bouche de sa ceinture. Son sexe durcissait déjà dans son pantalon. Avec mon nez, j'ai soulevé sa chemise jusqu'à son nombril, et avec ma langue, j'ai dessiné des formes sur son bas ventre en sueur. Il a baissé sa fermeture éclair pour que je poursuive. J'ai coincé l'élastique de ses boxers entre mes dents et l'ai ramené vers moi pour laisser sa verge se déployer complètement. Sa respiration était lente et bruyante.

— On va faire un truc, tous les deux. Les deux prochains soirs, on se retrouve ici à vingt-deux heures. Je fais tout ce que tu veux. En échange, tu nous fais rentrer, ma copine et moi.

— Traînée...

J'ai enfoncé ma tête dans son ventre pour l'inviter à s'étendre au sol. Quelques centimètres de sa verge gonflée dépassaient de ses sous-vêtements. Du bout de la langue, j'ai cueilli la goutte qui s'était formée au bout de son gland. J'ai léché son sexe de haut en bas plusieurs fois pour le lubrifier, puis je l'ai enfoncé d'un seul coup au fond de ma gorge. En le regardant droit dans les yeux, j'ai taquiné son gland avec le bijou qui décore ma langue, puis j'ai avalé l'entièreté de son sperme lorsqu'il l'a laissé échapper, à peine quelques secondes plus tard.

— Déjà? Tu feras mieux demain. Détache-moi maintenant, c'est ma chanson.

Il m'a détachée en silence avant de remonter son pantalon. Sous l'air entraînant d'*Hash Pipe*, il m'a escortée jusqu'à la porte d'accès V.I.P. et l'a refermée dès que j'ai posé les pieds de l'autre côté.

J'ai bu une longue gorgée de Jack pour masquer le goût de la semence du gardien sur ma langue, puis je me suis frayé un chemin à travers la foule en écrasant les pieds de quelques fans. «Va chier», répondais-je simplement aux regards accusateurs. Combien d'entre eux avaient fait une fellation à un gardien pour voir le show? Je méritais une place de choix. Je me suis arrêtée juste assez près de la scène pour apercevoir les rares pectoraux de Rivers Cuomo à travers son t-shirt.

— Sam ostie! T'étais où?

— Hey, *sweetheart*!

Éli s'est jetée sur moi. Sa nuque empestait l'huile à massage. *Sweet Patchouli*, précisément. Elle a glissé sa main sous ma robe d'été, sans aucune retenue.

— Oh! Commando.

Elle était doucement intoxiquée. Probablement un des mystérieux cachets qui traînaient sur la table du salon ce matin.

— Qu'est-ce qui s'est passé?

— Je viens justement de régler l'Opération Commando.

×××

Même sur la pointe des orteils, je ne fais pas plus de cinq pieds deux, et le mec qui venait de se planter devant nous avec son immense caméra à l'épaule ne me laissait aucune chance. Éli n'a pas hésité à lui enfoncer son coude dans les côtes avant de se planter devant lui. Le crâne rasé de l'inconnu révélait une inquiétante cicatrice que je n'arrivais plus à quitter des yeux. Le capuchon noir rabattu sur sa nuque laissait entrevoir une partie d'un tatouage peu original, mais réussi: le visage d'une geisha à demi caché derrière un éventail. Comme s'il sentait une présence intrusive, il a remonté le capuchon sur son crâne, me condamnant à une banale sphère noire comme seul paysage. Un peu emmerdée, j'ai fouillé dans tous les recoins de mon sac à la recherche de mon alcool, en vain. Éli, qui venait de disparaître sous mes yeux, engloutie par le slam, avait dû le reprendre sans que je m'en aperçoive. *Quelle étrange soirée*, me suis-je dit en me rappelant le sexe moite du gardien. J'ai posé les yeux sur le joint fumant qui venait d'apparaître sous mes yeux. Tiens donc. Le caméraman était peut-être moins farouche que je ne me l'étais imaginé, finalement. Sans s'être retourné, et sans avoir lâché sa caméra, il m'avait présenté sa main pour me tendre un petit gringo de fin de soirée. Étrange, mais séduisante façon de créer un premier contact. J'ai remplacé le joint qu'il tenait entre ses doigts par ma cigarette, qu'il a portée à sa bouche sans hésiter.

Au bout de quelques secondes, il a relevé le bas de son coton ouaté, pour me laisser entrevoir quelque chose que je n'ai pas reconnu tout de suite. Coincée dans la ceinture de son pantalon, ma flasque de Jack. Savoir comment elle s'était ramassée là m'importait peu. Je l'ai vidée d'un trait.

Au troisième rappel, le caméraman s'est dirigé vers la sortie sans m'accorder la moindre attention. Je l'ai suivi, hypnotisée, mais il m'a échappé sitôt sorti du site. Résignée, et peu confiante de retrouver ma coloc dans la marée humaine, j'ai emprunté le chemin vers l'appartement.

Les ruelles étaient bondées et j'ai pressé le pas pour m'éloigner du tourbillon. Après avoir descendu d'innombrables marches et sauté quelques clôtures, j'ai piqué dans le parc qui débouchait sur ma rue.

La seule musique était celle de l'herbe qui se froissait sous mes pas, réguliers comme un métronome. Le parc était désert et pourtant, il me semblait ressentir une présence. En portant attention au bruit de mes pas, j'ai réalisé qu'ils étaient doublés. Je me suis immobilisée. Encore des pas. Avant de me retourner, j'ai repéré une bouteille vide avec laquelle je pourrais me défendre au besoin. La lueur d'un lampadaire me laissait entrevoir pour la première fois les traits du caméraman. Il s'est avancé, d'un pas lent, mais décidé, pour ne s'arrêter qu'une fois nos visages séparés d'un pouce.

De sa main droite, il a soulevé le rebord de ma robe sans la moindre hésitation. Il a esquissé un sourire en constatant que je ne portais pas de culotte.

— Suis-moi, lui ai-je ordonné.

Je l'ai entraîné un coin de rue plus bas, sous une cage d'escalier abandonnée, mais souvent occupée. Cette fois, elle était libre.

J'ai glissé ma main dans son pantalon pour empoigner son sexe gorgé de sang. Ma fente humide s'est entrouverte dès qu'il a posé son majeur à l'entrée de mes lèvres. Mes doigts allaient et venaient sur son membre, les siens exerçaient une pression intermittente sur mon clitoris en érection. J'ai gémi quand son majeur a disparu dans ma chatte, et léché son doigt luisant et odorant quelques secondes plus tard en me délectant du goût âpre de mon sexe. Il s'est agenouillé pour lécher la coulisse blanchâtre qui descendait timidement le long de ma cuisse, puis s'est relevé pour me pénétrer si brusquement que ma gorge s'est nouée. Ses va-et-vient lents se sont vite transformés en coups secs et violents qui résonnaient entre les angles métalliques de la cage d'escalier. Les dents serrées et les mains agrippées à une marche, j'ai laissé échapper quelques soupirs qui l'ont encouragé. Au moment où je commençais à jouir silencieusement, il m'a asséné cinq derniers coups, lents et profonds. Nos cris ont résonné dans la ruelle. Quelques spasmes ont traversé mes jambes engourdies pendant que son sperme chaud s'infiltrait en moi. Il a déposé son front sur ma nuque, exténué. À nos pieds, la brise légère faisait danser les vestiges d'une carte d'affaires. *Le Salon Oasis, c'est extra!*

— Avez-vous fini?

J'ai reconnu la voix de Cassandre, puis celle d'un client.

À peine avait-il remonté son pantalon que le caméraman avait regagné la ruelle. J'ai cédé la place à ma collègue et me suis allumé une cigarette en reprenant la route vers l'appartement.

×××

Quand je m'étais réveillée, à huit heures, j'avais eu toute la misère du monde à me déprendre d'Éli, qui m'avait rejointe aux petites heures pour m'encercler de tous ses membres. Alors qu'elle respirait péniblement dans le rayon de soleil oblique qui traversait ma chambre, j'avais observé sa poitrine ferme et rosée monter et descendre à quelques centimètres de mon visage pendant une dizaine de minutes. Lorsqu'elle avait fini par me libérer, j'avais ramassé un short kaki et une camisole, puis je m'étais enfermée dans la salle de bain, excitée par mon rendez-vous avec le pommeau de douche.

La journée avait été longue, interminable. Le salon fermait ses portes dans quelques minutes.

— Fait que là, tu sais même pas son nom?

Comme prévu, Éli avait hérité de Mario. Dès qu'il était parti, elle avait plongé ses pieds tour à tour dans le lavabo de la salle de bain, puis les avait savonnés minutieusement en tentant de garder l'équilibre.

— Non.

— Mais... vous avez parlé de quoi?

— On n'a pas parlé, Éli.

Je lui ai sorti une serviette propre de l'armoire.

— Eh ben.

Elle s'est asséché les orteils, puis s'est appliqué une couche de rouge à lèvres grenadine assorti à ses ongles. Je l'ai regardée tracer avec précision le contour de ses lèvres, se courtiser, se plaire.

— Bon, ça y est? T'es à ton goût?

— Oui. Toi, je suis à ton goût?

Il était difficile de me faire rougir. Éli y parvenait aisément.

— L'important, c'est de plaire au gardien.

Les Dead Obies venaient de faire leur apparition sur la scène. Le gardien, lui, se faisait attendre depuis de longues minutes.

— Son deux pour un, il le mérite de moins en moins.

Éli a pouffé de rire.

— Sam, un deux pour un ? Ça ressemble pas mal à un deux pour deux, je trouve.

Je me suis retournée, exaspérée.

— En retard et accompagné. T'avais peur que je te crisse une volée ?

— Si vous faites ça vite, vous devriez attraper une couple de tounes.

— Si je me fie à ta performance d'hier, on va peut-être attraper la fin de celle-là.

Il a lancé un regard agacé à son collègue avant de faire glisser la fermeture éclair de son pantalon.

— Moi, c'est François, a risqué le jeune homme qui se tenait à l'écart, timide.

— Oh. Je prends celui-là, m'a soufflé Éli, visiblement attendrie.

Elle s'est approché de lui en pointant la foule.

— Salut, François. Ça, c'est Dead Obies, et t'es en train de me les faire manquer, a-t-elle poursuivi.

Il a défait la boucle de sa ceinture, nerveux, puis s'est installé près de l'autre gardien. Sous son uniforme ridicule, il était assez bien fichu.

Nous nous sommes agenouillées pour les masturber. Leurs sexes presque identiques se sont raidis entre nos paumes simultanément. J'empoignais fermement les testicules du gardien, dont il m'importait peu de connaître le prénom, pendant que mon décolleté accueillait quelques gouttes de liquide pré-éjaculatoire.

— Suce-moi, a-t-il lancé en m'agrippant par la nuque pour m'enfoncer son sexe luisant au fond de la gorge.

Éli, visiblement plus satisfaite de son partenaire que moi, a sorti un préservatif de son sac.

François l'a regardée bêtement.

— Tu sais où ça va, hein, mon beau?

Il a déchiré le coin de l'enveloppe pendant qu'elle l'attendait, appuyée contre un arbre. Du bout des doigts, elle a fait descendre sa culotte jusqu'au sol. Malgré plusieurs tentatives maladroites, le gardien ne l'avait toujours pas pénétrée; Éli a aggripé son sexe pour le faire disparaître d'un coup entre ses jambes. Après quelques va-et-vient courtois, les mains musclées de François s'accrochaient aux hanches délicates de ma complice: enfin il la baisait, sous nos regards voyeurs, jaloux.

Pour en finir avec mon partenaire, qui était sur le point d'éjaculer, j'ai tracé quelques cercles à l'entrée de son rectum avec mon majeur, avant de l'y insérer violemment. De longs jets de sperme ont coulé dans ma gorge.

Presque au même moment, François a échappé un cri de satisfaction qui a semblé le surprendre lui-même. Quand Éli a retiré le sexe mou d'entre ses jambes, François a ramassé la culotte brésilienne dans l'herbe pour la lui tendre.

— Cadeau, François. Maintenant, à vous de jouer les gars, *a deal is a deal*.

Ils nous ont escortées jusqu'à la porte, en silence.

×××

Du haut de ses cinq pieds neuf, Éli a réussi à repérer le capuchon noir. Cette fois, il se tenait beaucoup plus près de la scène. Les Obies nous ont balancé *Tony Hawk* sans avertissement. Le caméraman ne semblait pas encore avoir remarqué notre présence. Une cigarette coincée entre les lèvres, je cherchais désespérément mon briquet à travers le fouillis de mon sac quand il est apparu sous mes yeux. Au creux de la main du jeune homme, mon briquet mauve et ses derniers millilitres d'essence.

J'ai fumé pendant de longues minutes en scrutant son corps, me rappelant ses doigts et sa langue agiles. Éli, lui ayant fait remarquer qu'elle ne portait pas de sous-vêtement, a passé une partie du spectacle sur les épaules de mon amant. De mon côté, j'ai eu droit à de nombreux regards, plus intéressés que ceux de la veille. À l'heure du rappel, il a déposé Éli, qui s'est fait un nouvel ami dès qu'elle a regagné le sol, puis m'a tendu la main, cette fois pour m'inviter à le suivre. Éli nous rejoindrait plus tard.

— J'habite à trois coins de rue, lui ai-je fait remarquer en effleurant son sexe à travers son jeans, celui de la veille.

En chemin, il s'est arrêté pour me proposer un des deux comprimés qui tenaient sur le bout de sa langue, et que j'ai avalé sans broncher.

Je n'avais consommé d'ecstasy qu'une seule fois. À mesure qu'elle faisait effet, un léger picotement s'emparait de mes extrémités. Les seules intentions que j'avais étaient de nature sexuelle et mon partenaire semblait tout disposé. En montant l'escalier étroit et sombre qui menait à l'appartement, j'ai remonté ma jupe jusqu'à ma taille en m'inclinant pour lui présenter mon cul. Sa main droite a rejoint ma chatte humide, sa gauche mes seins éveillés. J'ai monté les quelques marches restantes pour l'entraîner dans ma chambre en laissant choir mes vêtements sur le plancher. Pendant qu'il se déshabillait, j'ai allumé la dizaine de chandelles poussiéreuses à la tête de mon lit.

Bientôt, la langue froide de l'amant s'agitait sur mes mamelons, ses doigts s'infiltraient en moi. Il me semblait que j'aurais pu jouir sur-le-champ. Sans le quitter du regard, j'ai pris son sexe, l'ai léché de haut en bas. Les sillons que mon bijou laissait sur son passage le faisaient frémir. Mes doigts faisaient l'aller-retour sur son périnée, se risquaient de temps à autre jusqu'à son cul.

La porte de ma chambre s'est ouverte. Éli est entrée, décidée à nous rejoindre. J'ai admiré sa silhouette squelettique alors qu'elle faisait le tour de mon lit pour attraper deux chandelles. Langoureuse et aguichante, elle s'est mise à danser sous nos yeux en s'arrêtant pour nous faire apprécier son incroyable cul, puis nous laisser mordiller sa chatte à travers la culotte de dentelle qu'elle avait pris soin d'enfiler. L'amant a attrapé un joint dans son paquet de cigarettes et l'a allumé avec la chandelle qu'Éli lui présentait. Pendant qu'elle inhalait à son tour, j'ai accepté la langue de l'amant, cette fois ornée de trois cachets. J'ai regardé mes deux partenaires s'embrasser, puis avaler simultanément les deux cachets restants. Éli a porté ma main à son sexe lubrifié, puis à sa bouche. Excitée par la caméra que l'amant venait de sortir, elle a glissé sa tête entre mes jambes. J'ai gémi en sentant sa langue réveiller mon clitoris, ses doigts délicats s'introduire dans mes orifices avec assurance. Elle a vite cédé la place à l'amant, qui m'a pénétrée sans hésitation. Il me baisait fermement pendant qu'à côté, Éli maniait la caméra, captait nos ébats sans scrupule. Elle s'est installée sur moi de sorte que je puisse manger sa chatte. L'entendre gémir au gré de mes coups de langue m'excitait. J'échappais des soupirs de satisfaction pendant que l'amant me rouait de coups de bassin. Au moment où j'allais atteindre l'orgasme, il a récupéré la caméra, puis s'est retiré pour pénétrer violemment le cul d'Éli. Après quelques va-et-vient en elle, l'amant est revenu en moi pour m'adresser ses derniers coups qui nous ont fait jouir à l'unisson. Mes partenaires n'étaient plus que contours flous.

×✳×

J'avais fait le tour de l'horloge. Élizabeth était endormie à mes côtés, ses seins nus pointant le ciel. Je me suis redressée dans le lit. Ma chambre, probablement comme le reste de l'appartement, avait été dévalisée. Il n'en restait rien, à l'exception de mes vêtements de la veille, éparpillés au pied du lit. Au milieu de la pièce, une toute petite carte-mémoire.

Patrick Senécal

Baise fondatrice

Cette fois, c'est moi qui me fais larguer. Après dix-huit mois, ce qui représente ma plus longue relation. Qu'on soit restés ensemble si longtemps démontre seulement à quel point j'ai été dupe de moi-même. Caroline, elle, préfère la lucidité.

Nous sommes assis dans mon salon, face à face, et elle me demande de nouveau si je lui reproche quelque chose en tant qu'amante. Je lui donne la même réponse honnête que précédemment :

— Non.

— Alors pourquoi j'ai l'impression après chacune de nos baises, même celles durant lesquelles tu as joui à en alerter les voisins, que tu restes sur ta faim ?

Je ne dis rien. Parce qu'il y a des justifications qu'on ne peut pas partager, si grotesques qu'on essaie soi-même de les nier depuis des années.

Caroline soupire et se lève.

— Va falloir que tu trouves ce qui te manque dans le sexe, Martin, sinon t'es condamné à l'insatisfaction.

Après son départ, je cogite sur ses dernières paroles. Elle a raison. À un verbe près.

« Retrouver » aurait été plus juste.

×××

Retour en arrière de vingt ans. Secondaire IV, polyvalente Moravia de Drummondville. À seize ans, je suis grand, mais maigre, j'ai le front beaucoup trop dégarni, de grosses lunettes, la peau vilaine et des dents très avancées. Comme j'ai de l'esprit et que je suis drôle, les filles m'aiment bien, mais seulement comme ami.

Pour la dernière journée de cours avant Noël, chaque classe se choisit un « projet récréatif ». La nôtre organise un party dans l'école. La direction accepte, mais nous devons finir la soirée à minuit et nous serons sous la supervision de notre titulaire, la sévère et sèche madame Lemay, et du directeur, l'intello et flasque monsieur Martel. Évidemment, le projet n'enthousiasme pas tout le monde – un party à la poly ? Quelle idée poche ! – et le soir de l'événement, nous nous retrouvons dix-sept étudiants, soit un peu plus de la moitié de la classe, au centre de notre immense gymnase. Heureusement, plusieurs d'entre nous ont apporté de la bière en cachette et, malgré la surveillance des deux vigies, nous sortons régulièrement pour descendre une bouteille. Si bien que vers vingt-deux heures trente, la fête lève et le groupe danse sur les Cranberries et Jean Leloup.

Vers vingt-trois heures, mon ami Denis Martineau et moi, tous deux soûls, chacun avec une bière camouflée sous notre chemise, décidons d'aller illicitement fureter dans l'école. Comme les deux adultes, assis à une table, sont plongés dans un tête-à-tête qui ressemble à un flirt (scène qui alimenterait les prochains potins de l'école), nous nous esquivons sans difficulté. Nous trouvons enfin un local déverrouillé : il s'agit du Relaxium, où viennent discuter les étudiants à l'heure du dîner. Nous allumons l'une des lumières et, après quelques pas, mon compère propose que nous pissions contre le mur. Normalement, j'aurais refusé cette idée imbécile, mais l'alcool ayant fait son œuvre...

Très rapidement, Denis arrose la paroi du fond. Moi, j'ai vidé ma vessie dix minutes plus tôt, mais je ne veux pas être en reste alors je me concentre au maximum, au grand amusement de Denis qui annonce qu'il retourne au gymnase. En sortant, il éteint la lumière en gloussant et, comme les stores des fenêtres sont baissés, je me retrouve dans le noir total, toujours incapable d'uriner. Étourdi, je me laisse finalement tomber dans un fauteuil sans même remonter mon pantalon. Trop aviné, je suis sur le point de m'endormir, bercé par les vibrations lointaines de la musique.

C'est à ce moment que je perçois une présence dans le local obscur.

— C'est qui ?

Aucune réponse, mais les pas s'approchent. Un éclair de panique secoue mon ivresse : les adultes se sont mis à ma recherche ! Ils vont m'attraper comme ça, les culottes aux genoux, je serai la risée de toute l'école ! Mais avant même que je puisse réagir, un doigt se pose sur mes lèvres. Je ne bouge pas, fasciné. J'entends quelque chose de doux choir au sol, comme des vêtements, puis on agrippe mon sexe pour le caresser lentement. Merde ! Est-ce vraiment en train de m'arriver ? Je suis peut-être soûl, mais je suis aussi puceau, donc je bande très rapidement et, alors que je bredouille des mots incohérents, mon membre est englouti dans une gaine tellement humide et tellement chaude et tellement, tellement agréable ! Mais je ne vois toujours pas ma partenaire, je devine à peine une ombre qui se meut à une vingtaine de centimètres de moi. Est-elle de dos, de face ? Je tends deux mains indécises, j'effleure maladroitement un ventre, des seins, mais ma confusion m'empêche de former des images précises. Ce qui me bouleverse le plus, ce sont les mouvements de la fille. Elle ondule sur moi, enveloppe ma verge de rotations voluptueuses, tandis que je sens les parois de son sexe se contracter, puis se détendre convulsivement, comme si elles pulsaient. La sensation est divine, inimaginable, reléguant mes masturbations précédentes au rang de bagatelles. Et les sons qu'elle émet ! Rien de tape-à-l'œil comme dans les films pornos : uniquement de longues expirations d'air, passionnées et légèrement sifflantes, qui m'excitent autant que ses mouvements de bassin. Enfin, tout chavire dans ma tête, devient aveuglément blanc, et en enfonçant mes doigts dans la chair de sa croupe, j'expulse mon innocence en un puissant cri que je ne me serais jamais cru capable de produire, en une série de décharges qui me déchirent la queue, qui me vident l'âme et qui assassinent Dieu.

Je flotte dans l'antimatière un instant, puis rejoins graduellement la Terre, comme un cerf-volant qui tombe au sol. Mais mon amante n'est plus sur moi, ni dans la pièce : je perçois ses pas qui décroissent dans le couloir, au même rythme que l'écho de mon orgasme.

Je demeure un bon moment à reprendre mes esprits. Après une vingtaine de minutes, je retourne enfin au gymnase, tout timide. Mais on danse ou on parle sans s'occuper de moi. À l'écart, madame Lemay et monsieur Martel passent un savon à Frédéric Bigras pour je ne sais quelle raison (j'ai su plus tard qu'il s'était fait pincer avec un joint). Mon regard s'attarde alors sur mes consœurs de classe, à la recherche d'un regard complice, d'un sourire coquin, d'un clin d'œil entendu…

Mais je ne décèle rien.

×××

Le lendemain, au premier jour des vacances de Noël, mon père m'a apporté une lettre, sans timbre et sans adresse de l'expéditeur : on est venu la déposer directement à la maison. Le message était bref, écrit à l'ordinateur, sans signature.

« Je n'avais pas toute ma tête, hier soir. Ne me parle jamais de ça. Jamais. »

Je me sentais amer, mais pas surpris : hier, les filles avaient bu autant que les garçons. Mon amante secrète devait donc être soûle et ce matin, en réalisant qu'elle avait baisé avec Martin-le-moche, elle a eu honte.

J'ai suivi le conseil de la lettre. Mais comment pouvais-je faire autrement puisque je n'avais aucune idée de qui il s'agissait ? De toute façon, je n'en avais cure : maintenant que j'avais découvert le sexe, je voulais trouver d'autres partenaires pour renouveler l'expérience.

Et c'est à ce moment que mes désillusions ont commencé.

✕✕✕

Au cours des années, mon physique a beaucoup changé : je me suis mis à la muscu, je me suis fait réparer les dents et j'ai opté pour les verres de contact. À vingt ans, je me suis laissé pousser la barbe et, comme ma calvitie empirait, je me suis totalement rasé la tête. Plus je vieillissais, plus j'embellissais. Ajoutez à cela des études en médecine, mon humour et mon esprit qui s'étaient bonifiés avec la maturité... Bref, j'avais gagné beaucoup de confiance en moi, devenant ainsi plus – demeurons modeste – intéressant.

Aujourd'hui, j'ai trente-six ans, je suis cardiologue, je gagne quelques centaines de milliers de dollars par année et je vis dans un splendide condo dans le Vieux-Québec. J'ai eu six ou sept blondes et j'ai couché avec une centaine de femmes, des belles et des moins belles, des frigides et des vicieuses, des froides et des volcaniques.

Mais jamais, jamais je n'ai revécu l'intensité de cet orgasme d'il y a vingt ans. Je tente bien d'oublier ces mouvements circulaires autour de ma queue, ces longues expirations sifflantes, mais en vain : la sensation est toujours là, tapie quelque part en moi, et attend désespérément d'exploser à nouveau. Est-ce que j'idéalise cette première relation sexuelle parce que, justement, c'était la première ? Peut-être. Tout le contexte rendait l'événement si excitant... Après tout, le sexe se passe parfois dans la tête. Mais peu importe que je mythifie ou non. Les derniers mots prononcés par Caroline en me quittant m'ont fait comprendre que j'avais désormais une enquête sur les bras : retrouver ma baise fondatrice.

×××

En feuilletant mon album de finissants du secondaire, je réussis à me rappeler les filles de ma classe présentes au party : sept en tout. D'emblée, j'élimine l'immonde Judith Mélançon : je me refuse à croire que ce laideron à la bouche déformée par un appareil dentaire moyenâgeux ait pu me donner un tel plaisir. Je dresse donc une liste des six autres noms.

Je ne suis pas membre de Facebook, mais je décide de m'inscrire sous un faux nom. J'effectue des recherches sur mes six candidates et, grâce à leurs photos de profil, je les trouve rapidement. Une seule demeure à Québec : Marie-Josée Michaud, qui travaille au Bureau de l'immigration. Pas vraiment jolie, mais comme elle vit tout près, aussi bien commencer par elle. Et je ne dois pas oublier l'avertissement de la lettre, il y a vingt ans : ne jamais parler à mon amante secrète de notre « aventure ». De toute façon, cela ajoute du piquant à mon enquête.

Je file donc Marie-Josée quelque temps et découvre que tous les jeudis, après le boulot, elle prend un verre au bar Prochaine Sortie sur Grande-Allée. Trois semaines après ma rupture avec Caroline, je l'aborde enfin, déploie tout mon esprit et mon humour, et elle tombe peu à peu sous mon charme. Elle ne reconnaît évidemment pas en moi son ancien compagnon de classe, même si au départ elle me demande si nous ne nous sommes pas déjà vus quelque part (ce que je nie, bien sûr). Je me présente d'ailleurs sous le faux nom de Vincent. Je la sens torturée et elle finit par m'avouer qu'elle est mariée. Au bout de deux heures, elle quitte l'établissement à contrecœur, mais glisse qu'elle est ici tous les jeudis.

Je retourne à ma liste de candidates et m'attarde sur la plus jolie : Nadine Lebel, qui vit à

Jonquière et qui enseigne les mathématiques au cégep. Comme je devine que je vais beaucoup me promener au cours des prochaines semaines, je décide de devancer mes vacances et de fermer ma clinique privée pour un mois.

Je loue une chambre d'hôtel à Jonquière et après trois jours de recherches, je découvre que la mignonne est célibataire et qu'elle fréquente une boîte de chansonniers. C'est dans cet endroit que je l'aborde tandis qu'elle écoute un pouilleux chanter des vieux succès de Paul Piché. Elle ne me reconnaît évidemment pas, mais s'intéresse rapidement à ma personne, reléguant ainsi le troubadour au second plan. Je lui explique que je suis ici pour un colloque de médecins spécialistes et à chacune de mes blagues, elle rit de ce rire enthousiaste qui laisse augurer le meilleur. Sa beauté est pure, celle des filles qui tournoient parmi les fleurs dans un film de Terrence Malick. Vers une heure, elle m'invite à prendre un dernier verre chez elle.

Dans son appartement sorti tout droit du Greenwich Village des années 60, elle branche son iPod sur une *playlist* d'Harmonium, groupe peu propice, en ce qui me concerne, à créer une ambiance sexuelle, mais qui manifestement allume Nadine. En quelques minutes, nous nous retrouvons nus dans son lit, ce qui me permet de constater que le corps est à la hauteur du visage.

La musique qui parvient du salon semble guider ses actions. Elle me suce pendant *Pour un instant*, glisse ma queue en elle sur les notes de *Si doucement*, puis m'offre son superbe cul au son du *Corridor*. Tout au long de nos ébats, elle garde les yeux fermés et chantonne les paroles des chansons, ce qui est quelque peu déroutant. Elle réussit même à fredonner en me pipant, provoquant ainsi sur ma verge une vibration plutôt intéressante.

Arrive enfin le moment que j'attendais : au moment où débute la pièce *Le premier ciel*, Nadine s'assoit sur mon sexe. Toujours les paupières closes, elle ondule avec grâce et un frisson d'espoir me traverse le corps. Nadine bouge bien, ses rotations sont excitantes... mais force est d'admettre que ce ne sont pas les mêmes mouvements circulaires qu'il y a vingt ans, tout comme je ne sens pas ces pulsations uniques contre mon membre. Et surtout, les paroles qu'elle chantonne sont loin des expirations sensuelles de mon amante inconnue... Mais, bon, ce n'est pas une raison pour bouder son plaisir et je me laisse donc chevaucher sans trop d'amertume. Peu à peu, Nadine redouble d'ardeur, puis pousse un grand rire joyeux : j'en conclus qu'elle jouit. Après quoi, elle se couche sur le dos, lève les bras comme si elle voulait embrasser la vie et, les yeux fermés et souriante, clame avec candeur :

— Vas-y, couvre-moi de soleil !

Ravi, je m'astique pendant quelques secondes, puis l'arrose de mon foutre, sur les dernières mesures d'*En pleine face*.

De retour dans ma chambre d'hôtel, je sors ma liste de candidates et inscris à côté du nom de Nadine : « Baise agréable et grano, mais c'était pas ça. »

×××

Le jeudi, j'entre au bar Prochaine Sortie. Marie-Josée est contente de me revoir et nous prenons un verre ou deux. Je sens qu'elle a envie de moi, qu'elle lutte avec ardeur, mais au bout de deux heures, elle répète avec désespoir qu'elle ne peut pas, qu'elle est mariée et elle s'enfuit, confuse. À suivre, donc.

Mon enquête m'amène à Victoriaville, où vivent deux de mes candidates : Émilie Beaulieu et Laurence Thibeault. Je trouve rapidement Émilie qui travaille dans un bar de quartier. Je m'y rends un lundi soir tranquille, ce qui me permet de la draguer sans qu'on se fasse interrompre par un client toutes les cinq minutes. Elle est jolie, certes, mais son boulot nocturne commence à laisser quelques traces sur son visage. Pendant un moment, mes traits lui rappellent vaguement quelqu'un, mais je l'assure que je viens dans ce bar pour la première fois. J'y vais de mon baratin officiel agrémenté de quelques blagues et vers deux heures du matin, il est clair qu'elle va m'inviter chez elle à la fermeture du bar. Mais voilà qu'une femme de notre âge entre dans l'établissement et qu'elle embrasse Émilie sur la bouche. Et, double coup de théâtre, je reconnais la nouvelle venue !

— Vincent, je te présente Laurence, ma blonde... On se connaît depuis le secondaire...

Merde alors! Je me dis que mon chien est mort et commence à sortir mon portefeuille pour payer mes consommations lorsque Émilie jette une œillade entendue à sa copine:

— J'étais justement sur le point d'inviter Vincent à la maison après la fermeture... Qu'est-ce que t'en penses?

Laurence me jauge du regard et un sourire coquin étire ses lèvres.

— Ouais... Ouais, bonne idée...

Je bats des paupières plusieurs fois. Puis, je repousse mon portefeuille au fond de ma poche et commande trois *shooters*. La combinaison de ces deux filles m'apparaît intéressante: Émilie a un beau visage, mais sa poitrine est quasi inexistante et ses yeux un peu vides; Laurence, de son côté, est bien enrobée, ses pupilles dégoulinent de luxure et elle est dotée de gros seins fermes. Un bon équilibre, quoi.

Lorsque nous nous retrouvons chez elles, Émilie ouvre le bal seule. Elle me suce en enfonçant profondément mon sexe dans sa gorge tandis que Laurence, assise dans un fauteuil, se masturbe en nous observant. Au bout d'un moment, elle lance:

— Moins profond, Mili, tu vas finir par lui faire mal!

Je rigole un peu, surpris par cette remarque. Franchement, ce que je ressens en ce moment est loin de la douleur. Laurence se lève et s'approche en affirmant que c'est son tour. (J'ai envie de leur dire qu'elles peuvent bien travailler en équipe, mais, bon, ne brusquons pas les choses.) Émilie s'écarte donc et nous regarde en se branlant. Ma nouvelle suceuse est davantage une pro de la langue que de la gorge, ce qui me va tout aussi bien. Émilie, sans cesser de se rouler la bille, intervient :

— Pas juste la langue, Lau, ça fait agace ! Suce pour vrai, aussi !

Mais qu'est-ce que c'est que ces commentaires ? Émilie se couche alors dans le lit, sur le dos, et me demande de venir la rejoindre. À vos ordres, madame ! Je la pénètre tandis que sa copine revient au mode solo. Je m'active depuis deux minutes lorsque la voix de Laurence entrecoupe mes halètements :

— Caresse-toi les seins, Mili, les gars aiment ça !

— Quels seins ? rétorque l'autre. Tu veux rire de moi, ou quoi ?

Laurence lui ordonne de se pousser et elle prend sa place. Un peu déconcerté, je change de partenaire et elle commence à caresser son opulente poitrine à pleines mains. Du coin de l'œil, je remarque qu'Émilie a une moue sceptique.

— Tu les malaxes trop, on dirait que tu fais de la poterie !

Ostie, à quoi elles jouent, là ? C'est pas un cours, les filles, c'est une baise ! Je songe alors que je pourrais profiter de cette situation : après tout, je ne dois pas oublier mon enquête. Je me dégage et vais m'asseoir dans le fauteuil, le membre dressé.

— Et dans cette position, vous proposez quoi ?

— Ah ! Facile ! s'exclame Laurence en s'approchant.

Elle me chevauche en effectuant de très grands mouvements de haut en bas. On est vraiment loin de mon amante secrète. Tout à coup, Émilie soupire.

— Voyons, Lau, calme-toi les nerfs, sa queue est sur le bord de sortir à chacun de tes mouvements ! C'est pas du rodéo, franchement !

Évidemment, elle vient remplacer sa dulcinée et s'empale sur moi. Émilie ondule son bassin de manière circulaire et je sens même une certaine pulsation contre ma verge. Je me dis que ça y est, que c'est elle... Et pourtant, il manque quelque chose... Les sons. Émilie émet des « han ! han ! han ! » qui ne ressemblent en rien à des expirations sensuelles. J'entends alors Laurence s'exclamer :

— Mais arrête de te frotter comme ça, tu vas sacrer le feu à son poil pubien !

Agacé, j'immobilise ma partenaire.

— Qu'est-ce que vous diriez de vous occuper de vous deux, un moment ? Je vais prendre une petite pause, moi.

Elles semblent aimer l'idée, commencent à se caresser mutuellement et assez rapidement s'entremêlent en un soixante-neuf des plus goulus. Pour la première fois, elles poussent de vrais gémissements passionnés, ce qui me fait rebander en un éclair. Et comme Émilie est au-dessus de son amie et qu'elle offre ainsi une vue splendide de sa croupe, je serais fou de ne pas en profiter. Je m'invite donc sans autre formalité et la pénètre en lui attrapant les fesses. La langue de Laurence passe en alternance du clitoris de sa copine à ma verge de plus en plus active tandis que nos râles montent en crescendo, et lorsque les cris orgasmiques d'Émilie explosent dans la pièce, je décharge presque simultanément en longues et sublimes secousses. Tout en ralentissant ma cadence jusqu'à l'immobilité, j'entends Laurence jouir à son tour dans la chatte de sa blonde.

Couchés côte à côte, nous reprenons notre souffle, puis Émilie tourne la tête vers son amoureuse.

— C'était bien, mais ta langue changeait trop souvent de place.

— Je sais pas si t'as remarqué, mais ma langue s'occupait aussi d'une queue. Langue grâce à laquelle la queue en question est venue, d'ailleurs !

— Ah, bon ? Pis tu penses qu'elle fourrait quoi, cette queue ? De l'air, peut-être ?

— Non ! Ta chatte, qui arrêtait pas de bouger, justement !

Je quitte l'appartement tandis qu'elles s'obstinent toujours.

À ma chambre d'hôtel, je prends ma liste de candidates et inscris à côté des noms d'Émilie et Laurence : « Baise inhabituelle et didactique, mais c'était pas ça. »

×××

Avant de partir à Montréal, où habitent mes deux dernières candidates, je me rends au Prochaine Sortie pour le cinq à sept du jeudi. Comme je l'espérais, je tombe sur Marie-Josée, qui, sans détour, me lance :

— Mon mari revient pas avant onze heures. C'est le moment ou jamais.

Eh ! ben voilà, fallait seulement être patient. Vingt minutes plus tard, je me retrouve dans sa gentille petite maison décorée avec goût, mais sans personnalité. Elle est fébrile, excitée et terrifiée à la fois. Je l'embrasse en y mettant toute l'ardeur que je peux. Elle a le souffle court après quelques secondes seulement et se fout à poil en moins de deux. Je lui demande où est la chambre, mais elle balbutie :

— Non, pas dans la chambre... Là, sur le divan !

Pas de problème. Je l'ai à peine pénétrée qu'elle gémit, se cambre, se caresse les seins, pousse des cris brefs. Elle semble tellement aimer qu'elle en devient belle. Mais elle se dégage soudainement, trottine jusqu'à la cuisine et s'allonge à plat ventre sur la table.

— Viens me prendre ici !

OK, on teste les meubles, pourquoi pas ? Je m'y remets donc, et elle recommence son numéro d'épileptique. Elle s'arrête après une minute et se lève en m'attrapant la main, m'entraînant vers l'escalier. En route, j'avise un fauteuil du regard.

— Attends, Marie-Jo, on pourrait aller sur ce fauteuil pour...

— Non, non, viens !

Très bien, allons dans la chambre à coucher. Au milieu de l'escalier, elle s'agenouille sur les marches et tend les fesses. Et on se remet à l'action, ce qui la fait pousser de nouveaux petits cris aigus. Elle reluque partout autour d'elle avec une incrédulité ravie et je crois comprendre : elle et son mari doivent toujours baiser de la même manière, au même endroit, et aujourd'hui, elle se paie un voyage dans le passé, à l'époque où le sexe était sans doute plus spontané et volcanique. Une minute s'écoule et, hop ! elle se redresse et me tire jusqu'à l'étage. J'avise un fauteuil au fond du couloir et veux y diriger ma sprinteuse, mais elle me propulse dans la salle de bain.

— T'as envie d'une douche ? qu'elle souffle, aussi fébrile que si elle venait de s'envoyer six lignes de coke.

— Une douche ? Heu... Peut-être après, mais...

— Non, non, tout de suite !

Et me voilà en train de la prendre debout sous le jet de la douche, ses cris se transformant en gargouillis tandis que l'eau emplit sa bouche béante. Évidemment nous y restons à peine deux minutes : nos corps encore dégoulinants, elle m'amène dans le couloir. Là, elle s'arrête et promène son regard dans toutes les directions, l'air de réfléchir à toute vitesse. Je désigne le fauteuil de tout à l'heure :

— Je pourrais m'asseoir là et toi, tu me...

— Non, par ici !

Nous redescendons au pas de course, jusqu'à la garde-robe de l'entrée. Elle l'ouvre et se jette au milieu des souliers, des sacs recyclables et des parapluies, m'entraînant avec elle dans ce bordel. J'ai beau m'activer de mon mieux et elle a beau se tortiller comme un serpent, le lieu n'est pas des plus pratiques. Heureusement, nous ne testons celui-ci qu'une minute à peine ; tant bien que mal, elle s'extirpe du réduit et m'amène au salon. De nouveau, elle regarde partout autour d'elle, presque désespérée, comme si elle devait absolument trouver un autre endroit. OK, c'est à mon tour, maintenant. Je vais m'asseoir dans un fauteuil et, autoritaire, lui fais signe d'approcher.

Elle vient me chevaucher et rapidement, je réalise qu'elle ne peut être mon amante secrète : elle bouge beaucoup trop vite et elle couine. Mais ce n'est pas désagréable, ses seins sont plutôt sympas ; je me laisse donc aller en attendant l'orgasme imminent, mais, merde ! elle se dégage encore en s'exclamant :

— Ho ! Je sais ! Je sais !

Et nous nous retrouvons dans la cave, ostie ! cette fois dans la salle de lavage ! Elle met la laveuse en marche, grimpe dessus et écarte les cuisses. Je commence à en avoir vraiment marre et je me dis tant pis, je me rends jusqu'au bout. Je m'active alors vigoureusement, elle hulule en me plantant ses ongles dans le dos, mais lorsqu'elle comprend que je suis sur le point de jouir, elle s'affole :

— Non, non, pas tout de suite ! Il reste le garage et le...

Mais mon long râle l'interrompt. Lorsque les derniers frissons de mon orgasme disparaissent, je remarque qu'elle me sourit avec un mélange de satisfaction et de dépit.

— T'es venue au moins une fois, toi, non ?

— Ben non. Je suis clitoridienne.

Qu'à cela ne tienne. Je lui écarte les cuisses et y enfouis mon visage. Très rapidement, elle jouit avec force, emplissant mes oreilles de ses cris rauques et humectant ma bouche de son suc délicieux. Tout de même, elle n'aura pas trompé son mari pour rien.

Tandis que nous nous rhabillons, l'angoisse la gagne peu à peu. Elle bafouille que c'était très bien, mais qu'elle préférerait que je ne cherche plus à la revoir, même au bar. Je la rassure sur ce point. Lorsque je sors de la maison, j'entends la porte se verrouiller derrière moi.

De retour dans mon condo, j'inscris à côté du nom de Marie-Josée : « Baise olympique et nostalgique, mais c'était pas ça. »

Malgré les informations et les photos sur leurs pages Facebook, il m'a fallu quatre jours de recherches à Montréal pour repérer mes deux dernières ex-consœurs de classe.

Laura Gagnon était artiste-peintre et fréquentait un bar gothique (ce qui ne m'a guère étonné : à l'école, elle passait déjà pour une artiste *dark*). Visage dur et froid, corps tout en nerfs, j'avais l'impression d'aborder une militaire trop disciplinée. Mais une fois au lit, surprise ! elle était explosive, et femme-fontaine de surcroît. Ou plutôt diluvienne. Elle a giclé une première fois pendant qu'elle me suçait en se branlant, une seconde fois pendant que je la prenais en missionnaire et une troisième dans la position de la levrette. À chaque éruption, elle poussait de véritables grognements de fauve, entrecoupés d'une seule phrase qu'elle répétait inlassablement (« Fourre-moi, salaud, fourre-moi ! ») et ses yeux étincelaient comme ceux d'un vampire. C'était aussi excitant que terrifiant.

Alors qu'elle récupérait de son troisième geyser, je me suis couché sur le dos et lui ai demandé de s'asseoir sur moi. Elle s'est exécutée et a commencé à bouger par soubresauts, en éructant ses râles bestiaux. Et voilà, une autre à rayer de la liste ! Elle s'est soudainement dégagée et a ouvert un tiroir, duquel elle a extirpé un tube de lubrifiant. Elle en a recouvert tout mon sexe, puis, les deux genoux de chaque côté de mes flancs, face à moi, l'a très lentement introduit dans son anus. Elle a repris ses mouvements saccadés, ses grognements, ses « fourre-moi, salaud » de plus en plus intenses, le tout en se frottant énergiquement le clitoris tandis que je fixais, fasciné, ma queue qui entrait et sortait de son cul. La fulgurante chair de poule intérieure annonçant l'orgasme me traversait le ventre lorsque Laura a littéralement hurlé et qu'une quatrième éjaculation, plus généreuse que les précédentes, a jailli de sa chatte, giclant dans toutes les directions par l'action de ses doigts frénétiques. J'ai joui à mon tour, livrant ma poitrine et mon visage à sa pluie de foutre.

De retour dans ma chambre d'hôtel, j'ai inscrit à côté de son nom : « Baise spectaculaire et humide, mais c'était pas ça. »

Quant à Andréa Pepin, comme c'était la dernière de ma liste, je me suis dit que ça ne pouvait être qu'elle. Ingénieure dans une grosse boîte, elle avait un faciès tout à fait quelconque, sans charme réel, mais paraissait dotée d'un corps tout à fait acceptable. J'étais assis dans le même bar qu'elle, mais comme son mari l'accompagnait, homme d'une quarantaine d'années plutôt beau gosse, j'en ai conclu qu'il ne se passerait rien ce soir-là. Sauf que l'époux en question, au bout d'un certain temps, s'est approché de moi.

— J'ai remarqué que ma femme a l'air de t'intéresser. C'est son anniversaire aujourd'hui et j'aimerais lui faire un cadeau. Tu veux faire la fête avec nous?

Je savais que j'avais du succès auprès des femmes. Mais que j'en aie aussi auprès de leurs maris, j'avoue que c'était une première.

Soucieux de ne pas traumatiser les enfants de ce couple moderne, mais responsable, nous avons opté pour ma chambre d'hôtel. Sylvain et moi avons déployé tous nos talents pour satisfaire Andréa qui semblait grandement apprécier son cadeau. À un moment, tandis qu'il la prenait par-derrière pendant qu'elle me suçait, Sylvain s'est mis à chanter «Bonne fête, Andréa», sans ralentir sa cadence. Du regard, il m'a encouragé à l'accompagner et j'ai joint ma voix à la sienne, ce qui a ému la *star* du jour.

J'ai fini par m'asseoir dans un fauteuil et Andréa, haletante, est venue s'empaler sur ma verge, face à moi. Hélas! le même constat s'est répété pour la sixième fois. Tant pis: je me suis abandonné à l'excitation qui montait de plus en plus. Tout à coup, quelque chose de doux et dur à la fois m'a effleuré la joue. Surpris, sans lâcher le bassin de ma partenaire qui s'activait toujours, j'ai tourné la tête... et suis tombé face à face avec une queue bien grosse et au garde-à-vous. Déconcerté, j'ai levé les yeux. Sylvain, debout à mes côtés, m'a adressé un clin d'œil complice.

— Allez, Vincent... Laisse-toi aller...

— Oui, vas-y, Vincent, a susurré Andréa en me caressant les cheveux. Tu vas voir, c'est tellement bon...

Je ne suis pas bi. Je n'ai jamais eu de désir pour un mâle. Mais j'avoue que j'ai toujours trouvé un sexe d'homme drôlement tentant. Juste le pénis, pas le mec. Et là, avec cette fille qui me chevauchait et qui m'encourageait, et cette verge à trois centimètres de ma face, et mon excitation qui m'étourdissait... Crisse, *let's go*! En fermant les yeux, j'ai englouti l'appendice de Sylvain et l'ai sucé, avec inexpérience, certes, mais plein de bonne volonté. Je précise que j'ai fermé les yeux parce que tant que je sentais uniquement le membre, pas de problème, mais si j'avais levé le regard et avais aperçu le visage souriant de Sylvain, je crois que j'aurais paniqué. Mais admettons-le : c'était plutôt agréable, tellement que j'ai joui au bout de trente secondes. Sylvain, lui, a eu la délicatesse de se retirer avant son propre orgasme et a déchargé sur les seins de sa femme qui, la tête renversée vers l'arrière, explosait simultanément sur mon sexe encore dur.

Lorsqu'ils sont partis, j'ai inscrit près du nom d'Andréa : « Baise audacieuse et instructive, mais c'était pas ça. »

Et me voilà de retour à Québec sans avoir trouvé ma Cendrillon, extrêmement perplexe.

×××

Un soir, je raconte toute cette histoire à mon ami Marco, dans un bar. En rigolant, il conclut que je me suis tout de même farci un joli marathon sexuel. Je le reconnais, mais rien de tout cela n'est arrivé à la cheville de ma baise fondatrice.

— T'es sûr que t'en as pas oublié une ? me demande-t-il.

Je réfléchis, frappé par une soudaine révélation.

— T'as raison. J'en ai écarté une volontairement. Il y avait Judith Mélançon, mais elle était si laide avec sa bouche toute déformée que je me suis refusé à l'inclure dans mon enquête.

Je me masse le front, consterné.

— C'est donc vraiment elle qui m'a fait autant jouir il y a vingt ans ! Si tu l'avais vue !

Marco lève son verre, de plus en plus amusé.

— Bah ! Tu sais ce qu'on dit, hein ? Le sexe, ça se passe surtout dans la tête !

×××

Six mois plus tard, je reçois une lettre de Moravia, mon école secondaire, qui fête ses cinquante ans d'existence et qui, pour l'occasion, invite tous les anciens élèves et enseignants.

Je me retrouve donc, un vendredi soir, dans ce même gymnase où je m'étais soûlé, sauf que cette fois nous sommes environ trois cents participants et que les âges varient entre vingt et soixante-dix ans. Tous ceux qui m'ont connu à l'époque sont sidérés en apprenant qui je suis et j'avoue en retirer une réelle fierté. Parmi eux, il y a Marie-Josée Michaud et Nadine Lebel qui, en apprenant mon vrai nom, s'étouffent littéralement dans leur verre. Elles m'adressent à peine la parole, confuses et gênées.

À un moment, passe une femme d'à peu près mon âge, belle à couper le souffle, qui attire tous les regards. Denis Martineau, d'un air entendu, me dit :

— Tu sais c'est qui ? Tu y croiras pas : Judith Mélançon...

Alors je me traite d'idiot : comment n'ai-je pas envisagé que, tout comme moi, elle ait pu changer de manière spectaculaire ?

Plein d'espoir, je m'approche d'elle et nous discutons. Non seulement sa bouche et ses dents ne sont plus du tout déformées, mais elles invitent désormais au baiser et à la douce morsure. Nous convenons d'emblée que nos deux physiques se sont grandement améliorés et très rapidement, un flirt hautement sexuel s'installe. Maintenant que je suis bel homme, elle ne tient peut-être plus tant à nier ce qui nous est arrivé il y a vingt ans... Faut voir. Sans un mot, je me dirige vers la sortie du gymnase, tout en invitant Judith du regard. Tandis que je marche dans le couloir obscur, je l'entends me suivre pas très loin.

Je retrouve le Relaxium et entre en allumant. Le local a à peine changé. J'avance de quelques pas et me retourne : Judith apparaît, sublime, sexy à en ramper au sol, et je bande instantanément, autant à l'idée de ce qui s'est passé il y a vingt ans qu'à celle de répéter la scène dans quelques instants.

Tandis qu'on s'embrasse et qu'on se déshabille, j'ai une première surprise : ses gestes sont quelque peu empruntés, sans réelle passion. Je me dis que c'est la gêne et que ça se dissipera rapidement. D'ailleurs, je suis si pressé qu'aussitôt nu, je vais immédiatement m'asseoir dans un fauteuil près d'une fenêtre dont le store est baissé, en entraînant Judith qui, après quelques caresses, monte sur moi.

Mais ça ne va pas, ça ne va pas du tout. Ses mouvements de bassin sont gauches, secs, sans sensualité. Son visage demeure froid et les gémissements qu'elle pousse ressemblent à ceux d'un mauvais doublage de film porno. Je suis si anéanti que je débande peu à peu. Évidemment, elle le remarque et s'enquiert de ce qui cloche.

— Rien, je... C'est moi qui... Désolé, Judith, ç'a été une erreur...

Piquée au vif, elle se dégage, se rhabille et, sans un mot, marche vers la sortie. Pour bien me montrer sa colère, elle éteint la lumière au passage.

Vingt ans plus tard, me voilà de nouveau seul dans le noir total, les culottes aux genoux, à soupirer dans un fauteuil. Totalement déconcerté.

Quelqu'un entre dans la pièce. Je ne vois pas de qui il s'agit, mais je l'entends. Cette répétition du passé me paraît si incroyable que je me demande pendant un instant si je ne rêve pas.

Mais le son des vêtements qu'on laisse choir sur le sol et la main qui caresse mon entrejambe sont bien réels. Stupéfait, mais ravi, je comprends que mon amante secrète est de retour. Et pour m'en assurer, elle chuchote :

— Quand je t'ai vu revenir dans ce local, je me suis dit qu'il était temps que j'assume ce que j'ai fait... Surtout vingt ans plus tard...

Impossible de reconnaître une voix en particulier dans un tel murmure. Je ne réplique rien et m'abandonne, tétanisé.

Et de nouveau, sans un mot, cette femme invisible m'avale de son sexe, avec les mêmes mouvements lents et circulaires, avec les mêmes pulsations contre ma verge. Et ce que je ressens confirme que je n'idéalisais pas ma première baise : il s'agit bien de la meilleure d'entre toutes, celle qui en ce moment éclipse non seulement toutes mes relations antérieures, mais toutes celles à venir. Fou de désir, je sors enfin de mon inertie et avance les mains pour lui caresser les seins.

Mes doigts se referment sur deux masses de chair molles et flasques.

Je cesse de respirer, pris d'un terrible pressentiment. J'étire le bras vers la fenêtre juste à mes côtés et tire sur la corde du store, qui s'élève en un claquement, permettant à la lumière de la lune d'identifier mon amante secrète.

Madame Lemay, nue et flétrie, s'active sur ma queue, les yeux révulsés d'extase.

Je veux crier, mais je ne réussis qu'à croasser un hoquet épouvanté. Madame Lemay ouvre les paupières et, constatant ma terreur, hausse un sourcil : à ce moment elle comprend que je n'ai jamais su qu'il s'agissait d'elle. Elle se contente de sourire, ce qui décuple les rides sur son visage, et, tout en gardant le rythme de ses gracieuses rotations, elle susurre d'un air amusé :

— C'est pas grave, Martin. Laisse-toi aller : de toute façon, ça se passe surtout dans la tête...

Je dois répliquer quelque chose, lui hurler de se tirer de là, mais je réalise que je ne débande pas. Mieux encore : la divine sensation est toujours présente, unique, électrique. Tout à coup, je n'ai plus envie de rouspéter. Tout à coup, je ne ressens plus le besoin de résister. Tout à coup, je m'abandonne.

Lentement, poursuivant ses mouvements, madame Lemay abaisse le store de la fenêtre. Dans l'obscurité planent maintenant de longues expirations sifflantes.

Stéphane Dompierre

Animal social

Les gens se servaient de ce qu'ils appelaient un
téléphone parce qu'ils détestaient être très près
les uns des autres et parce qu'ils avaient peur de
rester seuls.

Chuck Palahniuk – *Survivant*

Mon père.

Depuis peu, il commence beaucoup de ses
phrases par « dans mon temps ». C'est peut-être
symptomatique de sa crise de la cinquantaine.
« Dans mon temps, on achetait des revues porno-
graphiques au dépanneur. Des photos de femmes
nues sur du papier. Je me souviens encore de la
face dégoûtée du vieux commis indien, obligé de
chercher le prix de la revue, inscrit quelque part
en tout petit, sous un anus grand ouvert ou entre
deux paires de seins couvertes de sperme. » « Dans
mon temps, c'était mal vu d'avouer qu'on se mas-
turbait et le faire en public était considéré comme
un crime. » « Dans mon temps, on avait très hâte
de partir de chez nos parents. Dès qu'on fêtait nos
dix-huit ans, merci bonsoir, on se trouvait des
colocs et on partait vivre en appartement. » Je ne

peux m'empêcher de voir cette dernière affirmation comme un message à mon intention. Il semble écœuré de m'avoir comme locataire dans le sous-sol de sa maison. À trente-deux ans, il est temps que je vole de mes propres ailes, comme il dit, avec son langage désuet.

La vérité, même s'il ne l'avouera jamais, c'est qu'il est mal à l'aise de crier de plaisir quand son nouveau conjoint, Francisco, lui tâte la prostate avec sa queue alors que je dors à l'étage d'en dessous. Aussi, je crois qu'il a hâte que je parte pour pouvoir récupérer ma chambre et y installer une roue pivotante afin de ligoter Francisco la tête à l'envers pour le sucer. Pour l'instant, il n'y a pas assez d'espace dans la maison pour un truc pareil. Il projetait de la mettre dans le jardin, mais il craint que les parties métalliques rouillent sous la pluie ou que le couple d'hermaphrodites d'à côté essaie de la lui voler. Alors il entreprend des démarches plus ou moins subtiles pour accélérer mon départ.

C'est lui qui m'a ouvert une fiche sur le site de rencontre FuckFace. Il me dit qu'une fille me ferait du bien, une vraie, avec un vagin mouillé, une gorge profonde et un petit anus bien serré. Il me dit qu'à deux on aurait sûrement les moyens de s'acheter un condo, qu'on vivrait heureux et qu'on baiserait quand ça nous chante, que ce serait plus joyeux que ma solitude, ma trayeuse et mes sites de simulation d'accouplement.

J'avoue qu'une vraie fille peut avoir quelque chose d'excitant en comparaison aux vedettes pornologrammiques, aux seins curieusement immobiles et aux anus javellisés. Papa a peut-être raison.

J'ai un rendez-vous dans trente minutes avec une fille que je ne connais pas vraiment, dans un bar que je ne connais pas du tout. Merci, papa. Merci, FuckFace. Je déteste les premières rencontres et leurs incessants malaises.

Assis au fond du tramway, sur le siège qui fait face à l'allée, je vérifie à nouveau si j'ai tout ce dont j'ai besoin dans mon sac à bandoulière. Pour me changer les idées. Épinéphrine en gélules parce que je suis allergique aux baies de Fermont, au gluten, aux noix, aux arachides, à la variviande, aux crevettes et aux œufs. Viagra pour la performance. Parapluie rétractable. La météo annonçait un orage à quinze heures vingt-huit et c'est bien ce qui arrive, on voit à peine dehors avec le smog et la pluie torrentielle.

Il fait trente-sept degrés deux et la sueur coule sur mes joues. Parfois, une grosse goutte vient s'écraser sur l'écran de mon CellPod qui diffuse une compilation des meilleures scènes de double sodomie des films de Woody Anal. Je mâche de la gomme afin d'avoir une haleine irréprochable. Mon cœur palpite, c'est sans doute l'ingestion de cinq boissons énergétiques d'affilée qui en est la cause.

J'observe les gens autour de moi pour essayer de me détendre. Nous sommes peu nombreux, je vois surtout des derrières de tête. Un homme se fait sucer par une trayeuse portative branchée sur son CellPod. Il est assez près pour que je puisse observer une femme, sur son écran, s'enfoncer dans la bouche un dildo Wi-Fi qui relaie son rythme de succion à la trayeuse.

L'alerte de mon appareil m'informe que j'arrive dans dix minutes. Écœuré de ma gomme, je la colle sous mon banc et je me redresse vite, attiré par les cris et les rires des passagères qui s'engouffrent dans le wagon. Des collégiennes dans leur uniforme officiel : bustier, jupe courte et bas de coton blanc arrêtant au-dessus du genou. Les tissus légers épousent leurs corps et laissent deviner les divers anneaux qu'elles portent aux mamelons. L'eau de pluie glisse sur leurs ventres et leurs cuisses dénudées. Quelques voyageurs les regardent brièvement, puis retournent à leurs CellPod.

Une des collégiennes, grande blonde à lunettes avec un suçon à la bouche, se fait aborder par un homme d'une trentaine d'années. Elle retire l'écouteur d'une de ses oreilles pour mieux entendre ce qu'il lui dit. Elle hoche la tête, prend le CellPod de l'homme et le glisse sur le sien après y avoir inscrit un montant. Elle lui redonne ensuite son appareil, replace son écouteur au fond de son oreille et met ses mains sous sa jupe pour enlever sa culotte, qu'elle fait glisser lentement jusque sur le plancher. Elle la ramasse de la pointe de son soulier et la tend à l'acheteur, qui profite un peu de la vue qu'il a des cuisses ouvertes de la blonde avant de prendre le morceau de tissu blanc du bout des doigts. Il la remercie d'un hochement de tête et plonge son nez dans la culotte pour bien la sentir.

Deux étudiantes s'embrassent et se suçotent la langue en se caressant les fesses, les mains plongées dans les sous-vêtements de l'autre. Elles inspectent les alentours et s'arrêtent dès qu'elles voient que personne ne les prend en photo.

Mon CellPod m'informe que j'arrive à destination. Je descends du tramway et j'ouvre mon parapluie en filant sous l'orage, dans la noirceur et le brouillard, guidé par mon appareil.

À la porte du Futanari bar, un itinérant trempé tente de me vendre de vieux livres en papier dont il prétend être l'auteur. À vue d'œil, ses saletés gondolées et jaunies ont toutes au moins deux cents pages et je me demande bien qui prend encore le temps de lire ça. Je passe devant lui en l'ignorant du mieux que je peux, et j'entre.

L'endroit est assez rempli, des jeunes assis en petits groupes de trois ou quatre fument des cigarettes électroniques, absorbés dans la consultation de leurs CellPod. La faune est éclectique, composée en partie de douchefags, de psychokittys, de tetrageeks et de rétrogagas. Certains dansent dans un coin, avec de gros écouteurs sur la tête, chacun au rythme de sa musique. Les écrans diffusent différents angles d'un film où deux lesbiennes en apesanteur se lèchent le cul et la fente. Je m'assois au bar, j'enlève mon manteau, j'ajuste ma cravate. J'ai six minutes d'avance alors je regarde quelques scènes de *gang bang* de *MILF* asiatiques, je réponds à mes Twittermails et j'installe les trois mises à jour quotidiennes d'iTunes sur mon appareil. Facegram me signale qu'un de mes contacts vient d'entrer. Je consulte l'écran, c'est bien Julie Anne Marie Neige, pile à l'heure.

Ses actualités : elle vient tout juste de terminer ses règles, elle s'est lavé les cheveux ce matin et son alimentation du jour est pauvre en fibres.

Je lui fais signe, mais elle ne me voit pas, elle me retrouve au bar grâce au radar de son Facegram. On se salue, on s'embrasse langue contre langue et on confirme sur nos réseaux que nous sommes bien à notre rendez-vous. Je baisse le volume de ma musique pour mieux entendre ce qu'elle me dit. Elle ouvre FuckFace et consulte nos fiches respectives.

Je l'observe un peu pendant ce temps, sans qu'elle s'en rende compte, et ce que je vois me rassure : elle ne semble pas s'être photoshoppée dans sa vidéo de présentation. Elle a les mêmes cheveux courts blonds, le même visage avec des lèvres pulpeuses et quelques taches de rousseur autour du nez. Je ne saurais le dire avec certitude parce qu'en ce moment elle est habillée, mais elle a probablement les mêmes mensurations. L'honnêteté est une qualité si rare qu'on n'y croirait plus, mais je décide de lui accorder ma confiance. En me fiant à sa fiche, je peux donc conclure qu'elle a vingt ans, qu'elle est curieuse, ouverte d'esprit, joyeusement maladroite, qu'elle aime les repas entre amis, la marche en montagne et l'automutilation. Une jeune femme saine et équilibrée.

Notre test de compatibilité affiche un résultat de cinquante-six pour cent, ce qui est plutôt exceptionnel. Ça tourne habituellement autour de trente ou trente-cinq pour cent avec les filles que je trouve attirantes.

— Ça m'étonne que vous aimiez mes seins à quatre-vingt-dix pour cent. Je fais seulement du 34B.

— Les gros seins, ça me rappelle ma mère. Je préfère éviter ça.

— Lol !

— Pendant que j'y pense, Julie Anne Marie Neige, ça vous dérange si notre conversation est disponible en écoute en temps réel sur mon blogue ?

— C'est correct, je fais pareil.

— Super. Qu'est-ce que vous disiez ?

— Je parlais des notes que vous m'avez données. J'étais surprise que vous accordiez cent pour cent à ma chatte. C'est rare. Je sais qu'elle est belle, mais quand même !

— C'est la première chose qui m'a attiré sur votre fiche. Ça, et puis votre bouche de suceuse.

— Merci, Wii-Liam ! Vous êtes gentil, vous !
C'est vrai que vous pouvez bander pendant des
heures et jouir trois fois par séance ?

— Si je prends les bons comprimés, oui, tout
à fait.

Elle glisse une main dans mon pantalon, sous
mon boxer, et manipule mon pénis.

— Ça vous dérange pas ? Je veux m'assurer
que c'est un vrai.

— Allez-y.

— J'arrive pas à m'habituer aux implants
mécaniques. Il faut toujours que je mette plein de
lubrifiant. Ça me donne la vague impression de
me faire baiser par un robot affecté aux tâches
ménagères. Vous seriez gentil de me l'insérer dans
les fesses, tout à l'heure. J'aimerais vérifier
quelque chose.

— Parce que vous jouissez quand on vous
baise le cul, mais ça dépend de la forme du pénis.

— Exact ! Je vois que vous avez bien mémorisé
ma fiche ! Vous lécherez ma chatte, aussi. Je veux
être certaine que vous aimez son goût.

— Comme vous voudrez. On boit quelque
chose ?

Fidèle à sa liste de préférences sur FuckFace,
elle commande un Golden Shower sans glace, et
moi un Nun's Tits. La serveuse revient très vite
avec nos verres, c'est à peine si on a le temps de
voir ce qui se passe sur nos réseaux sociaux. Elle
plonge une main dans son microshort jaune

transparent, glisse son index sur sa fente, s'en sert ensuite pour mélanger le cocktail de Julie Anne Marie Neige et le lui tend. Elle se penche et trempe un de ses seins nus dans mon verre avant de me le donner. Il est rare de tomber sur une serveuse aussi attentionnée, qui respecte les recettes originales. Je glisse mon CellPod sur le sien et lui laisse un bon pourboire.

J'en profite pour réserver une sexbox où je pourrai sodomiser Julie Anne Marie Neige et lui faire un cunni pendant que des caméras transmettent le tout en direct sur nos réseaux sociaux. La serveuse nous annonce qu'il y en a une qui se libérera dans une dizaine de minutes. Je la remercie, mais elle ne m'entend pas : elle cherche ma cuisse d'une main et la serre fermement pour se trouver un appui. Elle plie légèrement les genoux et, la bouche en forme de cœur et le regard dans le vague, elle pousse de courts gémissements qui lui font contracter les pectoraux.

Elle jouit.

Je la laisse reprendre son souffle avant de lui exposer ma théorie : « Boule vibrante ? » Elle hoche la tête avant de me répondre, dans un souffle, « une dans la chatte et une dans le cul ». Elle me tapote la cuisse, comme pour me remercier de mon aide, et file à l'autre bout du bar pour servir un couple de nudipsters impatients.

Julie Anne Marie Neige et moi avons pas mal tout dit ce que nous avions à nous dire, alors on en profite pour mettre des photos de nos cocktails sur les réseaux sociaux. Elle lève la tête de son appareil un instant et nos regards se croisent.

Elle me sourit.

Je crois que ça augure bien, nous deux.

×××

À chacune de mes nuits d'insomnie, j'entends les ébats sexuels de notre voisine d'en haut pendant que Julie Anne Marie Neige dort profondément. Ça ne la réveille jamais. J'ignore quel est son truc, mais quand elle dort, elle dort. Parfois, je mouille sa bouche avec ma salive et j'y fais glisser ma queue, doucement, jusqu'à ce que j'éjacule, sans troubler son sommeil. Je peux même prendre le résultat en photo avec le flash de mon CellPod pour le téléverser sur les réseaux sociaux et elle ne se rend compte de rien. Ce n'est qu'au matin qu'elle constate qu'une giclée de sperme lui a séché sur le visage. Ça l'étonne et l'amuse chaque fois.

Le lit de la voisine fait un drôle de «wub wub wub» à cadence régulière qui rythme ses cris.

Je comprends que ça puisse irriter certaines personnes d'entendre leurs voisins baiser au milieu de la nuit, mais moi, ça m'excite. Elle gémit et je me laisse aller à imaginer ce que je veux. Nous habitons ici depuis deux ans et je ne l'ai encore jamais croisée dans les corridors, je n'ai pas non plus tenté de la trouver sur Facegram, alors je ne sais pas à quoi elle ressemble.

Elle est blonde. Elle est brune. Elle est rousse.

Je modifie son visage et son corps au gré de mes envies.

Elle est assise sur un jouet vibrant ou elle se fait pénétrer par un homme pendant qu'elle en suce un autre. Elle partage un double godemiché avec une amie. Parfois, j'interviens dans mes scénarios. Je suis celui qui la fait gémir, debout derrière elle, alors qu'elle est penchée vers l'avant et que je la pénètre à grands coups de bassin, accroché à ses fesses.

Dans tous mes scénarios, elle est épilée. Je ne sais pas c'est quoi, cette nouvelle tendance, mais certaines filles se laissent pousser le poil pubien et c'est plutôt dégoûtant. Julie Anne Marie Neige a succombé à cette mode et elle arbore une ligne de deux centimètres par quatre, une moquette miniature.

Quand je lui lèche la fente, ça me donne l'impression d'embrasser un moustachu édenté.

Alors j'évite certaines positions et je lui fais des cunnilingus par-derrière plutôt que par-devant. Sinon, je n'ai pas à me plaindre ; elle aime la fessée, le *rusty trombone*, les bukkakes entre amis, mes préférences sexuelles lui plaisent aussi. Et moi-même je me prête à tous ses désirs, même ceux qui me laissent indifférents, comme lorsqu'elle m'urine dans la bouche ou qu'elle me pénètre avec son *strap-on* rotatif. Si ça peut lui faire plaisir.

Je taponne mon oreiller pour lui redonner du volume et Julie Anne Marie Neige s'agite, tourne sur elle-même en grognant, puis sursaute. Couchée sur le ventre, elle s'appuie sur un coude et regarde d'un côté et de l'autre, confuse. Elle marmonne quelque chose qui ressemble à « cauchemar » et se lève pour aller à la salle de bain sans se réveiller tout à fait.

Je l'entends qui pisse et qui bâille.

Dans notre condo urbain à aire ouverte de trois cents pieds carrés, il ne faut pas espérer trop d'intimité. J'entends même quand elle déroule du papier hygiénique et qu'elle s'en sert pour s'essuyer.

Elle revient dans la chambre en traînant les pieds et ce n'est qu'alors qu'elle remarque que j'ai les yeux grands ouverts.

— Tu dors pas ?

Je souris et elle constate l'évidence de sa question. Je lui confie qu'il m'arrive parfois de faire de l'insomnie sans raison apparente. Elle se remet au lit, la tête appuyée sur mon ventre, et tire sur les couvertures jusqu'à ce que ma queue soit à l'air libre. Elle la prend dans une main et lui donne de petits baisers doux.

— La voisine d'en haut a le meilleur truc pour bien dormir...

Elle me sourit et donne des petits coups de langue sur mon gland en me regardant dans les yeux. Ses caresses font vite effet, et elle enfonce ma queue en demi-érection tout entière dans sa bouche. Elle presse fermement ses lèvres autour et son lent mouvement de va-et-vient achève de me faire bander. Elle se relève, lèche ses doigts et s'en humecte la fente en s'accroupissant au-dessus de moi. Elle reprend ma queue dans sa main et lui fait faire des arabesques pour se caresser le clitoris et entrouvrir ses lèvres mouillées. Et puis elle la fait pénétrer en elle, d'un coup, en s'assoyant sur moi. J'entoure ses seins de mes mains et, à deux doigts, je pince ses mamelons pendant qu'elle fait de petits mouvements circulaires avec ses hanches en se mordillant la lèvre du bas, les yeux fermés, tout à son plaisir.

Elle augmente la vitesse et change le mouvement, donne de grands coups en se caressant le clitoris, une main sur ma poitrine pour garder l'équilibre.

Sa respiration s'accélère.

J'empoigne ses fesses à deux mains et j'appuie un doigt sur son anus mouillé. Je l'enfonce alors qu'elle est près de l'orgasme et que ses muscles se contractent. Elle se penche vers moi et, dans un souffle, entre deux gémissements, elle me glisse à l'oreille qu'elle va jouir, qu'elle m'aime, qu'elle aimerait qu'on se marie. J'allais lui enfiler un deuxième doigt dans le cul, mais je m'arrête. J'interromps le mouvement en posant mes mains sur ses hanches. Un grand frisson me parcourt le dos et le cou et je soulève Julie Anne Marie Neige pour pouvoir me mettre sur le côté. J'ai chaud et pourtant je frissonne. Un haut-le-cœur me prend par surprise. Je repousse Julie Anne Marie Neige et je saute du lit pour aller vomir aux toilettes, mais je m'aperçois très vite que je ne me rendrai pas. Je me laisse tomber à genoux et je me répands dans de longues gerbes de bile brûlante.

Je ne comprends pas.

Je me sens sale et trahi.

Son profil sur FuckFace précisait pourtant qu'elle ne s'adonnait pas à ce genre de pratiques. L'amour et le mariage outrepassent les limites que nous avons établies d'un commun accord pour notre couple et ça m'étonne qu'elle ait pu me confier pareille chose aussi candidement. Et puis l'amour dont elle me parle a été expliqué depuis longtemps par la science : c'est une altération chimique momentanée du corps qui pousse les gens à se reproduire. Rien de plus. Une histoire d'endorphine et d'ocytocine, deux produits qu'on retrouve en pulvérisateur dans toutes les pharmacies. Dire qu'on aime son conjoint n'est qu'une ruse de manipulateur narcissique, une façon de le contrôler et de jouer avec sa tête. Le mariage est une humiliation publique, une tradition désuète à laquelle s'accrochent encore quelques réactionnaires. Nous travaillons fort depuis plusieurs générations pour développer une société ouverte et permissive, libre et désengagée, j'ignore ce qui pousse des gens de son âge à croire qu'un retour en arrière puisse être bénéfique. Même mon père a rejeté ces pratiques obscènes. Et pourquoi ne pas ramener la peine de mort et les exécutions publiques, tant qu'à y être ?

Une fois les spasmes terminés, je crache un dernier jet de bile et je m'essuie la bouche du revers de la main. Je regarde du côté de la chambre et je fixe Julie Anne Marie Neige droit dans les yeux. Elle soutient mon regard malgré son désarroi.

Je n'ai rien à dire ; elle comprend qu'on va se quitter.

Elle se met à pleurer et moi je me demande comment je vais ramasser tout ça. Je photographie la flaque pour les réseaux sociaux.

La voisine d'en haut gémit comme s'il n'y avait pas de lendemain. Julie Anne Marie Neige lève la tête et la traite de salope, de chienne, de dévergondée avec dans la voix une rage que je ne lui connaissais pas. Il n'y a que son regard triste et barbouillé de mascara qui lui répond, dans le miroir suspendu au plafond.

✕✕✕

Un des avantages du Café Shibari, c'est que je n'y croise jamais personne que je connais. C'est l'endroit idéal où flâner quand je veux communiquer avec mes amis sur les réseaux sociaux en toute tranquillité, la queue dans ma trayeuse, sans devoir faire la conversation. Les serveurs sont assez distrayants, simplement vêtus de cordes nouées autour de leurs corps dans des agencements artistiques plus ou moins complexes, et il y a toujours quelques clients ligotés qui tournoient lentement, suspendus au-dessus des tables.

Le concept est démodé, bien sûr, et plus grand monde ne fréquente l'endroit, mais c'est ce qui me permet d'y avoir souvent la meilleure table, celle face à la vitrine. Et puis le café y est délicieux, ce qui, somme toute, est le plus important.

Le serveur m'apporte mon quadruple espresso et j'y saupoudre deux sachets de taurine avant de le prendre en photo. Mon appareil demande quelques mises à jour critiques que je mets en route.

J'observe les passants en attendant de pouvoir reprendre mes activités. Je m'amuse à compter le nombre de personnes qui mettent un pied dans l'énorme crotte de chien sur le trottoir sans la remarquer, absorbés qu'ils sont par l'écran de leurs CellPod.

Une jolie fille traverse la rue et se dirige vers le café. Elle porte un body en résille noir transparent, de lourdes bottes noires et un manteau court en cuir rouge. Mon CellPod n'a pas terminé ses mises à jour alors il ne m'envoie pas d'alerte, mais je sais que je la connais. Et puis l'évidence me frappe : elle n'a plus le même format de seins, et ses cheveux ne sont plus courts et blonds comme lorsqu'on se fréquentait, mais longs et châtains. Julie Anne Marie Neige passe devant le café et je donne quelques coups sur la vitrine avec mes jointures en faisant des simagrées pour signaler ma présence. Elle ne me voit pas, mais elle s'arrête, probablement parce que son appareil lui indique que quelqu'un de son réseau est tout près d'elle.

Elle effectue un tour complet sur elle-même en cherchant qui peut être à cinq pas de distance sans qu'elle l'ait vu. Elle m'aperçoit enfin, me sourit et entre dans le café.

Je me lève pour l'accueillir, on s'embrasse en mêlant nos salives et je l'observe pendant qu'elle s'assoit. Ses yeux ne sont plus verts, mais bruns. Elle a recommencé à s'épiler la chatte. Ça lui va beaucoup mieux.

Elle commande un guarana chai extra ginseng et s'étonne de me trouver dans un café aussi ringard. Je lui en vante les mérites, ridiculisant au passage la chaîne de café S&M avec leurs serveurs vêtus de cuir et de latex dont on ne distingue que les yeux et la bouche, la tête coincée dans des masques. C'est dans l'air du temps, certes, mais voir le visage et les parties génitales des serveurs donne l'impression d'avoir un service plus personnalisé.

Elle me demande ce qui se passe de neuf dans ma vie et je lui fais un résumé, sachant que même si on ne s'est pas vus depuis presque deux ans, on sait à peu près tout de ce que fait l'autre grâce à Facegram.

Mon CellPod revient en mode actif et m'informe enfin qu'un de mes contacts est tout près. Parmi les données qu'il m'envoie, j'apprends qu'on ne s'est pas vus depuis exactement six cent quatre-vingt-huit jours, trois heures et treize minutes, qu'elle s'est fait avorter il y a cinquante-cinq jours et qu'elle a téléversé trois nouveaux *sextapes* sur les réseaux sociaux. J'en regarde un tout en passant en revue les plus récentes photos de mon père sur Facegram. Il y en a une où on le voit sucer son nouvel amant pendant que ma mère, en visite, lui baise le cul avec un *strap-on* chromé. En arrière-plan, j'aperçois Djess-Y, la conjointe de ma mère, qui attend qu'on s'occupe d'elle. Elle est attachée la tête à l'envers sur la roüe de torture installée dans mon ancienne chambre.

Je montre la photo à Julie Anne Marie Neige et elle sourit, un petit sourire triste qui ne dure qu'un instant. Je me souviens qu'elle a toujours envié ma famille, beaucoup plus unie que la sienne. Et même si ça fait plus de dix ans, elle ne s'est jamais remise d'avoir perdu son grand frère dans l'effondrement du nouveau pont Champlain.

Je reçois une alerte qui m'informe que Julie Anne Marie Neige vient de téléverser sur les réseaux sociaux la photo d'un guarana chai qu'elle a bu en ma compagnie. Elle le termine en quelques gorgées rapides et se lève pour partir. Elle me regarde comme si elle voulait me dire quelque chose d'important, hésite, puis finalement se rassoit. Elle pose sa main sur la mienne et me demande d'une voix sérieuse si je serai là demain. Émotive, elle me dit que ça pourrait être sympathique de se rencontrer une fois de temps en temps. En vrai. En amis. Une amitié asexuelle, précise-t-elle.

Elle voit la surprise dans mon regard et elle éclate de rire. Je n'ai rien contre ces amitiés à l'ancienne, et il m'arrive parfois de jalouser ceux qui en ont. Je serais tout de même tenté de rester dans le confort de mes amitiés virtuelles, prévisibles et rassurantes, si sa demande ne me touchait pas autant.

Je sais bien que ça signifie que le Café Shibari ne sera plus ce repère où je pouvais me détendre dans l'anonymat, mais, qu'à cela ne tienne, je lui réponds que ça me ferait plaisir. Elle me donne un petit baiser sur la joue et me dit qu'elle reviendra demain à la même heure. Elle paie sa boisson et part.

Il y a quelque chose d'étourdissant à l'idée de gérer une amitié en personne, ça me semble beaucoup de responsabilités, mais j'ai envie d'essayer.

Sur le trottoir, elle me salue de la main avec un grand sourire et marche dans la crotte de chien sans s'en apercevoir.

Elle est à peine sortie de mon champ de vision que je jouis, je m'accroche à deux mains à la table pendant que j'éjacule et je ferme les yeux pour mieux profiter de mon orgasme. La trayeuse ralentit et j'appuie sur mon CellPod pour l'éteindre complètement.

Avoir une amie, une première véritable amie dans la vraie vie, quelqu'un avec qui je ne copulerai pas.

Il y a là quelque chose de délicieusement affolant.

Eza Paventi

Cinquante nuances de Gisèle

Ce soir-là, quelques flocons illuminaient la noirceur du ciel de Brossard, descendant nonchalamment sur les rues vides de la banlieue. Gisèle tendit la main et trouva à tâtons l'interrupteur situé au plafond de sa Toyota Camry. Dans la pénombre, l'intérieur de la voiture s'éclaira d'une lumière jaune. Elle souffla sur ses doigts gelés avant de déballer le disque de Noël de Martin Laflamme, professeur en éthique et culture religieuse fraîchement débarqué à la polyvalente en début d'année scolaire. Plusieurs de ses collègues féminines s'étaient réjouies de l'arrivée du jeune homme aux attributs rivalisant avec ceux des pompiers du calendrier vendu chaque année par Lyne, l'intransigeante réceptionniste. Gisèle, quant à elle, n'était pas émue par la silhouette sculpturale de Martin, mais par son âme. Le projet qu'il venait de réaliser était admirable. Il avait enregistré dans son studio maison douze chansons de Noël, en s'accompagnant lui-même au piano, et les avait gravées sur CD en copiant son œuvre en cinq cents exemplaires. Il vendait ses disques à la polyvalente pour dix dollars chacun et remettait tous les profits à Oxfam-Québec. *Quelle bonté*, pensa Gisèle, en enfouissant *Les Classiques de Martin* dans son lecteur de CD. Bercée par la voix du bellâtre qui lui susurrait *Vive le vent,* elle traça son chemin dans les rues enneigées de la Rive-Sud jusqu'à son sanctuaire préféré.

En franchissant le seuil des portes coulissantes, le port altier et le pas dynamique derrière son panier d'épicerie de format industriel, Gisèle ne put s'empêcher de pousser un soupir de bonheur. Elle adorait le Costco. Naviguer dans ses larges allées, transportée par le doux mélange de la muzak et du bourdonnement de la foule, plongeait l'enseignante quadragénaire dans un état méditatif. Son corps avait entièrement absorbé la géographie du lieu et l'emplacement de chaque produit.

Ce soir, son objectif était de trouver un cadeau pour Marcello, parti livrer du bois aux États-Unis, ce qui ne l'empêcha pas d'emprunter son parcours habituel. Sillonner chaque mètre carré du Costco relevait du rituel – d'abord les allées paires, puis les impaires. De mauvaises langues auraient pu dire que seule une femme sans progéniture possédait le luxe de gaspiller ainsi son temps. Mais Gisèle savait qu'il lui fallait trouver de petits bonheurs où elle le pouvait. Après quatre fausses couches, elle s'était résignée à mettre de côté son rêve le plus cher, fatiguée de vivre autant de montagnes russes émotionnelles. Et si les années n'avaient en rien altéré l'amour et la tendresse qu'elle éprouvait pour son homme, elle sentait bien que leur lien s'effritait tranquillement. Était-ce le temps ou, justement, l'absence des enfants qui en était responsable ? Elle s'empressa de chasser la question de son esprit et se remit à la recherche du présent à lui offrir cette année.

Dommage qu'il n'aime pas la lecture, pensa Gisèle avec tristesse devant le rayon des *best-sellers*. Le manque d'intérêt de Marcello pour les livres s'avérait un des grands deuils qu'avait dû faire l'enseignante de français dans sa vie de couple. Elle aurait tant aimé partager avec lui ses émois, ses envies et ses coups de cœur littéraires ! Avant de reprendre son parcours, elle scruta la section des bouquins dans l'espoir d'y dénicher un nouveau roman historique. Son regard s'attarda sur une grosse brique, mise en vente à côté du dernier opus gourmand de Ricardo. Le récit n'avait aucun lien avec l'Histoire, mais elle avait remarqué l'ouvrage entre les mains de certaines collègues, qui s'empressaient de finir leur lunch rapidement afin de s'y plonger avant la reprise des cours. *Mais voyons, Gigi, ce genre de livre n'est pas pour toi !* se raisonna-t-elle. Avant de tourner les talons, elle se rappela toutefois l'avoir entrevu dans la sacoche de Lyne, la réceptionniste dont la froide beauté ne laissait personne indifférent. Les hommes la désiraient, les femmes la jalousaient. Dans les couloirs de la polyvalente, elles se demandaient toutes comment leur collègue, grandement dépourvue de chaleur humaine, pouvait attirer à ce point l'attention des hommes.

— Même elle l'a acheté, murmura-t-elle en regardant nerveusement autour d'elle.

Obéissant à une force inconnue, elle enfouit le bouquin dans son panier sous deux sacs de pois congelés et continua son chemin le cœur battant. Ce soir-là, Gisèle écourta son rituel chez Costco, soucieuse d'éviter toute rencontre fortuite avec une personne de son entourage. Elle rentra à la maison sans le cadeau de Marcello, accompagnée par la voix de Martin Laflamme lui chantant les promesses d'un Noël blanc.

Il lui fallut trois jours pour trouver le courage d'entamer les premières pages du roman à la couverture monochrome. Un après-midi, rentrée plus tôt de l'école, elle infusa sa tisane préférée – camomille et miel – chargea *Les Classiques de Martin* dans la fente de son lecteur de CD et s'installa confortablement sur le divan. D'emblée, les premières lignes la choquèrent.

Mais c'est terriblement mal écrit ! s'insurgea l'enseignante de français. *Franchement, n'importe quel étudiant de secondaire cinq aurait pu rédiger des phrases aussi simplistes et inventer un personnage principal aussi peu nuancé... Mais qu'est-ce que le monde entier peut bien trouver à ce bouquin ?* se demanda Gisèle, nostalgique de l'univers de Marie Laberge. Curieuse de saisir à quoi le livre devait sa popularité, elle poursuivit sa lecture – tout en s'insurgeant contre la mauvaise qualité de l'écriture –

pendant une centaine de pages... Jusqu'à ce que le roman la convie dans son premier donjon. L'émotion qui s'empara alors de la quadragénaire ne ressembla en rien à tout ce qu'elle avait connu. En pénétrant, par le biais de la littérature, dans l'antre sacré, Gisèle se mit à frissonner en imaginant l'odeur du cuir mêlée à celle du bois. Son trouble s'accentua lorsqu'elle visualisa une grande croix en forme de X équipée de menottes en cuir aux extrémités. Une image lui foudroya l'esprit. Elle. Nue. Sa peau blanche collée au bois en acajou verni. Les mains menottées tendues au-dessus de sa tête, ses chevilles solidement attachées à la structure. Devant son Marcello. Dévêtue, les jambes écartées et complètement vulnérable devant son mâle. Son *mâle*. Oui, c'était bien ça. Gisèle n'arrivait pas à penser à lui en d'autres termes. Car dans cette position, les mots *mari*, *conjoint* ou *homme* lui semblaient discordants, obsolètes, et même vulgaires. Marcello, lui, était assis sur un somptueux canapé en cuir sang de bœuf, scrutant chaque parcelle de sa peau d'un œil lubrique. Pouvait-il apercevoir, à cette distance, le mince filament de cyprine s'échappant de son sexe? Une force lui commandait d'implorer son mari de la détacher. Une autre, contradictoire, obscure et souterraine, l'obligeait à assumer cette pose obscène sans broncher. Elle voulait qu'il la regarde exactement comme elle acceptait de se montrer devant lui. Comme une traînée.

Vêtu d'une chemise blanche et d'un jeans ajusté laissant deviner une formidable érection, Marcello – qui venait de perdre dix ans dans le fantasme de Gisèle – sirotait nonchalamment un scotch hors de prix devant le corps de sa femme offert en spectacle. D'un geste assuré, il caressa son entrejambe, déboutonna son pantalon de sa main libre et enfouit sa main dans son caleçon pour libérer sa queue. Il la tint un moment immobile dans sa paume, l'exhibant avec fierté, puis l'enserra de ses doigts et se mit à se branler devant sa proie sexuelle. Gisèle entrouvrit instinctivement la bouche. Elle avait toujours détesté la fellation. Bien sûr, elle le faisait de temps à autre pour plaire à Marcello, mais en comptant systématiquement les secondes dans sa tête pour pouvoir s'arrêter après un laps de temps raisonnable et surtout, avant l'éjaculation. L'idée même de recevoir dans sa bouche un jet de sperme au goût âcre et à la texture gluante la dégoûtait. Pourtant, cette fois, tout était différent. Elle désespérait qu'il lui enfonce son sexe dans la bouche. L'ultime position de soumission. Oui, c'était ça. Exactement ça. Elle aspirait à la soumission totale à son mâle.

Comment avait-elle pu ignorer si longtemps ce désir qui venait de se réveiller de façon aussi abrupte qu'intense ? *Voyons, Gigi, ressaisis-toi !* pensa-t-elle un instant. Mais déjà, Marcello se levait et lui posait fermement la main sur la bouche.

— Tu n'imaginais tout de même pas t'enfuir de ton fantasme ? lui murmura-t-il à l'oreille en frottant sa queue sur le bas de son ventre. Je t'ordonne de rester ici avec moi, trancha-t-il d'un ton menaçant.

Ouiiii. Un ordre. Je n'ai plus le choix de lui obéir. C'est lui qui me force à vivre ce rêve obscène, admit Gisèle, haletante. *À partir de maintenant, je devrai exécuter exactement ce qu'il me demande. Comme n'importe quelle vulgaire actrice d'un film pornographique de bas étage. Même si cela me rebute. Même s'il m'oblige à dépasser mes limites morales. Je ne décide plus de rien,* conclut-elle fiévreusement pendant que son Marcello lui détachait une main pour la poser sur son propre sexe.

— Maintenant, je veux que tu mouilles pour ton maître, ordonna-t-il d'une voix gutturale qu'elle ne lui connaissait pas.

Hypnotisée par son ton dictatorial, elle emprisonna sa chatte avec sa paume et se mit à la caresser langoureusement, incapable de s'empêcher de pousser de petits cris. Des cris d'animal. Oui. C'est ça. Un animal. La bouche entrouverte. La langue sortie. Impatiente de lécher un sexe, n'importe lequel. Les jambes ouvertes, en train de se donner du plaisir, sans remords ni retenue. Devant lui. Voilà exactement ce qu'elle était en train de devenir. Un animal.

Dans le salon de Gisèle, à présent plongé dans l'obscurité, Martin Laflamme chantait pour la quatrième fois en boucle *J'ai vu maman embrasser le Père Noël*. L'enseignante plongea sa main sous ses fesses, attrapa la télécommande sur laquelle le bouton *repeat* avait été enfoncé par mégarde et éteignit son lecteur de CD. Gisèle eut l'impression de s'extirper d'un cauchemar. Que s'était-il donc passé ? Elle n'arrivait pas à se débarrasser du désagréable sentiment d'avoir été possédée l'espace d'un moment. Comme si une force maligne s'était emparée de son corps et lui avait donné des envies qui ne lui appartenaient pas. Avant de se coucher ce soir-là, elle se prépara une deuxième tisane au miel et à la camomille. Après l'avoir bue à petites gorgées, elle éteignit la lumière et sombra dans un sommeil profond.

Le lendemain matin, lorsque son regard croisa celui de Martin Laflamme dans l'escalier principal de la polyvalente, Gisèle vacilla. Le professeur d'éthique et culture religieuse remarqua son trouble en venant à sa rencontre.

— Tout va bien ? demanda-t-il en posant sa main sur le bras de sa collègue.

Elle fut parcourue d'un long frisson, mettant quelques secondes avant de balbutier un faible « oui ». Venait-il de saisir les manifestations de son émoi érotique ? Martin lui sourit et en cet instant précis, elle eut l'étrange impression qu'il avait été témoin, la veille, de la scène qu'elle avait fantasmée : Était-il tapi dans la pénombre, derrière un épais rideau de velours ? Elle tenta de se raisonner. Bien sûr, elle s'était permis quelques écarts de conduite imaginaires en écoutant la voix rauque du chanteur du dimanche, mais cela ne signifiait en aucun cas qu'il s'était infiltré dans son univers et l'avait aperçue dans cette position vulgaire. Gisèle eut beau vouloir chasser l'image qui revenait en trombe dans sa mémoire, celle-ci ne s'en incrusta que davantage. Pire. D'autres suivirent. Martin profitant d'un moment d'inattention de sa part pour s'emparer de ses mains et la ligoter à la rampe du grand escalier débouchant sur l'agora. Martin déboutonnant la blouse de soie – qu'elle avait achetée à prix fort chez La Baie –, puis libérant sa poitrine de son soutien-gorge. Martin tripotant doucement ses mamelons pour qu'ils durcissent. Martin s'agenouillant et léchant ses seins tendus vers lui. Au cœur même de la polyvalente Sainte-Marie-de-la-Miséricorde où, à tout moment, n'importe quel passant risquait de surprendre l'enseignante frémissant de plaisir sous la langue experte de la coqueluche du salon des professeurs.

— Je vais être en retard pour mon cours, Gisèle, tu es certaine que tout va bien ?

La voix de son collègue la tira abruptement de sa rêverie érotique.

— Oui, oui, le rassura-t-elle, le souffle court, avant qu'il ne reprenne sa route.

— Martin ? ajouta-t-elle, fiévreuse.

Il tourna la tête dans sa direction.

— J'aime beaucoup ton disque de Noël.

Deux autres journées s'écoulèrent sans que Gisèle n'ose toucher ni à l'infâme roman ni au boîtier des *Classiques de Martin*. Sa vie reprit son cours normal et moral. Le jour, elle se dévoua corps et âme à l'enseignement. Le soir, elle se lança avec passion dans la préparation de petits plats, inspirée par les conseils de son chef préféré, Jamie Oliver. Le vendredi matin, profitant d'une période pédagogique, elle testa une nouvelle recette de sucre à la crème. Une fois le dessert terminé, elle le coupa en petits morceaux qu'elle disposa dans une boîte vide de biscuits de Noël. Fière du résultat, elle prit la route en direction de la polyvalente. En cette matinée tardive, le salon des professeurs était désert. Cherchant un bout de papier pour inviter ses collègues à se délecter de son œuvre, Gisèle aperçut un bouquin oublié près du four à micro-ondes. Dès qu'elle reconnut la couverture, elle tressaillit. Incapable de se contrôler, elle se précipita sur le roman et retrouva sans effort l'endroit exact où elle avait abandonné sa lecture. Elle enfila alors les pages, affamée de sexe sordide, telle une boulimique se goinfrant de l'irrésistible fondant au chocolat du Choix du Président. La cloche stridente annonçant la fin des cours la ramena brusquement à la réalité. Elle referma le livre avec honte et se précipita dans les toilettes réservées aux professeurs pour s'éponger le visage.

Après la fin des classes, Gisèle décida de prendre le taureau par les cornes. À peine rentrée à la maison, elle se précipita dans son *walk-in* et retrouva, fébrile, le gros bac de plastique contenant les accessoires de camping. En fouillant, elle finit par mettre la main sur plusieurs bouts de corde. Qu'à cela ne tienne, elle allait tester son désir. Bien sûr, il fallait qu'elle se débrouille seule, mais cela l'arrangeait. L'idée de mêler Marcello à toute cette histoire la rebutait. Elle-même n'arrivait pas à comprendre ce qui l'attirait dans cet univers sadomasochiste. *C'est vrai,* pensa-t-elle en découpant les bonnets de son soutien-gorge noir, *je déteste avoir mal.* Et puis, tout en tailladant un triangle de la taille de son sexe dans ses petites culottes, elle se dit qu'elle haïssait perdre le contrôle d'elle-même. Elle finit par conclure, en enfilant une cagoule empruntée à son mari, qu'il lui serait impossible de lui expliquer sa sordide attirance. Elle se dévêtit pour pouvoir se parer des sous-vêtements modifiés. Puis, elle entreprit de se ligoter les chevilles aux barreaux en fer de sa tête de lit. Dans un effort considérable de contorsion, s'aidant de ses dents, elle réussit à s'attacher les mains au cadre de son lit à baldaquin sans lâcher le déclencheur à distance de la caméra. Prête à entamer sa séance de photos érotiques, Gisèle s'aperçut dans le miroir de sa coiffeuse, et fut prise d'un fou rire incontrôlable. Elle se trouva... si... ri-di-cu-le... Elle n'eut pas besoin d'aller plus loin dans sa démarche pour s'en convaincre. Pressée d'oublier cette mise en scène absurde, elle se détacha et enfila sa chemise de nuit.

La semaine qui suivit – la dernière avant les vacances de Noël – passa à une vitesse folle. Une atmosphère fébrile s'était emparée de la polyvalente, dont les couloirs avaient été décorés de scènes d'hiver peintes par les élèves de secondaires deux et trois. Gisèle, dorénavant persuadée d'avoir repris le contrôle sur ses démons, affichait un air resplendissant. L'enseignante de français avait pris la peine de se maquiller, poussant l'audace jusqu'à enfiler sa robe rouge, celle qu'elle gardait pour les grandes occasions. Même Carlos, un de ses pires cas problèmes au trouble envahissant du développement, la complimenta.

— En tout cas, madame, t'as vraiment un corps de *chicks* pour ton âge. Tu devrais porter des robes plus souvent, ça te va ben, lui conseilla l'expert de quinze ans.

Ce soir-là, la voix susurrante de Martin Laflamme résonnait jusque dans les corridors. «*Sur la route... Para papam pam...*», chantait le Caruso du boulevard Taschereau lorsque Gisèle pénétra dans le gymnase. Cette année, les membres du comité Party s'étaient surpassés en misant sur le thème «Noël des Caraïbes». On accueillait chaque invité avec une couronne de fleurs et une piña colada, spécialement concoctée par Éric, le concierge. Puis, avançant sous les reflets lumineux de la boule disco, les convives se dirigeaient vers le fond de la salle où un somptueux buffet les attendait. C'est en prenant une bouchée d'un cupcake au chocolat noir, aussi moelleux qu'un gâteau des anges et dont le crémage à la vanille des Antilles fondait doucement sur la langue, que Gisèle renoua avec une sensation connue. Le goût du plaisir. Mais le doux émoi qui l'envahissait, loin de la satisfaire, provoqua plutôt en elle la montée d'un désir sauvage. Elle s'empressa de retrouver le barman-concierge pour lui commander une piña colada spécial *triple shot* dont elle s'abreuva jusqu'à plus soif, désespérée de calmer ses démons intérieurs.

— La même chose, articula-t-elle lentement au bout de quelques minutes, ressentant déjà les bienfaits du remède improvisé.

Plutôt démuni devant ces grands yeux bruns le suppliant avec intensité, Éric n'osa rien refuser à l'enseignante qui, après avoir quémandé un dernier *drink* « pour la route », se dirigea vers le banquet en titubant.

La présence de Martin Laflamme, scrutant avec gourmandise l'impressionnante table des desserts, vint jeter de l'huile sur le feu intérieur qui consumait Gisèle. Elle l'observa fébrilement. Ce dernier arrêta son choix – un signe, sûrement – sur le même cupcake qu'elle venait de dévorer passionnément plus tôt. Il porta l'exquis dessert à ses lèvres, en omettant nonchalamment d'essuyer sur son index une traînée blanche de crémage à la vanille des Antilles. Une image qui acheva la quadragénaire à la robe rouge. Mue par un sourd désir, elle s'empara du doigt de son collègue qu'elle se mit à lécher à petits coups de langue. Ce soir-là, un observateur aguerri aurait pu percevoir le sourire victorieux se dessinant sur les lèvres du professeur d'éthique et culture religieuse, celui qui aimait rappeler à ses élèves l'importance de la relativité dans la notion du bien et du mal.

— Je suis impressionné par ce que tu viens de faire, Gisèle, tu as laissé ton corps s'exprimer. J'espère que tu n'en es pas honteuse, lui souffla Martin à l'oreille.

Les paroles libératrices du conseiller spirituel de service eurent l'effet d'une bombe sur la maîtresse de français. Elle se sentit prête pour la suite de la soirée.

— Viens avec moi, ordonna-t-il en la tirant vivement à l'extérieur du gymnase, transformé momentanément en bar d'hôtel tout inclus.

En suivant docilement Martin Laflamme dans le couloir de l'aile A, Gisèle ne put s'empêcher d'espérer qu'il la traînât de force jusqu'à un donjon secret caché dans la cave de la polyvalente. C'est plutôt au bureau de la directrice, situé dans le couloir, qu'il la mena. Il lui commanda de s'asseoir sur la chaise en bois, celle généralement réservée au cancre en punition, tandis qu'il s'empara du siège orthopédique de leur patronne.

— Gisèle, commença-t-il en soutenant fermement son regard, je sais exactement ce que tu veux. Et j'ai le pouvoir de te l'offrir. Mais avant que l'on commence, j'ai besoin de ton consentement écrit.

— Tu... tu veux que l'on signe un contrat ? demanda-t-elle, fébrile.

— Exactement comme dans le roman que tu es en train de lire, poursuit-il, l'œil lubrique. Tu ne te croyais tout de même pas à l'abri de mon regard, la semaine dernière, quand tu t'es jetée sur le bouquin oublié dans la salle des professeurs?

Ainsi, Martin savait. Comment avait-il pu trouver le moyen de l'observer, ce matin-là, alors que la pièce dans laquelle elle se trouvait était vide? Y avait-il installé une caméra cachée? Se tenait-il debout, derrière un miroir sans tain, guettant le moindre tressaillement de sa part? Mais tout cela n'avait plus d'importance à présent. Elle avait déjà fait son choix.

— Je suis d'accord, lâcha-t-elle d'un souffle.

— Lyne? demanda-t-il d'un ton posé et autoritaire en direction du secrétariat.

Gisèle, stupéfaite, observa la réceptionniste s'avancer dans la pièce. Vêtue d'un porte-jarretelles mettant en évidence la nudité de son sexe rasé, Lyne arborait une longue cravate bleu marine tombant entre ses seins voluptueux. Contrat et stylo à la main, la secrétaire faisait claquer ses escarpins noirs aux talons vertigineux en ondulant les hanches. À la vue de sa collègue, l'enseignante de français comprit qu'elle venait d'accéder à un univers duquel elle n'aurait plus la force de s'enfuir. Jamais avant ce jour, Gisèle n'avait pu imaginer désirer à ce point toucher la poitrine d'une autre femme, dont les rondeurs et la texture lui semblaient sublimes. Martin s'empara de la cravate d'un geste ferme, attira la réceptionniste vers lui et lui caressa le sexe jusqu'à ce que celui-ci se gonfle et lui lubrifie les doigts. Satisfait, il se tourna vers sa prochaine conquête.

— Maintenant, tu vas signer ton contrat avant qu'on commence à s'amuser tous les trois, ordonna-t-il en claquant des doigts.

Son assistante remit à Gisèle une entente que celle-ci s'empressa de ratifier sans la lire, pressée de se soumettre à son tour au joug de Martin. Obéissant au maître, Lyne incita sa collègue à se lever et souleva la robe de cette dernière d'un geste assuré. Le morceau de tissu rouge s'échoua au pied des deux femmes. Gisèle la laissa ensuite dégrafer son soutien-gorge, un geste libérant une petite poitrine bien ronde – plutôt ferme pour celle d'une quadragénaire – que la secrétaire effleura de ses mains effilées. Les longs doigts ornés d'ongles rouges se mirent ensuite à parcourir la peau blanche de la recrue sexuelle, faisant monter d'un cran la tension au sein du trio. Lyne s'agenouilla, la tête savamment positionnée à quelques centimètres du sexe de la maîtresse de français et fit descendre ses bas de nylon jusqu'à ses chevilles, lui caressant les cuisses et les jambes, avant d'enlever un à un ses souliers. Une fois les bas retirés, elle prit soin de lui remettre ses talons hauts, avant de lui passer une cravate au cou pour compléter sa tenue.

— Touche ses seins pour moi, commanda Martin à Gisèle qui, tremblante, s'exécuta.

Elle fut surprise par la texture de la peau, beaucoup plus douce que celle d'un homme, et par l'excitation qui s'empara d'elle au fur et à mesure que ses gestes prenaient de l'assurance. Lyne se mit à lui tâter la poitrine à son tour avant d'approcher, le souffle court, ses lèvres près des siennes. Gisèle entrouvrit la bouche, brûlant de succomber à la tentation. Lorsque sa langue toucha enfin celle de Lyne, l'idée qu'elle soit en train de vivre un tabou décupla son plaisir. Elle sut en cet instant que le maître pourrait lui commander n'importe quel acte osé et qu'elle exécuterait celui-ci avec docilité. Elle se mit, même, à l'espérer. Son esprit et son corps ne laissaient plus de place qu'à une seule obsession : transgresser de nouveaux interdits. Déjà, la main de Martin exerçait une pression sur sa tête, l'obligeant à descendre jusqu'à son entrejambe à lui. Elle n'eut pas à recevoir d'ordre de sa part pour savoir ce qu'il fallait faire : libérer de son pantalon ce sexe gonflé à bloc, beaucoup trop long et gros pour une seule langue, une seule bouche. Lyne s'empressa de la rejoindre, l'œil gourmand, en empoignant le bas de la queue que les deux complices se mirent à partager avec volupté. La langue de Gisèle, parcourant la peau lisse, humide et salée du membre de Martin, s'entremêlant de temps à autres à celle de Lyne, procura au reste de son corps d'innommables frissons. Mais elle était loin d'avoir atteint cet état d'extase dont elle ne soupçonnait pas encore l'existence. Martin laissa d'abord Gisèle s'amuser avec sa nouvelle copine, l'exhortant à délaisser sa queue pour explorer le sexe de Lyne, dont la texture lui rappela la douce moiteur des cupcakes du buffet. Les deux femmes continuèrent à s'exciter l'une l'autre jusqu'à ce que le virtuose de la soirée les juge assez mûres pour passer à une autre étape. Docilement, elles se laissèrent attacher les mains et bâillonner, épousant entièrement leur rôle de soumises. Orientés par une nouvelle énergie, brute et puissante, les jeux sexuels du trio se transformèrent. Et Gisèle eut enfin pleinement accès à cet univers étrange, longuement dépeint dans son livre fétiche, où les frontières entre la douleur et la jouissance se brouillaient. Chaque détail, chaque geste contribua, ce soir-là, à faire monter d'un cran son excitation. Le maître, cravache à la main, s'avançant vers ses soumises, caressant avec son instrument le corps de l'une, puis de l'autre. Le son du cuir fendant l'air, se frottant aux peaux moites. Les petits cris étouffés de Lyne se mêlant à ceux de Gisèle. Le métal froid des pinces sur ses mamelons en érection. La vigueur du sexe de Martin la pénétrant. L'état de manque lorsqu'il l'abandonnait pour s'attarder au corps de Lyne. La montée d'adrénaline lorsqu'il revenait. Et surtout, ce sublime état d'abandon. Cette zone que Gisèle se permettait enfin de visiter et dans laquelle plus rien n'avait d'importance – les règles, la bienséance, les tabous, la douleur, l'ego, la peur – sauf la jouissance brute de l'esprit et du corps. Portée par son ivresse – entretenue grâce à la provision de piña colada entreposée dans le mini frigo de la directrice – et par son obsession insatiable de nouvelles découvertes, Gisèle plongea à corps perdu dans cette longue nuit où elle vécut ses plus puissants émois.

Lorsqu'elle se réveilla le lendemain, la tête lourde et endolorie par les excès d'alcool, l'enseignante demeura confuse un long moment. Les souvenirs de la veille avaient-ils été fantasmés ou réellement vécus ? Des détails précis lui revenaient en mémoire – la cravate entre les seins de Lyne, la sensation de brûlure sur ses poignets ligotés, l'odeur du cuir de la cravache –, mais, horrifiée à l'idée de devoir affronter le regard de ses deux collègues au retour des vacances, elle s'empressa de se convaincre qu'elle avait tout imaginé. Elle tenait à garder une relation saine et courtoise avec ceux-ci et la meilleure solution lui semblait d'agir comme si rien ne s'était passé. Pourtant, un fait subsistait et Gisèle ne pouvait se permettre de l'ignorer. Elle s'empara alors de ses clés d'auto et se précipita chez Costco.

×××

Cette année-là, à cause des mauvaises conditions routières, Marcello revint à la maison tard la veille de Noël. Sa femme l'accueillit dans une maison décorée avec soin. Au centre du salon trônait une jolie table parée d'entrées et d'amuse-gueules. Le camionneur regarda son épouse avec admiration, lui faisant remarquer que sa robe

rouge lui allait à merveille. Elle lui sourit timidement, en se dirigeant vers le lecteur de CD.

— C'est nouveau ? lui demanda son mari en
entendant *Douce nuit* chantée par un jeune homme
dont il ne reconnaissait pas la voix.

— J'espère que tu aimeras ça, lui répondit
Gisèle.

Ce soir-là, Marcello reçut en cadeau un coffre à
outils.

En l'ouvrant, il y découvrit des pinces de
diverses grosseurs, des mousquetons, une cravate,
de la corde, une tapette à mouche et deux gros rou-
leaux de *duct tape*.

Geneviève Jannelle

Punta Cana
mon amour

D'un air mi-blasé, mi-exaspéré, Mademoiselle soupire pour la trente-neuvième fois. Monsieur a, au fond de l'œil, un début de détresse. Leur immobilité presque parfaite camoufle un inconfort naissant dans l'attente de ce moment béni où le carrousel à bagages daignera enfin recracher leurs sacs. Or, ce n'est pas ce temps d'attente – bien involontaire de la part de la compagnie aérienne – qui irrite le couple, mais plutôt la faune environnante. Mademoiselle les regarde, tous, s'agglutiner, se presser autour du tapis comme si leur vie était en jeu ; effectuer, à la vue d'une valise noire de taille moyenne ressemblant, de loin, à la leur, des placages dignes de Troy Polamalu ; dévisager autrui avec hargne en le suspectant d'avoir un œil sur leur précieux tas de guenilles – noyé dans une crème solaire ayant explosé à dix mille mètres d'altitude. Tout ce cirque pour finir par hisser leurs effets hors du carrousel dans un concerto de sons inélégants : gémissements surexcités pour ces dames et, pour ces messieurs, grognements d'effort primitifs rappelant vaguement Nadal en finale. Parce que, cela va de soi, les valises de ces gens-là sont ridiculement lourdes. Mais le ridicule ne tue pas : un autre vol nolisé, atterri tout en douceur dans un tonnerre d'applaudissements, vient de le prouver.

Mademoiselle maugrée intérieurement, se dit qu'avant l'avènement de cette invention révolutionnaire qu'est la valise à roulettes, toutes ces Manon/Linda/Solange auraient peiné à charrier de tels bagages, auraient eu à quitter l'aéroport la honte au front et la menace d'un tour de reins leur chatouillant la région lombaire. Les Gilles/Gaétan/Jacques, eux, fiers, n'auraient rien voulu en laisser paraître, mais un sillon plus foncé au dos de leur t-shirt gris chiné aurait trahi l'ampleur de leurs efforts. Glorieuse époque révolue. Quatre pratiques petites roulettes, fixées sous la plupart des modèles de valises, permettent aujourd'hui au Québécois moyen de s'envoler librement vers l'ailleurs avec l'ensemble de ses biens matériels ou, du moins, avec la totalité de sa garde-robe estivale compressée dans des sacs sous vide. À leur front haut, à leur mine réjouie, à leur prunelle sans peur, on pourrait les croire partis pour la grande aventure. Ont-ils largué travail, maison et amis pour aller explorer le vaste monde, patauger dans les rizières des Philippines, dormir à la belle étoile dans la savane namibienne ou zigzaguer entre les vaches sacrées de Varanasi ?

Presque.

Une semaine dans un tout inclus à Punta Cana. Mademoiselle a envie de vomir.

Monsieur et elle subissent les assauts d'un joual trop familier avec écœurement. Il leur prend des envies de se déclarer Allemands, Suédois, n'importe quoi pour éviter d'avoir à entamer une conversation avec leur prochain. Faute de maîtriser l'allemand et/ou le suédois, ils finissent par se taire, ne s'adressent même plus la parole pour éviter d'être repérés, identifiés comme des semblables. Globe-trotteurs aguerris, ils récupèrent leurs légers sacs de toile avec célérité et fuient vers la sortie, histoire d'agrandir au plus vite la distance entre eux et cet amas frétillant de néophytes ayant manifestement abusé, en vol, du café gratuit.

Mademoiselle et Monsieur sont snobs. Mis devant une telle affirmation, on les verrait assumer en baissant les yeux, un sourire en coin. Une pointe de gêne feinte, une culpabilité coquine. Comme on admet être un peu cochonne à ses heures, dans un souper de filles arrosé. Le fait est qu'ils jugent que c'est là l'une de leurs nombreuses qualités : urbains, cultivés, scolarisés ; branchés sur la scène artistique, ouverts sur le monde ; politiquement à gauche, financièrement à l'aise ; intellectuellement vifs, écologiquement responsables ; beaux, charismatiques.

Snobs.

Toutefois, en dépit de ce snobisme et de leur dédaigneux empressement à se dissocier de ce « nous » surexcité, à s'extraire de cette communauté vacancière grégaire à laquelle ils refusent de s'identifier, il y a, dans l'expression « tout inclus », le mot « tout ».

Et le transport fait partie de ce tout.

Bien calée entre les mains bronzées d'un Dominicain moustachu, une affichette portant le nom de leur hôtel les nargue. L'homme et son écriteau sont déjà entourés de sept ou huit spécimens adultes arborant l'œil humide d'un enfant d'âge préscolaire en partance pour Disneyland. Et ce n'est que près d'une demi-heure plus tard que cette joyeuse troupe se met en marche, le pied volontaire dans sa sandale Crocs colorée, le coude prêt à se lever avec diligence au premier terme ressemblant de près ou de loin au mot *cerveza*. Quelques-unes de ces dames confessent déjà des fantasmes de piña colada, avouent en rosissant des désirs enfouis de cocktails servis dans des fruits ou des noix de coco évidées ; désirs sans doute nés du visionnement du film *Le Lagon Bleu*, première version, avec Brooke Shields. N'importe quoi pour oublier l'hiver, le NeoCitran, les traces de calcium au bas des pantalons, le pont Champlain décrépit et un boulot ennuyant – où l'on peut tout de même mettre un jeans le vendredi !

Mademoiselle rêve d'un verre de morgon, Monsieur, de ce whisky japonais dont il a acheté une bouteille, laissée à son nom, dans un bar montréalais branché. Ils peuvent toujours rêver. Le Mile End est loin derrière. Quelques heures après leur arrivée, ils se laissent enfin choir sur un couvre-lit fleuri aux couleurs passées, démolissant le cygne modelé dans une serviette au passage. Bilan de la soirée : Monsieur s'est rabattu sur trois bières locales, qu'il a bues dans un verre pour échapper à l'ostentatoire double X de l'étiquette et se payer un minimum de déni ; Mademoiselle s'est risquée à essayer le seul vin rouge au menu et ses lèvres tachées hurlent pour elle son indignation.

— On aurait dû le donner à quelqu'un d'autre, sérieux...

C'est qu'ils l'ont gagné, ce « voyage » qui n'en est, à leurs yeux, pas un. Parce qu'il y a une différence, tout de même, entre un voyage et des vacances et puis où s'en va le monde si on commence à donner la même appellation à un trek avec bouffe séchée au Sri Lanka et à une bronzette *cheap* à Varadero, hein, je vous le demande ? Bref, ils ne se sont pas auto-combustionnés de joie en apprenant la nouvelle. C'est que rien au préalable n'avait laissé présager une telle bassesse de la part de leur fournisseur de paniers bios. Ils se sont senti trahis. Or, comme tout habitant des latitudes nordiques, leur carnation laiteuse tirant sur le vert a fini par parler plus fort qu'eux, criant sa carence, son ras-le-bol de cette déprimante saison où le soleil se meurt des heures avant que l'on n'arrive à s'extraire du bureau.

Ils ont flanché et n'en sont pas fiers.

Ont pris le « voyage » et dit merci.

Ont renouvelé leur abonnement aux paniers bios.

Leurs amis croient qu'ils se font dorloter dans un chic Hôtel Boutique & Spa sur Manhattan.

Surtout, rien sur Facebook.

Un sevrage Instagram sera également inévitable, bien que, de leur part, un arrêt aussi long des publications justifierait presque un signalement aux autorités. Une semaine entière sans la moindre photo de repas gastronomique, de café à la mousse transformée en œuvre d'art ou de leurs pieds trop bien chaussés dans un lieu enviable ? Ce sera louche. Mais il faut ce qu'il faut.

— Attendons demain, chérie, avant de paniquer. On aura juste à s'isoler sur un petit bout de plage reculé, tout seuls avec nos iPad…

Mademoiselle retire ses lunettes à grosses montures et se pince l'arête du nez. Monsieur se débarrasse de ses bottillons de cuir taupe et les vide de leur sable dans la poubelle de la salle de bain. Ils se douchent et font l'amour avec une certaine lassitude, l'esprit ailleurs, un peu par devoir, se disant confusément qu'en vacances, il faut baiser. Monsieur prend Mademoiselle de façon mécanique, en grognant. Elle pousse quelques gémissements approximatifs, pour la forme. Il éjacule un peu trop vite et elle n'insiste pas, préférant aller terminer le travail seule, aux toilettes. Ils s'endorment tout de même plus détendus, dans les bras l'un de l'autre, en médisant de ce Québécois moyen avec qui ils rêvaient encore de fonder un pays il n'y a pas si longtemps.

Trois jours passent et ils s'encouragent mutuellement, se disent qu'ils y arriveront. C'est un test, une épreuve sociale ; leur marathon à eux. Ils tâchent de se reposer, jouent au tennis, fréquentent la salle de conditionnement physique de leur complexe hôtelier, marchent longuement sur la plage, évitent consciencieusement de parler français devant quelque autre touriste et limitent leur bronzage à un hâle santé, plausiblement new-yorkais. Le cinquième jour, le couple est presque zen. Tous deux ont cessé de combattre. Étendus sur leurs chaises longues surcoussinées, à l'ombre d'un parasol géant, ils s'enivrent avec langueur : Mademoiselle sirote sans grimacer un daïquiri dans un ananas évidé, tandis que Monsieur s'imbibe, au fil des heures et de ses allers-retours entre la plage et le bar, d'un rhum and coke dont la recette contient nettement plus d'alcool que de boisson gazeuse. Cachés derrière d'énormes verres fumés, s'assurant de ne figurer à l'arrière-plan d'aucune photo, ils pratiquent le lâcher-prise et, tel le prisonnier politique dans un cachot russe, acceptent leur sort. Tout seuls, comme des grands, sans l'ombre d'un coach de vie.

Ainsi, lorsque la souriante Daniela s'approche, armée de feuillets plastifiés détaillant tout ce qui n'est pas inclus dans l'expression « tout inclus », ils ne se méfient pas, ne songent pas un instant à faire front commun pour repousser l'envahisseur, comme ils l'auraient fait d'instinct à peine quelques jours plus tôt. La jeune femme entreprend donc de leur énumérer, dans un anglais roucoulant, la liste exhaustive des activités et soins corporels offerts sur place. Mademoiselle soulève ses verres fumés au ralenti et s'apprête à congédier poliment la jeune femme lorsque Monsieur, index en l'air, s'interpose.

— Pourquoi t'irais pas te faire masser, Amour ? Toi qui aimes tant les spas... Un moment donné, se faire tripoter les muscles ici ou à Tremblant...

Mademoiselle marque un temps d'arrêt, assimile la proposition. Daniela, flairant la cliente potentielle, bat des cils à s'en user les globes oculaires. Avalant d'un seul regard la dame rouge qui desquame à temps plein sur sa serviette *I love Ogunquit*, les ventres proéminents de trois hommes flottant en cercle sur des tubes de styromousse et l'autre m'as-tu-vu, bombant un torse à la pilosité sauvage, qui déambule dans son maillot *x-small* comme si c'était sa job, Mademoiselle se sent fléchir. Devant un tel spectacle, le massage prend des airs de septième ciel avec harpiste ailée et chorale d'angelots. Du regard, elle implore l'indulgence de Monsieur pour ce moment de faiblesse, avant de se lever, résignée, prête à suivre une Daniela triomphante.

— Tu me raconteras.

Monsieur a l'œil moqueur. Mademoiselle lui offre son majeur, lève le menton et s'éloigne avec dignité. De sa démarche traînante, Daniela la conduit vers une vaste tente carrée, plantée à même la plage. Cliché. Le chapiteau, d'un blanc pur, est orné de voilages vaporeux qui ondulent dans la brise. Mademoiselle rit intérieurement. *Prenons-le comme une expérience.* Elle y entre, retire le haut de son bikini et s'étend sur la table, visage dans le beigne, tandis que Daniela drape ses fesses d'une serviette aussi blanche que tout le reste. Une musique instrumentale emplit la tente.

— *Manuelo will be with you shorrrtly.*

Quelques instants plus tard, le Manuelo en question fait son entrée et se présente. Mademoiselle, ayant soulevé la tête pour le saluer, replonge aussitôt dans son beigne où elle tente d'étouffer un fou rire dans une quinte de toux. Le jeune homme, basané à souhait, arbore le cheveu mi-long-ondulé-enduit-de-gel et ne porte qu'un large pantalon de lin blanc.

Il est pieds nus.

Il est torse nu.

Et il s'appelle Manuelo.

Mademoiselle a envie de hurler de rire tellement ça lui semble cliché. *Je vais me faire masser par une pub de Old Spice. Et je pourrai même pas mettre ça sur Facebook.* Hilare, elle marmonne les deux ou trois mots d'espagnol qu'elle connaît, question d'abréger les politesses et de contrôler les soubresauts de sa cage thoracique. Sans se laisser démonter, le jeune homme entreprend de lui verser une louche d'huile dans le creux du dos. À l'odeur, le produit semble de mauvaise qualité. Un mélange floral légèrement rance rappelant à Mademoiselle les échantillons de parfum Yves

Rocher que lui refilait sa grand-mère dans les années 80. *Note à moi-même : passer sous la douche avant le souper.* Elle doute que Monsieur sache apprécier tout l'exotisme de la délicate fragrance Pot-pourri #5. Se rappelant alors qu'elle est là pour se détendre, Mademoiselle, l'ombre d'un sourire traînant sur ses lèvres, s'efforce de faire taire sa voix intérieure, de s'abandonner. *Je suis dans une tente, sur une plage, à me faire masser par un jeune gino dominicain. Je capote.* Si seulement Monsieur pouvait voir ça.

Or, pendant que Mademoiselle se fait pétrir les dorsaux avec vigueur, Monsieur, lui s'est assoupi sous son large parasol. La revue *Nouveau Projet* qu'il dévorait une minute plus tôt lui glisse des mains et atterrit dans un sable pas aussi blanc que sur la brochure. Il a bien tenté de se distraire en jugeant ses semblables – Dieu sait qu'il avait devant lui du matériel de qualité –, mais sans Mademoiselle pour partager son mépris et attester de leur supériorité commune, l'activité perdait tout intérêt. Il avait donc plongé tête baissée dans un texte à la complexité incompatible avec l'ingestion de multiples rhum and coke. Huit. C'était le nombre de lignes qu'il avait lues sans les comprendre avant de piquer du nez. Ainsi, il ronfle tout bas, presque avec élégance, sur son transat bleu outremer. Monsieur rêve de poissons colorés.

Entretemps, sous la tente, Mademoiselle a cessé de rire et sa condescendance a été dûment ravalée. Que ce soit dans un spa luxueux des

Cantons-de-l'Est ou dans ce petit salon de massage hors de prix qu'elle fréquente sur la rue Laurier, jamais on ne lui a pétri les chairs avec une telle efficacité. La voilà qui mollit de plus en plus, minute après minute, sous la poigne magique de Manuelo ; un prénom qui commence à lui inspirer un certain respect. Celui-ci lui broie les épaules, puis lui malaxe les bras de haut en bas, accordant de longues minutes à leurs extrémités. Mademoiselle découvre qu'elle adore se faire masser les mains. Chacune des phalanges de ses doigts semble s'allonger, pétiller. Depuis qu'elle pratique le très tendance métier de blogueuse, ses journées débordent de mots pianotés, de recherches effectuées à grands mouvements de souris. Ses mains, ses poignets, stressés, fondent comme du beurre entre les grandes paumes de M. Old Spice. Celui-ci s'attaque ensuite à ses pieds et la jouissance est décuplée. Chatouilleuse, Mademoiselle se tortille un peu, mais rassure son thérapeute sur son appréciation. Combien de paires d'escarpins hors de prix ont conspiré à esquinter ses pauvres pieds de jeune femme moderne, à martyriser les muscles crispés de ses jambes fines ? Les pouces du jeune Dominicain s'enfoncent dans ses mollets et c'est délicieux. Mademoiselle devient aussi souple et malléable que les voilages blancs de la tente. Elle oublie où elle se trouve, qui elle est et le temps qui passe. Toute sa conscience est focalisée dans ces mains chaudes, sur cette sensation si agréable qui flirte pourtant de près avec la douleur. Elle n'existe plus que là, dans le creux derrière ses genoux, puis dans ses longues cuisses qui se liquéfient sur la table. Elle touche au divin ; une expérience quasi mystique.

Au moment où Mademoiselle commence à songer sérieusement à payer un billet d'avion à Clothilde, sa massothérapeute de la rue Laurier, pour l'envoyer en formation ici, les rêves subaquatiques de Monsieur sont passés des poissons aux sirènes. À ses côtés, le transat qu'occupait plus tôt sa douce n'est plus libre : sans perturber d'un chouïa le sommeil de Monsieur, une jeune femme au hâle orangé s'y est installée, faisant geindre la chaise longue en s'y calant les fesses avec assurance. Plongée avec passion dans son *Summum Girl,* elle coule, de temps à autre, un regard de biais vers son somnolent voisin. Puis, les coups d'œil se multiplient jusqu'à atteindre une insistance frôlant l'impolitesse. De toute évidence, il y a chez Monsieur un détail qui turlupine assez sa voisine pour la distraire d'une lecture pourtant édifiante ; en l'occurrence, un article traitant du vajazzling.

Monsieur aura-t-il senti le poids d'un regard traînant sur sa peau ? Reste que quelque chose le ramène vers la surface. Paresseusement, il s'éveille, reprend contact avec la vie. Sa première pensée en est une de contentement : il se sent si bien, si détendu. Des rêves peuplés de féminité l'habitent encore et il prolonge volontairement ce moment de flottement, entre le sommeil et l'éveil, le goûte comme on lèche, les uns après les autres, les ustensiles d'une mère cuisinant un gâteau. Toutefois, avant même d'ouvrir les yeux, Monsieur finit par se rappeler où il se trouve et, surtout, par prendre conscience de la formidable érection qui tend le tissu mince de son maillot de bain. Embarrassé, indécent, il soulève lentement les paupières – un millimètre à peine –, priant le ciel d'être seul, oublié de tous sur son bout de plage.

Avec soulagement, il constate que la grosse dame a entretemps choisi d'aller desquamer ailleurs. Ou qu'elle a fini par se consumer sur place. Quant aux trois bedonnants flotteurs, ils ont dû prendre la direction du buffet. Monsieur ramène un regard satisfait vers son environnement immédiat.

Alors il la voit, elle.

Elle et ses extensions capillaires démesurées, striées de mèches trois tons ; elle et son bronzage en aérosol, sans doute vaporisé la veille du départ ; elle et ses seins défiant gravité et génétique, dans un microscopique maillot Budweiser. Un beau spécimen. Si seulement Mademoiselle était là ; il y aurait matière à se divertir pour la prochaine heure au moins. Or, Monsieur, sous ses paupières mi-closes d'homme feignant le sommeil, est seul. Seul devant l'œil bordé de faux cils d'une jeune inconnue, s'attardant avec gourmandise sur le renflement de son membre raidi. Monsieur, le cœur battant, se dit qu'il lui suffirait de s'étirer, mine de rien, de bâiller, puis de se retourner promptement sur le ventre. *Allez, dans 3, 2, 1...* Au moment où il s'apprête à tenter la manœuvre, la jeune femme au teint citrouille abaisse légèrement son magazine sur ses cuisses, le positionne de façon à se protéger des regards et, sans quitter la queue de Monsieur des yeux, glisse deux doigts manucurés dans la culotte de son maillot.

Elle mord sa lèvre inférieure.

Ses doigts bougent sous l'infime quantité de tissu.

Monsieur en perd le souffle.

De son côté, Mademoiselle est aussi confrontée à sa pudeur : Manuelo, dans un geste empreint de naturel et d'assurance, a retiré la serviette qui recouvrait jusqu'alors ses fesses. Surprise, elle s'est raidie d'instinct, mais, pétrie d'admiration et d'émerveillement devant les talents insoupçonnés du jeune masseur, déjà, elle se sermonne. À bien y penser, le Québec n'est-il pas particulièrement pudique ? Toute l'Europe ne va-t-elle pas à la plage seins nus ? Et puis, se faire masser les muscles fessiers – des muscles n'ayant jamais été manipulés professionnellement auparavant – ne serait sans doute pas désagréable. Le vélo stationnaire de mauvaise qualité du centre de conditionnement physique a laissé, la veille, quelques douloureuses séquelles. Mademoiselle se découvre la fesse ankylosée.

Puisque sa cliente porte toujours le bas de son bikini, le jeune homme se contente d'en défaire les cordons, noués sur les hanches, afin d'accéder aux rondeurs des fesses sans imbiber le maillot d'huile. Mademoiselle apprécie le geste. Il s'agit, après tout, d'un maillot Eres payé près de trois cent cinquante dollars. C'est avec maints égards que le tissu est rabattu entre ses cuisses, comme on étale une serviette de table sur ses genoux avant un repas gastronomique. Le premier contact des grandes mains huilées avec son postérieur envoie un frisson inattendu dans tout le corps de Mademoiselle. Tandis que le CD d'ambiance mêle flûte traversière et clapotis de ruisselet, Manuelo entame de grands mouvements circulaires, insistant sur la courbe extérieure des muscles fessiers, au creux de la hanche.

Plus loin, sur le sable, Monsieur a oublié les mèches tricolores, le maillot Budweiser ou l'appartenance manifeste du personnage à cette race honnie que sont les *douchebags* : une très jeune femme est en train de se masturber en reluquant son érection. Il est, lui, la source de son excitation, le moteur qui agite ses doigts entre ses cuisses. Monsieur se sent beau, viril, désiré. Il bande de plus belle.

Enhardi, il pousse subtilement les hanches vers le haut, fait saillir encore davantage son sexe dressé. Il finit même par oser ouvrir les yeux, fixant sa voisine avec un sourire aguicheur. Celle-ci, concentrée sur leurs deux régions génitales, met quelques secondes à réaliser que l'objet de son voyeurisme s'est réveillé. Lorsqu'elle s'en rend compte, sa main s'immobilise, hésitante. Monsieur, affolé, lui lance son regard le plus lascif afin de l'encourager à poursuivre. Il y ajoute même un léger hochement de tête. *Vas-y, continue.*

La jeune femme mordille de nouveau sa lèvre inférieure, sourit et recommence à agiter les doigts dans sa culotte. Elle se tourne même un peu de côté, vers lui, puis déplace son magazine afin qu'il ne manque rien du spectacle.

Monsieur, excité comme il ne l'a pas été depuis l'adolescence, se délecte jusqu'à l'intenable. Puis, pris d'inspiration, il tend la main vers le sol et s'empare de sa revue *Nouveau Projet*. Un paravent entre sa lubricité et les regards innocents des familles qui pourraient surgir. Il empoigne à son tour son sexe gorgé et le fait glisser sous l'élastique du maillot, le ramène vers son ventre. Sa main glisse de haut en bas le long de sa queue et les yeux de la jeune femme s'arrondissent, luisants de désir. Dans le minuscule triangle de son maillot, ses doigts passent en deuxième vitesse et un petit couinement de plaisir lui échappe.

Ce faisant, sous la tente, les fesses de Mademoiselle bénéficient d'attentions que pourraient jalouser l'ensemble des autres parties de son anatomie. Depuis de longues minutes, le masseur effectue des cercles lents, empoignant les rondeurs de son cul à pleines mains, du haut vers le bas, puis ses pouces glissent dans le pli sous les fesses pour remonter par le centre. Chaque cercle semble les amener un peu plus loin à l'intérieur des cuisses, dans la raie fessière. Manuelo ajoute de l'huile à intervalles réguliers.

En un autre lieu, dans la normalité de son quotidien montréalais, Mademoiselle serait sans doute outrée, demanderait le renvoi immédiat de cet employé aux pouces spéléologues. Mais aujourd'hui, sur cette table hors du temps et de sa réalité, elle a l'impression d'une parenthèse spéciale et la séance commence à l'émoustiller. Tandis que les caresses du jeune homme se font de plus en plus audacieuses, involontairement, Mademoiselle écarte les cuisses. Juste un peu.

Les Dominicains comprennent vite.

Remettant une bonne dose d'huile sur sa main, le jeune homme pose celle-ci à plat sur le sacrum de Mademoiselle et descend doucement, très doucement le long du sillon fessier, chatouillant l'anus au passage et faisant rougir sa propriétaire. Au diable le maillot Eres; cette main poursuit son chemin et glisse entre ses cuisses, entre les lèvres de son sexe, plonge sous elle et y poursuit ses caresses circulaires, à plus petite échelle, insistant sur un clitoris déjà gonflé. C'est à ce moment précis que Mademoiselle perd toute notion d'un avant ou d'un après. Pendue tout entière aux doigts d'un jeune masseur dominicain, elle soulève les fesses dans un mouvement de bassin teinté d'une vulgarité qui ne lui ressemble pas.

Obéissant, Manuelo enfonce deux doigts en elle.

Mademoiselle gémit.

Mais aucun geignement, si senti soit-il, n'a de chance d'atteindre les oreilles de Monsieur, car il a quitté la plage. L'arrivée intempestive d'une famille près de leurs chaises a signé la fin de la séance onaniste. Monsieur s'est honteusement retourné sur le ventre, tandis que sa jeune complice, retirant ses doigts de son intimité, s'est contentée de fusiller la famille du regard. Toutefois, un plan B n'a pas tardé à germer derrière sa moue boudeuse et ses sourcils agressivement diagonaux. Les *douchettes* sont débrouillardes.

— Moi, c'est Vaness. Viens donc prendre un verre avec moi pis mes amies…

Monsieur se retrouve donc immergé dans un vaste bain à remous où, sur l'échelle de la démesure, seule la quantité de chlore peut rivaliser avec la quantité de cous masculins arborant la chaîne en or. Vaness ayant filé vers le bar en quête de ravitaillement liquide, il fait face aux deux copines dont il a déjà oublié les prénoms. Faute de pouvoir entretenir une conversation de base avec un étranger, celles-ci se tiraillent et s'éclaboussent comme des gamines. À l'œil, elles doivent avoir l'âge de ces universitaires à qui Monsieur enseigne le journalisme. Celui-ci évite toutefois de pousser plus loin la comparaison baigneuses/étudiantes, les premières compensant en attributs physiques ce qu'elles pourraient intellectuellement envier aux secondes. Et dans les circonstances, il faut avouer que l'échelle des priorités de Monsieur, en ce qui a trait aux qualités féminines, semble en passe d'être redéfinie.

Parfaitement dans son élément, Vaness réapparaît, un gigantesque pichet de sangria à la main. Inclinant bien bas son décolleté vers Monsieur, elle dépose le breuvage au bord de la piscine, à portée de main, puis se laisse glisser dans l'eau. Copine Un remplit les verres, Copine Deux laisse échapper un rire niais. Vaness, elle, vient se percher sans gêne sur les genoux de Monsieur, jetant les bras autour de son cou.

— Faque, c'est quoi ton nom ?

Sa réponse les fait glousser et Monsieur s'en trouve un peu piqué. Refroidi, il se tait, les écoute parler d'elles, commençant à se demander ce qu'il fait là.

— Je gage que t'es un prof... Un prof de philo ou de sciences, quelque chose de même...

Vaness rit et se tortille, faisant remonter ses fesses de plus en plus haut sur les cuisses de Monsieur.

Elle gigote, se trémousse, presse ses seins contre lui.

Monsieur rebande.

Copine Deux se lance alors dans une tirade passionnée sur un sujet que Monsieur, bien qu'il la fixe, l'air concentré, en hochant la tête de temps à autre, serait bien incapable d'identifier. Toute son attention repose deux pieds sous l'eau, dans la main droite de Vaness qui vient d'empoigner fermement son sexe. Elle caresse lentement ses couilles, puis, du bout des doigts, joue avec son gland, l'effleure, le pince, l'agace.

Copine Un lui offre un *refill* de sangria.

Monsieur fait oui, oui.

Oui.

Non loin de là, Manuelo s'enivre des saveurs de Mademoiselle. Lui soulevant légèrement les hanches, il plonge le visage entre ses fesses, lèche son sexe par-derrière. Agrippée à la table de massage, elle se laisse déguster. La langue, les doigts de Manuelo la caressent, entrent en elle, en ressortent et elle ne se possède plus. Soudain, tout cesse et elle panique, à bout de souffle. La seconde d'après, le jeune homme la tire fermement par les hanches jusqu'à ce que ses pieds retrouvent le sol. Penchée sur la table, elle sent des cuisses nues et fermes contre les siennes.

Plus la moindre trace du quétaine pantalon de lin.

Dans le bain à remous, Vaness parvient à maintenir une conversation cohérente avec ses copines tout en gratifiant Monsieur de la branlette sous-marine de sa vie. Pour cela, elle gagne tout son respect, lui qui se révèle nettement moins multifonctionnel. Ses sporadiques interventions, aussi insignifiantes que décousues, sont la cause de malaises et il finit par se contenter de sourire bêtement.

Ça se passe ensuite en quelques secondes. La jeune femme parle à ses copines avec animation, tient son verre d'une main, en prend une gorgée et, de l'autre main, soulevant une seconde ses fesses, elle repousse son bikini et descend sur la queue de Monsieur. Un long empalement fluide et chaud.

Elle se retourne et lui sourit.

Tous portent un toast.

Monsieur est assis dans une eau à la propreté douteuse, sous un parasol en feuilles de palmiers, avec trois étudiantes affichant au moins une douzaine d'années de moins que lui, son pénis bien enfoncé dans l'une d'elles. Il doit être environ quinze heures trente.

Il siffle son verre de sangria d'un trait.

Manuelo, lui, tend la main vers les bouteilles d'huile et extirpe un préservatif d'une boîte dissimulée derrière. Il vient vaguement à l'esprit de Mademoiselle que si les préservatifs sont cachés là… mais la queue gonflée de Manuelo vient glisser entre ses fesses doucement et elle n'y pense plus. Elle tend la main et l'empoigne, la guide en elle avec impatience. Manuelo, accroché à deux mains à ses seins, la pénètre d'abord dans un lent mouvement de va-et-vient, mais Mademoiselle, ayant épuisé ses réserves de patience au cours des cinq derniers jours, lui impose un autre rythme. Elle le veut plus fort, tout au fond d'elle.

Les Dominicains sont vraiment conciliants.

Les parois chaudes du vagin de Vaness enserrent Monsieur. Les fesses de la jeune femme bougent contre son pubis, montent et descendent

le long de son membre et le mouvement est délicieux.

La table de massage gémit, tandis que Mademoiselle se fait pilonner joyeusement.

La piscine semble avoir plus de remous qu'auparavant.

Manuelo marmonne des insanités en espagnol.

Vaness s'étouffe dans sa sangria.

Mademoiselle jouit en même temps que Monsieur.

Elle lui dira que le massage était nul ; lui que l'après-midi a semblé interminable.

Ils retourneront à Punta Cana l'an prochain.

Sophie Bienvenu

Quelques heures avant la fin,

ou

le potentiel de Juliette

Les yeux perdus dans le fleuve, je me demande comment ça se peut. Tous les combats menés jusqu'ici, les miens, ceux des autres, les petits comme les grands... tous me semblent vains.

Il fait beau, depuis l'Annonce, ce qui rend tout ça encore plus irréel. Tout est calme. Il y a bien eu quelques émeutes, au début, les gens étaient incrédules, certains se sont suicidés, d'autres se sont retranchés dans leur abri souterrain en attendant l'impact. Mais je suis certaine que la plupart des gens, en ce moment, sont en train de faire ce qu'ils auraient toujours voulu faire s'ils avaient su qu'il ne leur restait que quelques jours à vivre. Moi, je regarde le fleuve, en attendant. Personne avec qui partager cette pré-fin du monde, mais ça ne me rend pas vraiment triste, ou si peu. Je ne pensais simplement pas que mes dernières heures arriveraient si vite. Je pensais avoir le temps.

Le chemin qui longe l'eau est désert. Le paysage est magnifique, à cette période de l'année. Les arbres qui rougissent sur les rives et le soleil qui se couche le font exploser de couleurs. Mais

« explosion » n'est peut-être pas un mot approprié, compte tenu...

Cette sérénité est quasiment irréelle. Est-ce moi qui suis anesthésiée ?

Un molosse surgit d'un buisson et me fait sursauter. Encore cette bête terrifiante qui court sans laisse, son maître quelques foulées derrière, son iPod sur les oreilles. Ce gars, propriétaire du *penthouse* de mon immeuble, représente tout ce que je déteste chez un homme. Chez un être humain, même. Il est hautain et désagréable, encore plus que les autres copropriétaires qui le soupçonnent de faire partie de la mafia, d'être trafiquant d'armes ou proxénète. Ou les trois. Moi qui ne porte, d'ordinaire, pas d'accusations à la légère, je ne serais pas surprise non plus qu'il se débarrasse de personnes gênantes en s'en servant comme croquettes à pitbull. J'ai choisi le Droit pour empêcher ce genre d'individus de nuire. Demain, le monde va finir, et tout ça n'aura servi à rien.

Alors qu'il va passer près de moi, je me retourne pour lui hurler : « *Would you please keep your fucking dog on a leash ?* » En anglais, évidemment, parce que cet imbécile n'est pas capable de parler un mot de français. Il retire ses écouteurs.

— *Excuse me* ?

— Ton chien ! Attache-le !

Il a l'air surpris pendant une seconde et demie.

— *The world is about to end, and you worry of my dog, that's... interesting.*

C'est la première fois que j'entends son accent. Europe de l'Est, peut-être Russie. Il me dévisage en souriant. J'ai envie de le frapper. Ou de le reprendre sur sa formulation : « *You're worrying about my dog* », qu'on dit. Le chien est allé s'asseoir à côté de son maître. Il a l'air de vouloir me manger.

Rien à faire, rien ne me calmera. Je serre les poings et continue, en français, parce que de toute façon, ce n'est pas vraiment grave qu'il comprenne ou pas la raison de mon hystérie :

— C'est dangereux, pis ça se fait juste pas ! Tu peux pas continuer d'agir comme ça impunément, il faut que quelqu'un dise quelque chose ! Mais personne dit jamais rien, et encore moins aujourd'hui... parce qu'aujourd'hui, y a plus rien de grave, y a plus rien d'important ! Tu pourrais me tuer, là... Ton chien pourrait me dévorer, que ce serait pas grave ! Ça changera rien.

Je le dévisage, prête à lui sauter à la gorge au premier mouvement.

— ... *Are you OK* ?

Il s'approche de moi en me tendant sa gourde. J'ai, malgré moi, un mouvement de recul. « Tu devrais boire un peu de l'eau », qu'il me dit, avec le même accent en français qu'en anglais. J'essaie d'être le plus menaçante possible. Je l'accuse :

— Tu parles français.

— Bien sûr.

— Hum.

J'attrape sa gourde et je prends une gorgée d'eau après avoir essuyé le goulot. Il sourit. Il m'énerve.

— *You alone ?*

Je regarde autour de moi en écartant les mains. Manifestement, épais.

— *You scared ?*

Je hoche la tête pour dire non, mais mes yeux se remplissent de larmes. J'avais envie de lui répondre « oui, tellement », mais je me suis ressaisie à temps. Je suis beaucoup plus forte que ça. Il sourit pendant une fraction de seconde. Un truc pour tenter d'être sexy et mystérieux qu'il a dû voler à George Clooney. Il continue à me fixer, je lui rends sa gourde. Il fait durer ce mouvement anodin exprès. Mais pour qui tu te prends ?

Je me retourne pour regarder le fleuve. Si je lui tourne le dos, il va disparaître. Je me sens encore plus seule et plus impuissante, soudainement. Tout ce que j'aurais voulu faire et que je n'ai pas fait me rattrape, toutes les personnes que j'aurais aimé avoir été m'échappent. Ce sera bientôt fini, il est trop tard pour tout.

Je le sens s'approcher de moi, mais je n'ai plus la force de lui demander de me ficher la paix.

— *When I think of it… I'm not scared I'm… what's the word ? Worse than scared ?*

— *Shitting your pants.*

— *Eheh. Yeah. That.* Comment tu dis en français ?

— Chier dans tes culottes.

— *That's gross.*

Je souris. Il sourit. On regarde au loin.

— Tu devrais pas y penser, alors, que je lui dis.

— *Neither should you.*

Je me tourne vers lui. Sincère comme je l'ai rarement été :

— Je sais pas comment.

— *Will you let me try help you with that ?*

×✷×

Qu'est-ce que j'avais à perdre ?

J'aurais pu passer le reste de la fin du monde à regarder la sélection de films catastrophe du iTunes Store, à regretter d'avoir laissé Michel il y a un mois parce que j'espérais que l'amour ne soit pas que ça... Dédier la fin de semaine à courir les épiceries pour être sûr de bénéficier de tous les rabais même si on vit dans un condo de luxe à l'Île-des-Sœurs ; se faire un bec sur le haut du crâne pour se dire bonne nuit ; essayer de tout faire aussi bien que sa mère ; ne jamais y arriver ; devoir parfois sortir sur le balcon pour respirer ; étouffer un peu moins ; sourire sans les yeux parce qu'ils sont occupés à se lever au ciel... avec lui, se sentir encore plus seule à deux qu'à une. Terne. Éteinte. Triste.

La vérité c'est que, pour la première fois depuis l'Annonce, quand le gars au chien m'a fait son offre, je me suis sentie ailleurs que dans le couloir de la mort et j'ai eu envie d'en profiter. Je n'ai

même pas réfléchi, j'ai juste hoché la tête. Il a dit :
« *You know where I live* ».

J'ai hoché.

— *In one hour.*

J'ai hoché.

Il a refait son sourire d'une fraction de seconde. Mon cœur a battu trois fois de suite : boum boum boum.

Triple cruche.

Il s'est remis en route en frappant sur sa cuisse pour appeler son chien. Je suis restée plantée là en essayant de me donner une contenance.

Je ne sais pas vraiment comment j'ai pu passer de vouloir le jeter dans le fleuve à rougir comme une adolescente en me préparant pour aller chez lui, moi qui ai toujours cherché à ne pas ressentir ça : cette perte de contrôle, cet emballement, cette ivresse. Dans son condo, je serai loin de ma zone de confort, qui se situait derrière une pile de dossiers, et qui a disparu avec l'Annonce, comme si elle n'avait jamais existé. Mais les seuls mots qui me viennent en tête en ce moment lorsque ma raison essaie de me rappeler à l'ordre, c'est « pourquoi pas ? »

×✕×

Je monte dans l'ascenseur et je sonne. Plus moyen de reculer. Une fois en haut, les portes s'ouvrent sur un hall d'entrée avec un salon dedans. Pour toutes les fois où, je suppose, il a envie de relaxer avec un bon verre de scotch avant de mettre son manteau et d'attaquer un tour d'ascenseur qui risque de s'avérer difficile.

— *Hi, Juliette.* Bienvenue !

— *How do you...*

Je me sens comme lors de la première cause que j'ai plaidée. Mon cœur bat la chamade, j'ai la nausée, la tête qui tourne, et j'ai envie de courir me cacher sous mes couvertures en tremblant. Ma grand-mère était encore en vie à l'époque. Je lui ai passé un coup de fil avant l'audience pour lui dire tout ça. «Ne laisse jamais personne voir tes faiblesses», c'est ce qu'elle m'avait conseillé. Ça a fonctionné.

J'inspire un grand coup.

— Comment ça, tu connais mon prénom ?

Il sourit.

— J'aime bien savoir... un maximum de choses.

Il s'approche de moi, attrape doucement ma nuque et se penche pour m'embrasser. Je perds l'équilibre, mon cœur fuit par mes bobettes... Je panique. Je le repousse en argumentant sourdement dans sa bouche. Il se recule, amusé devant mon air déconfit.

— *That's OK, we'll take it slow.* Tu veux boire quelque chose ?

Il avance vers ce qui semble être l'aile ouest. Je hoche la tête et je le suis. Son appartement est huit fois plus grand que l'aéroport de Rouyn. Et je n'ai aucune idée de pourquoi je pense à ça maintenant. J'ai l'impression que nous marchons pendant des heures jusqu'au salon et que je n'aurai jamais en main ce propice verre d'alcool. Je m'accuse intérieurement de l'avoir repoussé, je m'accuse de m'accuser de l'avoir repoussé, je m'accuse de m'accuser de m'accuser... mon tourment émotionnel n'a pas de fin, à l'image de l'endroit.

J'essaie de camoufler mon malaise en lui demandant ce qu'il fait dans la vie. Sa réponse, «*this and that*», me laisse un peu sur ma faim. Lorsque je lui demande d'où il vient, son «*here and there*» me frustre au plus haut point. Mon désir de savoir envoie mon émoi voir ailleurs. J'insiste, il fait l'anguille. J'insiste encore. J'en ai ferré des plus coriaces que toi, Chose. Je le sens fléchir, alors je persévère. Son regard est indéchiffrable : mi-amusé, mi-intrigué... excité, peut-être... je ne saurais dire. Il finit par me proposer un marché :

— Je vais te dire ce qu'on va faire. Tu as trois questions. Je suis obligé de dire la vérité. Après, ce sera ton tour.

Je pèse rapidement le pour et le contre. En ce qui concerne ma vie personnelle, je n'ai pour ainsi dire rien à cacher et, même si j'avais un terrible secret, le dévoiler quelques heures avant la fin du monde n'aurait de toute façon pas d'importance.

Repenser à l'Annonce est aussi agréable qu'un bain d'acide. Je suis prête à n'importe quoi pour en sortir.

— *Deal.*

Il sourit, verse de la vodka dans deux verres et m'en tend un. J'inspire et je bois le mien d'une traite. Je n'ai fait ça qu'une fois, et j'avais passé le reste de la soirée la tête dans les toilettes. J'espère que je ne vais pas vomir, j'espère que je ne vais pas vomir, j'espère que je ne vais pas vomir...

— T'en veux un autre ?

Je fais non de la tête et, histoire de penser à autre chose, je lui demande encore :

— Qu'est-ce que tu fais, dans la vie ?

— C'est ta première question ?

Je hoche, il continue.

— Je suis... dans l'import-export.

— C'est flou.

— C'est vrai. J'importe ce qui s'achète et j'exporte ce qui se vend.

Devant mon air peu convaincu, il continue.

— Tout ce qui s'achète, et tout ce qui se vend. Mais pas des gens. *Humans traffickers are scum. I don't do that.*

— *And drug dealers are OK ? Arms dealers, too ?*

Il hausse les épaules en souriant.

— *Some of them are quite nice, actually.* Quand tu passes par-dessus...

— Pourquoi tu le fais ? Pour tout ça ? que je lui demande en désignant son appartement démesuré.

— C'est ta deuxième question ? J'ai jamais fait rien d'autre. Je suis né en Croatie, mes parents sont morts pendant la guerre. J'étais à l'école et quand je suis revenu, ma maison avait juste... disparu. *There was nothing left.* Le frère de mon père habitait en Turquie. Je l'avais jamais rencontré, mais j'ai fini par le trouver. Ça a été difficile. *There's things a kid shouldn't... anyway.* Mon oncle Goran avait plusieurs... activités. Il m'a appris tout ce que j'avais besoin de savoir pour... réussir dans le métier. Puis j'ai voulu partir en Syrie. Goran était pas d'accord *but I went anyway.* J'ai rencontré des gens là-bas, un groupe... je voulais... *I don't know,* je voulais me prouver quelque chose, je crois. Tu vois, c'était pas vraiment légal ce que faisait mon oncle. *But he was not a bad man.* En Syrie... *that was...* Quand je me suis rendu compte comment je m'étais mis dans la merde, *I came home.* Goran a eu peur pour moi, alors il m'a fait venir ici. Et ici... j'ai continué de faire ce que je suis bon dedans.

— Et ton oncle ?

— *They killed him.*

Il sourit une fraction de seconde, une tristesse infinie dans le regard, finit son verre et me fixe. Son chien se réveille, s'étire et s'approche pour réclamer une caresse. J'ai un léger mouvement de recul, par réflexe, avant de me trouver idiote. Il me regarde de ses yeux doux et apaisants pendant qu'il se fait gratter le crâne, aussi menaçant qu'un toutou en peluche. A-t-il compris les souvenirs douloureux de son maître ? A-t-il senti un quelconque besoin de réconfort ?

— *Good boy.* Il te reste une question.

Je suis étourdie. Si je n'avais pas soudainement mon estomac dans la gorge, je prendrais un autre verre. Mes mains tremblent un peu. Une phrase résonne dans ma tête : *Tu croyais savoir, mais tu ne sais rien.* J'inspire pour la chasser et retrouver un semblant d'équilibre, je souris pour me redonner une contenance.

— OK... euh... c'est quoi le nom de ton chien ?

Il a l'air surpris. J'essaie de repousser une crise d'angoisse. Mes repères, mes balises et mes convictions virevoltent, tournent et dansent dans un flou artistique. J'ai la tête qui tourne.

— C'est ça, ta dernière question ? OK... *His name's Luka. And I'm Marco, by the way.*

— Je sais.

×××

Avant de me poser sa première question, il m'a proposé un autre verre. J'ai pensé non, mais j'ai dit oui. Pendant qu'il me servait, il m'a récité tout ce qu'il savait sur moi. Une biographie juste assez complète pour que ce soit intrigant, mais pas assez pour que ce soit inquiétant. De toute façon, s'il avait fallu que je sois inquiète, il me semble que ça se serait déclaré pas mal avant.

J'admire le talent avec lequel il a changé l'énergie de la pièce comme on ouvre les fenêtres pour faire sortir une mauvaise odeur. Comme s'il avait un interrupteur pour passer de la lourdeur et la tristesse à... autre chose. Mais je ne parviens toujours pas à mettre le doigt sur ce qu'est cette « autre chose » exactement.

Il s'approche pour me tendre mon verre. Je pense un instant qu'il va venir s'asseoir à mes côtés. Ma gorge et mon ventre se serrent. Il se cale dans le fauteuil devant moi. J'essaie de trouver quelque chose à dire pour combler le silence, mais je ne trouve rien. Il le fait durer à la limite de l'inconfortable, mais se décide :

— Alors, ma première question. *You ready ?*

Je hoche la tête. Mon cœur bat très vite. J'imagine tout ce qu'il pourrait demander, et je ne trouve rien. J'ai beaucoup de secrets concernant mon travail, mes clients, mais ma vie à moi est insignifiante, je n'ai rien à cacher, je suis...

— Est-ce que tu te donnes du plaisir toute seule ?

Je rougis instantanément et je me tortille sur mon siège pour essayer de trouver une position moins inconfortable. Malheureusement, mon fauteuil ne voyage pas dans le temps et ne peut donc pas me ramener il y a trente secondes. Marco me fixe. Je rougis tellement que je dois être rendue violette.

— Je... euh... non... pas vraiment...

— Pas vraiment ? Pourquoi ?

— Je... c'est... c'est un peu trop personnel...

Il hausse les sourcils. Je vois où il veut en venir. Comme je n'ai pas la chance d'avoir un oncle assassiné par des terroristes syriens, il faut maintenant que je parle de masturbation.

— Disons que je n'ai jamais... vu l'intérêt ?

Je baisse la tête. Lorsque je la relève, il est debout à côté de moi et me tend la main.

— Viens.

Je le suis docilement. Pendant que nous avançons vers je ne sais pas où – l'aile est ? – la voix dans ma tête s'affole. Elle a du mal à se décider entre être anxieuse ou excitée. J'aimerais qu'elle arrête sa décision pour savoir à quoi m'en tenir.

Il ouvre une porte et m'invite à entrer dans la pièce. Sa chambre... ?

— Wow... c'est grand, que je commente timidement, pour essayer d'amorcer une conversation qui se transformerait en une chaste visite des lieux.

— Déshabille-toi. Installe-toi... Et trouve l'intérêt.

Avant de sortir de la pièce et de fermer la porte derrière lui, il ajoute :

— Je vais te laisser tranquille. Mais si t'as besoin de n'importe quoi, *I'm gonna be right here.*

×✕×

Je ne sais pas combien de temps ç'a duré. Je me suis mise en sous-vêtements et j'y ai accordé une dose relative de bonne volonté, mais disons que je n'étais pas dans les meilleures conditions pour découvrir les joies du plaisir en solitaire. En fait, je n'ai jamais, de ma vie, réussi à ce que la conjoncture soit favorable à une autosatisfaction orgasmique.

C'est une belle formulation pour dire que je n'ai jamais joui en me masturbant. À force d'échecs, j'ai fini par abandonner l'idée. Pour moi, la plus belle jouissance, ç'a toujours été de trouver une solution à un problème. Comment aborder un cas pour être sûre de le gagner en cour ? Comment trouver l'angle parfait, l'argument imparable… ? Quand je fais marcher ma tête, ça paie. Alors pourquoi la laisser s'échapper ?

Je frappe à la porte timidement, et j'avoue, encore plus timidement :

— Ça ne marche pas.

— Je peux rentrer ?

— Euh…

Il ouvre la porte avant que j'aie eu le temps d'atteindre mes vêtements pour me rhabiller. J'essaie de me cacher avec ce que je peux (avec rien, donc), mais il me détaille de haut en bas, un air de désapprobation évident sur le visage. Une mine que n'importe quelle femme rêve de voir lorsqu'elle est pour la première fois en sous-vêtements devant un homme.

Il fronce les sourcils.

— Il faut faire quelque chose pour ça. Viens.

Il m'attrape par le bras et m'emmène dans la salle de bain attenante. Je proteste avec autant de virulence qu'un amateur de reggae sous morphine. Il ne m'écoute pas. Il m'ordonne de m'asseoir sur le bord de la baignoire pendant qu'il cherche quelque chose dans un tiroir. Il finit par se mettre à genoux devant moi, après avoir posé une trousse de toilette à côté de lui.

— T'es une des plus belles femmes j'ai vue.

Il ajoute d'un air suffisant :

— Et j'en ai vu beaucoup.

Je lève les yeux au ciel. Il affiche un sourire complice avant de continuer :

— Une des raisons pourquoi tu y arrives pas, c'est ça.

Il pointe du menton mon entrejambe, caché sous tout ce que je peux, mes jambes croisées, mes bras…

— Ma culotte ? que je lui demande, surprise.

— Non… enfin oui, mais ça, on en parlera plus tard… Écarte tes jambes.

— Ben là…

Il me le redemande, plus fermement. J'obtempère. Il sort son rasoir électrique de la trousse. J'essaie de savoir ce qu'il fait, mais il ne répond pas. Il me dit d'enlever ma culotte. Là encore, c'est plus un ordre qu'une demande. Je proteste pour la forme tout en lui obéissant. Il approche le rasoir de ma toison que j'ai, je dois avouer, un peu laissée à elle-même. Il me tond avec application en me donnant parfois des indications sur comment me placer. Après quelques secondes, il troque sa tondeuse électrique pour de la mousse et un bon vieux rasoir à main. Ses doigts tendent mes lèvres, la lame court entre mes jambes. Au début timide, j'écarte les cuisses de plus en plus, rapprochant mon bassin de son visage. J'arrive presque à me convaincre que c'est la peur qu'il me fasse mal qui me fait agir ainsi. Je ne voudrais pas qu'il me coupe. Je le regarde s'appliquer, concentré. Je sens son souffle entre mes cuisses. Je me rends compte que je me mords les lèvres quand le goût du sang atteint ma bouche. Lorsqu'il a terminé, il me regarde et me caresse avec son pouce pour vérifier qu'aucun poil ne lui a échappé. Satisfait, il range ses outils avant de se relever, d'ouvrir l'eau de la douchette de la baignoire et de m'inviter à me rincer.

Sous l'eau, j'examine ma nouvelle coupe. Il n'a laissé qu'un rectangle de poils courts juste au-dessus de mon sexe. Le reste est complètement imberbe, impeccable, doux et fragile comme un ventre d'oiseau. J'ai du mal à réaliser que ce sexe si lisse m'appartient. Je le caresse doucement pour me l'approprier. Les sensations sont décuplées, des centaines de petites décharges électriques parcourent mon corps à chaque frottement de doigt.

Marco s'approche de la baignoire.

— Assez joué. Essuie-toi et rejoins-moi. Et... tiens. *Put that on.*

×××

En mettant les sous-vêtements qu'il m'avait laissés, j'avais d'abord été surprise qu'ils soient à ma taille, puis j'avais remarqué la qualité de la dentelle, de la finition, du tissu... Même moi, qui ai toujours acheté mes bobettes en paquets de cinq chez Old Navy, j'étais capable de reconnaître des dessous de grande qualité. J'avais dû arracher l'étiquette qui était encore dessus en faisant bien attention de ne pas abîmer le tissu. Je n'aurais jamais cru qu'on puisse se sentir aussi bien en petite tenue. J'étais Cendrillon dans sa pantoufle de vair. J'étais devenue une princesse et le monde m'appartenait. Je me suis regardée dans le miroir, j'ai tourné sur moi-même, j'ai rapproché les bras de mon torse pour faire bomber mes seins, j'ai examiné mes fesses, mon ventre... Je me faisais ma publicité d'Aubade selon Juliette. Leçon numéro 1 : réaliser ton potentiel.

Il a frappé à la porte, et tout ça est retombé comme un soufflé.

— Ça va, là-dedans ?

— Est-ce que tu pourrais me passer mon chandail ?

— *Nope.*

Je sors de la salle de bain, presque sur la pointe des pieds. Il est adossé sur la commode et me sourit d'un air satisfait. Il me fait signe d'avancer vers lui. Plus je m'approche, plus je remarque son regard carnassier, la lueur d'envie dans ses yeux. J'avance timidement, à sa merci. Mon cœur bat tellement fort que je suis certaine que mon corps tressaute au rythme des pulsations. Il m'agrippe par les hanches et me fait tourner pour me ramener dos à lui, puis me lâche. Je ne sens plus que son souffle dans mon cou, et sa présence derrière moi. Sa voix me fait vibrer tout entière lorsqu'il me demande :

— Essaie encore.

— Je...

Il me prend de nouveau par les hanches et me ramène contre lui. La fermeté de ses mains contraste avec la douceur de sa voix.

— Caresse-toi... Doucement... Commence lentement... Imagine t'es couchée sur mon lit, là... Que je t'ai écarté les jambes...

Quand mes doigts frôlent la dentelle qui recouvre mon entrejambe, je ne peux réfréner un soupir de plaisir. Ma culotte est déjà trempée.

— ... je te lèche à peine, je fais juste... t'effleurer avec ma langue. *Up and down... up and down...* Je vais un peu plus vite et un peu plus fort... Tu veux ?

— Oui...

Je ferme les yeux et je m'imagine lui attrapant les cheveux pour qu'il continue à me lécher. Mon bassin bouge au rythme de mes caresses, ma respiration suit les mouvements de mes doigts.

— Je continue le va-et-vient de ma langue... ton jus coule dans ma bouche... *your pussy's so soft...*

Je me cambre et m'adosse sur lui. Le sentir bandé entre mes fesses fait décupler mon plaisir. Il donne un long coup de bassin, puis un autre, pendant qu'il poursuit :

— J'ai envie de te prendre... tu sens comme j'ai envie de toi ?

Je hoche la tête.

— Continue. Fais-toi jouir.

Mes jambes se dérobent, je m'appuie totalement contre lui. J'attrape sa nuque pour ne pas perdre encore plus l'équilibre. Mes doigts bougent de plus en plus vite sur mon sexe palpitant. Il me retient par les hanches, me cale contre son bassin. Je serre les dents pour ne pas crier. J'ai l'impression que je vais manquer d'air, étouffer, devenir folle, exploser...

Je perds l'équilibre.

À bout de forces.

Dissoute.

Bien.

×✳×

Lorsque je reprends mes esprits, je suis couchée sur son lit et il me tend un verre d'eau.

— Je savais pas que je pouvais faire ça, que je lui avoue.

— Depuis que je t'ai vue la première fois je sais *you've got potential*.

Je rougis un peu, je crois. J'ai envie qu'il m'embrasse, mais je n'ose pas le lui demander. J'ai envie qu'il me prenne dans ses bras et qu'il me dise que tout va bien aller, mais je ne veux pas qu'il me mente. J'aime mieux essayer de me changer les idées :

— Pourquoi t'as pas choisi de faire autre chose... dans la vie ?

— Pourquoi j'aurais dû faire autre chose ?

— Parce que c'est mal, et c'est dangereux.

Il se couche sur le dos, les deux mains sous sa tête, fixe le plafond quelques secondes, puis se retourne vers moi :

— Et toi, pourquoi t'es ici, avec moi, là ?

— Parce que j'avais plus envie de penser à ça, toute cette merde...

Il se penche pour embrasser mon épaule avant de me répondre. Mon cœur bat triple. Je frémis.

— C'est pour tout le monde la même chose : *we do bad things to stop ourselves from thinking about worse things*.

Je me prends le boomerang en plein visage. J'avais réussi à mettre l'Annonce derrière moi. J'avais oublié la vacuité, l'impuissance, la solitude, le vertige...

On fait des mauvaises choses pour s'empêcher de penser à des choses pires.

— J'ai jamais sucé personne.

Il écarquille les yeux.

— Je sais pas qu'est-ce qui m'étonne le plus : que tu l'aies jamais fait, ou que tu me le dises.

— Tu peux m'apprendre, ça aussi ?

×××

Il s'est un peu fait prier, mais pas trop longtemps. Je suis assise sur le lit, il est debout devant moi. Je suis toujours en sous-vêtements, lui toujours habillé. Je suis pendue à ses lèvres, pour commencer :

— Y a juste un truc tu dois savoir *to give good head*.

— Ne pas croquer !

— OK, y a deux trucs tu dois savoir *to give good head*... ne pas croquer... mais surtout, tu dois avoir du fun. Tu dois avoir envie. Si tu veux pas l'avoir dans la bouche... ça va rien donner.

— OK. Vas-y. Je suis prête.

Il me regarde quelques secondes, puis retire son chandail. Il défait sa ceinture, les boutons de son jeans et s'approche de moi doucement. J'entrouvre la bouche presque par réflexe lorsque je vois son boxer déformé par son érection. Je baisse son pantalon pour la libérer et pour la première fois, moi qui ai toujours été rebutée par la chose, j'admire la beauté d'un sexe masculin. D'un sexe tout court, en fait. Les doutes que j'avais lorsqu'il m'a dit qu'il fallait que j'en aie envie pour bien le sucer viennent de s'estomper : j'ai envie de le lécher, de l'embrasser, de le faire jouir...

Nous nous regardons. D'un geste doux, il libère mon visage d'une mèche de cheveux. J'ouvre la bouche, et je sors la langue pour titiller le bout de son gland. Son sexe durcit encore. Mes chatouillements deviennent de longues caresses de bas jusqu'en haut. Je tourne la langue tout autour... je le titille à nouveau... je m'amuse. Quand je le prends finalement dans la bouche, il ferme les yeux et jette sa tête en arrière. Ça doit vouloir dire que c'est bien. Mes mouvements de va-et-vient se font de plus en plus rapides. J'essaie d'innover un maximum dans la façon dont ma bouche reçoit son sexe chaque fois qu'il la pénètre. J'aspire, je serre les lèvres, je tourne la langue... et lorsque je sens que ça fait particulièrement effet, je continue quelques secondes, avant d'essayer autre chose. Parfois j'utilise une main, parfois deux, parfois aucune.

— *Look at me.*

Je lui obéis, tout en essayant de rester concentrée sur ce que je fais. Il attrape ma nuque et retient fermement mes cheveux pour m'immobiliser. Les mouvements de son bassin remplacent ceux de ma tête. Je continue à le regarder pendant que ses coups de reins remplissent ma bouche. J'appuie ma langue contre mon palais pour qu'il s'y sente serré : c'est ce qu'il semble préférer. Ses mouvements se font de plus en plus rapides, de plus en plus longs, vont de plus en plus loin. Tellement loin que des larmes coulent le long de mes joues. Je suis une avaleuse de sabres. Il gémit en serrant les dents, se penche vers moi, serre mes cheveux très fort. Je sens son sexe se tendre et frémir sous ma langue. Il jaillit dans le fond de ma gorge, si profond que je n'ai aucun mal à tout avaler, je ne m'en rends quasiment pas compte, j'en suis même un peu déçue.

Il a du mal à retrouver son équilibre, mais il sourit les yeux fermés. Lorsqu'il les rouvre, son regard est flou, ses paupières sont lourdes. Avant de se laisser tomber sur le lit, il me sourit :

— *I have nothing to teach you.*

×✕×

Il a fait cuire des pâtes qu'on mange au lit. Je porte sa chemise. On rit, on chahute, on dit des niaiseries. Je ne pensais pas un jour me vautrer dans un tel cliché.

Comme quoi...

À nos pieds, Luka nous regarde, plein d'envie. Je lui lance une pâte qu'il attrape au vol. Pour m'épater, Marco en prend une entre ses dents et s'approche de son chien pour la lui tendre. Avec une douceur inattendue, le toutou qui me terrifiait tant approche sa gueule et attrape le macaroni délicatement avant de l'avaler tout rond.

J'applaudis.

À mon tour, je place une pâte entre mes dents, mais c'est du maître que je m'approche. Il s'en empare avec beaucoup moins de finesse que son chien. Cela fait presque vingt-quatre heures que nos corps apprennent à se connaître de toutes les façons possibles, mais lorsque nos lèvres se touchent, mon cœur s'emballe chaque fois un peu plus. Il se retire et dépose nos assiettes par terre. Luka se rue dessus et en gobe le contenu avant qu'elles n'atteignent le sol.

Je lève les yeux. La nuit commence à tomber. J'ai perdu la notion du temps, mais il me semble que le jour s'est levé il y a quelques heures à peine. Je tends le cou pour apercevoir le ciel par la fenêtre. Une aurore boréale de noir et de feu s'étend à perte de vue. L'atmosphère embrasée ondule sous une chaleur qui ne fait qu'augmenter. Impossible d'imaginer qu'un matin suivra cette nuit-ci. Marco revient près de moi et rapproche tout doucement son visage du mien. Il caresse ma joue avec son pouce. J'essaie encore de voir ce qui se passe dehors. Il dépose un baiser sur mes lèvres, mais je n'arrive pas à m'y abandonner.

— C'est l'heure, que je lui dis.

— *I know*.

Il m'embrasse encore. Des larmes coulent sur mes joues, mais je lui rends ses baisers passionnément. Il défait un à un les boutons de ma chemise, caresse mes seins. Je me couche sur le dos, lui sur moi. J'écarte les jambes pour le sentir le plus près de moi possible. La sensation de son ventre contre le mien me plonge dans un bien-être inexplicable. Je pleure toujours, mais je ris en même temps. Je suis folle, et c'est bon. Je ne veux jamais que ça finisse. Il essuie mes larmes et m'embrasse encore. Mes mains sur ses fesses réclament qu'il me prenne. Je sens son sexe prêt à me pénétrer. J'ai tellement envie de lui que mon ventre se contracte, l'appelle. Il me regarde. En quelques secondes, il comprend la détresse et le désir, aussi puissants l'un que l'autre. A-t-il peur qu'en assouvissant ma soif de lui, je cède au désespoir? Je ne veux plus penser. Je le supplie :

— S'il te plaît... prends-moi.

Il m'embrasse encore. Je piaffe. J'essaie de ramener son bassin contre le mien. Il me serre très fort, comme un adieu.

— S'il te plaît, s'il te plaît...

— *Everything is gonna be OK, Juliette.*

Alors qu'il chuchote mon prénom, je le sens entrer. Doucement. Sa présence en moi me soulage, centimètre par centimètre. Au rythme de ses va-et-vient, les vagues de plaisir deviennent de plus en plus fortes. Je le serre contre moi, mes ongles s'enfoncent dans son dos. Des *flashs* de lumière explosent devant mes yeux. Ma tête tourne, la terre tremble. Ce moment va durer pour l'éternité.

Guillaume Vigneault

Chambre avec vue

Elle n'est pas exhibitionniste. Elle tient à le rappeler, échappe les mots dans un filet de voix qui déraille un peu. Il sait, dit-il, avec la voix de celui qui sait. La nuit, les lumières de la ville, l'angle, la réflexion du verre : les baigneurs dans la piscine, sept étages plus bas, ne peuvent pas les voir. Elle plonge le regard dans l'eau phosphorescente. Cinq baigneurs, mais aucun regard ne semble braqué sur cette fenêtre du septième étage. Aucun regard sur eux, sur ses seins compressés contre le verre froid, sur la silhouette derrière elle. Elle se dit que peut-être plus loin, sûrement plus loin, quelqu'un voit ce qui se passe dans la chambre 706. Mais pour ce regard distant, ce qui se passe est générique, anonyme. Théorique. Une femme presse théoriquement sa poitrine en sueur, sa joue rosie, ses paumes frémissantes, contre la vitre d'une fenêtre panoramique d'un hôtel du centre-ville. Un homme la prend théoriquement par-derrière, ses mouvements sont amples, lents, telluriques. Les muscles de ses cuisses le font souffrir, jusqu'à la brûlure. Elle le devine, se dresse sur la pointe des pieds, quelques centimètres de répit. Elle sent la même brûlure, bientôt, dans ses mollets. Elle sourit, son corps est une cacophonie, entre ses mamelons engourdis contre le verre glacé de la fenêtre, ses mollets qui se tétanisent doucement et l'épicentre, bien sûr, ce sexe affamé et repu dans la même seconde, presque doué de son propre désir, qui aspire son sexe à lui, comme une respiration. Et en cet instant, cette respiration lui est aussi vitale que l'autre, celle qui oxygène ses seins, ses mollets, son sexe et ce cerveau si cotonneux. Elle regarde à nouveau en bas, les baigneurs, lucioles inversées dans le turquoise. Rassurée, fragilement invisible, elle pense à nouveau au voyeur théorique. Un chauffeur de taxi, peut-être. La station sur la rue de la Montagne. Troisième en file, il attend la prochaine course. Écoute le match à la radio. Il y a un match, ce soir, se dit-elle. La télévision en sourdine, dans le bar de l'hôtel, plus tôt. Le chauffeur de taxi écoute le match, donc. Et son regard s'arrête sur leur fenêtre. Deux cents mètres plus loin, à l'oblique. Il cligne des yeux, ajuste son regard. Il sourit. Comme un distant complice, peut-être. Il n'est pas envieux, son regard n'a rien d'avide. Ce qu'il voit n'a d'ailleurs rien d'obscène ; la distance stérilise et désincarne. Il sait, elle sait, on sait tous, que dans un rayon raisonnablement grand, toujours, à chaque heure du jour, à chaque instant précis, un couple fait cela. Une obligation statistique.

Parfois, souvent même, elle marche dans la ville et se plaît à inventer ces couples en esprit.

Elle remonte une rue, décrète intérieurement qu'au 4171, au 4353, au 4478, des amants baisent. Cela la fait toujours sourire, et éveille quelque chose dans son ventre. Elle marche, le pas est un peu plus léger, le centre de gravité un peu plus bas, le crépitement est secret. Mais des choses minuscules se mettent à vivre, le frottement des tissus sur sa peau, l'air frais sur sa nuque. Au 4353, elle se dit que ces deux-là s'aiment. Une intuition joueuse. Elle se dit aussi que la femme, à cette adresse, a cette manie inconsciente : elle doit s'appuyer contre un mur, ou poser les mains au sol, pour jouir. Comme une mise à la terre électrique, il lui faut cet ancrage, un solide sur lequel prendre appui. L'homme, lui, sort d'un mariage éteint, il se la joue cheveux au vent, mais il a horriblement peur. Peur d'être un projectile fou, peur de blesser, peur d'être la proie d'une ivresse éphémère. Il a tort, se dit-elle en passant devant l'adresse, mais il fait bien de se poser la question. La femme qui appuie en ce moment ses paumes contre le mur, à la tête du lit défait, cette femme l'aime pour cela aussi. Ses inquiétudes magnifiques. Et quand plus tard elle le prendra dans sa bouche, ses fesses un peu osseuses lovées dans ses mains à elle, menues, mais fortes, quand elle échappera un gémissement sonore, forcément étouffé, qui fera vibrer tout doucement le sexe de l'homme, il ne doutera plus, le moment sera comme une berceuse, il repensera à plus tôt, à ces mains qui cherchaient spasmodiquement, maladroitement, un appui solide. Et alors ses inquiétudes le quitteront, et elle sentira ses fesses se contracter dans ses mains. Elle aime tant combien il perd le nord, elle a l'impression de sombrer avec lui tant le courant est fort, elle se demande même si elle n'est pas elle-même en train de jouir de nouveau. Elle ne le sait pas, et cette absurde ignorance la fait défaillir. Au 4353, oui, ils s'aiment.

×××

Le chauffeur de taxi écoute le match d'une oreille distraite. À la fenêtre du septième étage, là-bas, l'homme semble à présent pétrir les seins de son amante. Un bras par-dessus sa tête, elle agrippe probablement sa nuque. Le chauffeur de taxi s'imagine qu'elle y met une certaine force. Il s'imagine qu'elle n'aime pas les fleurs, ni les huîtres. Il a raison.

×××

Au 4478, c'est une autre histoire. Ils sont jeunes, beaux, brillants. Elle étudie en histoire de l'art, il joue de la guitare, fait de la menuiserie. Tout à l'heure, il a mis un album de Tom Waits. Elle est rentrée avec des courses. Tom Waits la fait mouiller ; Ferré et Radiohead la font pleurer. C'est comme ça. Elle range les courses, il la suit dans la cuisine, lui met les mains aux fesses, fredonne vaguement le couplet qui joue dans le salon, la voix faussement rauque et éraillée, comme s'il buvait trop de whisky. Whisky, il l'a placé deux fois au Scrabble dans sa vie, ça se résume plutôt à cela. Il simule à merveille la confiance, mais il n'a aucune idée de ce qu'il fait. Cette confiance est le plus gros mensonge de sa vie. Mais il n'est pas idiot. Brillant, donc, et beau, il pourra mentir longtemps, à lui-même et à d'autres. Il l'embrasse derrière l'oreille, il sait que son souffle, juste là, lui fait plier les genoux. Elle laissera le carton de lait sur le comptoir ; les crevettes congelées, il faudra les manger ce soir. Le souffle chaud derrière l'oreille, il a trouvé ça tout seul, mais la main glissée trop rapidement dans sa petite culotte, les doigts qui s'invitent trop tôt en elle, elle ne lui en parlera jamais. Elle écoute Tom Waits : ... *little girls/ With nothing in their jeans/ But pretty blue wishes*... Pense fugitivement à quelqu'un d'autre. Un professeur. Elle chasse cette pensée avec un léger effroi, maudissant la nature chaotique, volatile et autarcique de ses désirs, mais sans s'y attarder, sans s'en inquiéter. Elle n'en sait rien, mais elle fréquentera le professeur au printemps prochain. Au début, sa verve, son assurance, lui feront oublier le corps blanc et décati qu'il frotte contre elle. Au début, elle aimera le contraste des corps, elle sentira le sien souple et sublime, invulnérable, immatériel. Au début, elle goûtera cette fixation sodomite, ce visage déformé et bavant de désir qu'elle épie dans le reflet de la porte vitrée de la chambre, parce qu'il ne veut pas qu'elle le regarde. Au début, tout ça. Et pas avant le printemps.

Pour l'instant, elle attrape le menuisier par la boucle de sa ceinture, sans rien dire, sans le regarder, l'entraîne vers la chambre. Elle se dévêt en vitesse, garde son t-shirt. Il s'agenouille au pied du lit, elle empoigne ses cheveux, attire son visage entre ses cuisses, mais se refuse à ses mains, leur donne plutôt en pâture ses seins. Elle compte mentalement les heures depuis sa dernière douche, une moue agacée au visage. Elle décide qu'elle s'en fout. Pas à cause de l'intimité, à cause de lui. Elle s'en fout. Et elle rit une seconde – un rire acide et confidentiel – en pensant aux crevettes de Matane qui dégèlent sur le comptoir. Puis un souvenir assassin l'assaille, chasse toute possibilité de gaieté. À cause d'un livre. Tandis que lui la fouille habilement de sa langue, habilement même s'il semble un peu en mission commandée, comme en compétition subliminale constante avec une cohorte d'amants sans visages, plus redoutables les uns que les autres, ou avec le jouet en plastique de la table de chevet, avec le professeur dont il ignore encore tout, avec l'univers en entier qui ne cherche qu'à baiser sa femme, tandis qu'il la prend maintenant à pleine bouche, son sexe comme un mollusque trituré, aspiré, tandis qu'elle glisse presque sur la pente abrupte d'un orgasme inattendu, tandis que tout cela, son regard a eu le malheur de s'arrêter sur le dos de ce livre dans la bibliothèque, un livre lu il y a longtemps, par bribes, du temps où ils dormaient sur le matelas, à même le sol, se soûlaient au vin, lisaient des livres, faisaient l'amour et recommençaient. Elle aperçoit l'heure sur le réveil : 14 h 04. Elle décide qu'elle simulera à 14 h 07. Le carton de lait est sur le comptoir de la cuisine.

Quand elle est passée devant le 4478, la femme de l'hôtel a eu le cœur un peu serré.

×××

Il ne reste que deux baigneurs dans la piscine. L'un d'eux fait la planche, le visage tourné vers le ciel nocturne laiteux du centre-ville. Elle le regarde flotter, elle a la tête qui pétille un peu, trop d'oxygène, elle serait incapable d'aligner trois pas en ligne droite. Ses joues sont en feu, ses seins aussi. Il est à genoux derrière elle, à présent. Sur les genoux aussi, penchée vers l'avant, elle a une main appuyée contre la vitre froide, une main sur sa chatte. Entre ses doigts, elle sent sa verge lourde qui s'enfonce en elle. Le mouvement est régulier, inexorable, chaque aller-retour est une éternité graduée en millimètres, chacun plus chavirant que l'autre. Elle goûte ses doigts. Elle connaît le trouble qu'elle suscite chez lui par ce geste. C'est métallique, marin et sucré à la fois. Ça ne ressemble à rien, sauf à ça. Elle recommence, puis lui tend ses doigts, par-dessus son épaule, il les prend dans sa bouche, et s'enfonce plus creux en elle. Plus tôt, il lui aurait fait mal ; maintenant, rien ne pourrait lui faire mal. Par la fenêtre, elle jette son regard vers son voyeur théorique. Maintenant, elle souhaite profondément qu'il existe, le chauffeur de taxi sur la rue de la Montagne. Ou un gardien de sécurité, au septième étage de l'immeuble d'en face. Oui, c'est mieux. L'homme est seul sur l'étage plongé dans l'obscurité, il a tout son temps, il s'ennuie. Il n'écoute pas le match. Non, lui est tout entier absorbé par ce qu'il voit à la fenêtre de la chambre 706. Elle lance son regard à travers le vide qui sépare les immeubles. Un regard intentionnel, fixé sur un point, même s'il n'y rencontre rien. Un regard qui fait tressaillir l'homme en face, qui le frappe en pleine poitrine. Elle pose ses coudes au sol, sur le tapis épais de la chambre. Elle imagine ce que voit son gardien de sécurité théorique. À cette distance, elle sait qu'il ne pourrait distinguer ses traits. Il ne pourrait la reconnaître en la croisant par hasard demain matin, à la fin de son quart de travail. Elle aime être cette femme théorique. Elle aime qu'un homme dans l'immeuble d'en face la voie être prise comme ça, voie ses seins se balancer doucement, voie sa main aller de son sexe à sa bouche, puis à la bouche de son amant, voie sa main se tendre plus loin, prendre les couilles de l'homme, et guider ainsi son mouvement, faire semblant de dicter un rythme qui leur est de toute façon naturel. Un homme la regarde ; souhait, certitude ou crainte, elle aime cette idée. Elle n'aime pas *avoir* cette idée. Mais à présent, les idées sont autonomes, elles n'ont pas besoin d'être *eues*, commandées. Elle a la poitrine au sol maintenant, yeux mi-clos, lèvres ouvertes, elle sent la sueur faire une petite mare entre ses épaules, elle sent qu'elle bave un peu sur le tapis épais de l'hôtel. Elle sent que son amant et le gardien de sécurité ont chacun une vue imprenable, les plans s'alternent sur l'écran de son esprit, le plan large d'abord, ce regard clandestin, tapis dans la distance et l'obscurité, puis le plan rapproché : son dos, ses fesses, la ville en contrebas, la vue sur toute cette vie, tous ces gens qui ne sont pas en train de la baiser. Elle envie cette vue à l'homme derrière elle, elle envie un moment cette posture souveraine, cette posture dans laquelle on voudrait mourir, se dit-elle, peut-être. Elle sent son cul tendu, offert ; elle a senti, il y a déjà un moment, avec un léger égarement, les derniers maillons de sa pudeur se défaire.

Plus de pudeur depuis longtemps au 4171, s'imagine-t-elle. Elle n'aime pas penser au couple du 4171. C'est le sien, peut-être, celui qu'elle craint, quand elle aura épuisé les lieux de surprise, les vertiges, quand ils auront taché tous les tapis d'hôtel, quand ils se seront résolus et élucidés, comme des théorèmes, nostalgiques de leurs propres mystères. Il y aura peut-être du bonheur au 4171, il y aura du plaisir, un plaisir pur, parfaitement distillé, sans impureté, sans ombre, sans grain de peau. Des gestes sans danger, suprêmement adéquats. Elle craint de ne plus vivre ces minuscules paniques, cette défaillance qui surgit dans son ventre, quand il la plaque contre un mur, si doucement. Elle craint la note trop juste. Déjà, il reste si peu de ses maladresses, si peu de ces fous rires, si peu d'orgasmes pas atteints, mal atteints, ces orgasmes qui trébuchent. L'amant écarte maintenant ses fesses avec autorité, elle sent un filet de salive glisser au creux de sa raie, un pouce qui s'enfonce lentement en elle. Son estomac se noue, elle a l'impression de tomber, quelque chose comme un sanglot monte dans sa gorge, la plainte fuse, la note est si juste.

Elle est sur le lit, à présent. Il est adossé à la commode, en face. Ils respirent, comme s'ils avaient oublié de le faire depuis des heures. Ils se regardent. Il n'y a déjà presque plus de questions, dans ces regards. Il fixe sans gêne son sexe à elle, gonflé, rose vif, luisant. Elle goûte ce regard, un sourire glisse sur ses lèvres, elle ferme les yeux et écarte légèrement les cuisses. Une mince coulée se répand lentement, tièdement dans les draps. Il ferme les yeux, un frisson lui parcourt l'échine. Il se lève, va boire de l'eau, debout à la fenêtre. Elle aime comment il offre sa nudité à la ville, sans arrière-pensée, une bête incapable de honte.

Plus tard dans l'eau turquoise, ils sont seuls, sept étages plus bas. Elle se love contre son dos, glisse une main dans son maillot, prend douce-ment au creux de ses doigts son sexe inerte. Elle sait que ce geste d'affection le trouble, l'émeut, jusqu'à lui mouiller les yeux. Elle regarde la façade de l'hôtel, repère aussitôt la fenêtre de leur chambre. Il n'y a pas de reflets dans la fenêtre, on distingue très bien le tableau générique qui décore le mur, en haut de la commode. Quelque chose en elle le savait, elle inspire lentement, le vertige s'évanouit. Il a deviné la direction de son regard. Elle n'est pas exhibitionniste, dit-elle, un sourire embarrassé dans la voix. Il sait, dit-il, d'une voix qui ne sait rien du tout.

Remerciements du directeur littéraire

Merci à Caroline et à Martine pour leur enthousiasme. À Myriam, qui m'a si bien guidé, l'air de rien. À Nathalie pour le beau livre. À Geneviève pour le slogan. À Véronique F., Marie Hélène et Myriam pour leur travail éditorial sur mon texte. À Miléna, Sophie, Charles, Roxanne, Guillaume C., Guillaume V., Véronique M., Geneviève, Isabelle, Eza, Nancy, Marie Hélène, Patrick, Matthieu et Chloé pour leur confiance. Je suis honoré de partager ces pages avec quinze auteurs que j'admire.

Mon père aimait beaucoup que je lui fasse découvrir des auteurs québécois qu'il ne connaissait pas. Aussi, il savait apprécier une bonne scène de sexe dans un roman. Ce recueil lui est tout naturellement dédié.

Merci de m'avoir guidé vers les livres, p'pa.

Stéphane Dompierre

Biographies

Les auteurs

Miléna Babin

Miléna Babin est l'auteure du livre *Les fantômes fument en cachette* (XYZ) et blogueuse pour *Les Populaires*. Elle habite Québec depuis dix ans, mais n'oubliera jamais Carleton-sur-Mer, sa ville natale. C'est là qu'elle a eu son premier orgasme, en pensant à Tom de Blink-182 et c'est aussi là qu'elle a appris ce qu'étaient des trompes de Fallope, parce qu'elle en a commandé au restaurant. Récemment, elle a migré vers Limoilou, après avoir lu quelque part qu'on estimait sa population de chats à 38 912. C'est entourée de félins, donc, à cinq heures trente-deux chaque matin, qu'elle rédige quelques lignes de son deuxième roman.

Sophie Bienvenu

Sophie Bienvenu aurait voulu être Sasha Grey, mais trouvait la porno trop salissante. Elle a donc décidé de se consacrer directement à l'écriture, sans passer par la case « actrice de films pour adultes ». En 2006, elle a publié chez Septentrion *Lucie le chien*, un recueil de chroniques anthropomorphiques et en 2008, une série feuilleton, *(k)*, à La Courte Échelle. Son roman *Et au pire, on se mariera*, paru à La Mèche en 2010, a connu un vif succès, tant auprès des critiques que du grand public. Il a été finaliste de plusieurs prix et a remporté le Prix des Arcades de Bologne.

Pour séduire Sophie (ou du moins pour la divertir durant un salon du livre), parlez-lui de pitbulls, de vélo, de rénovations, de Ryan Gosling ou de filles. Mais surtout de filles.

Charles Bolduc

Après avoir gravité dans les milieux culturel et politique, notamment comme journaliste et rédacteur de discours, Charles Bolduc travaille maintenant dans le domaine des communications. Il a publié, chez Leméac, deux recueils de nouvelles étonnants qui sont la marque d'une voix originale et affirmée : *Les perruches sont cuites* et *Les Truites à mains nues* (prix Adrienne-Choquette 2013). La présence des mots « petites culottes », « clitoris » et « menottées au tuyau du lavabo » en ouverture de son premier livre lui a valu de se retrouver, à tort ou peut-être pas, dans la section « Littérature érotique » de certaines bibliothèques.

Roxanne Bouchard

Roxanne Bouchard est née un jour d'éclipse solaire. Elle ne pratique donc le sexe qu'avec des Béliers, ascendant Scorpion, accouchés sous une lune croissante dans une année impaire. Elle a publié quatre romans, dont *Whisky et Paraboles* (prix Robert-Cliche et Relève Archambault) et *Nous étions le sel de la mer*. Sa correspondance intime avec un militaire canadien en mission, *En terrain miné*, a beaucoup fait jaser. Si elle écrit avec nonchalance des textes cochons, elle croit cependant qu'en matière d'érotisme, un geste vaut mille mots.

Guillaume Corbeil

Guillaume Corbeil a grandi dans le *red light* de Coteau-Station, véritable *sin city* du Québec, avant d'être envoyé à Montréal poursuivre ses études au très catholique Collège Notre-Dame. Enfant timide, peu enclin aux « affaires de gars » et doté d'un seul ami, avec qui il passe des heures au sous-sol à jouer au Lego, il a dû faire son *coming-in* auprès de ses parents après avoir vécu ses premiers émois grâce à la jeune Vanessa Paradis. Après avoir fait paraître un recueil de nouvelles, un roman et une biographie, il a vu ses pièces *Cinq visages pour Camille Brunelle* et *Tu iras la chercher* prendre l'affiche récemment à l'Espace Go.

Stéphane Dompierre

Stéphane Dompierre est écrivain, scénariste et chroniqueur. Il est l'auteur de quatre romans remplis de scènes cochonnes (*Un petit pas pour l'homme, Mal élevé, Stigmates et BBQ, Morlante*), d'un roman sans l'ombre d'une fesse (*Corax*), de deux BD (*Jeunauteur tomes 1 et 2*) et d'un recueil de chroniques (*Fâché noir*). Il n'a couché qu'avec une seule personne invitée dans ce recueil, mais ce n'est pas faute de s'être essayé avec d'autres.

Geneviève Jannelle

Lauréate du Prix de la nouvelle Radio-Canada 2012, Geneviève Jannelle est également l'auteure de trois romans : *La Juche* (Marchand de feuilles, 2011), *Odorama* (VLB, 2012) et *Pleine de toi* (VLB, 2014). Sur sa carte professionnelle de jeune publicitaire branchée, on peut lire « conceptrice-rédactrice », un titre pompeux qui lui permet, entre autres, de payer son hypothèque et de se prendre pour une autre. Reconnue pour sa plume grinçante, mais encore plus pour sa vaste collection de talons hauts, elle adore exhiber ceux-ci de façon ostentatoire dans les lancements. Elle n'a jamais mis les pieds à Punta Cana, mais a parfois mis ses doigts dans des endroits plus louches encore.

Véronique Marcotte

Véronique Marcotte mène la double vie d'auteure et de metteure en scène depuis 1999. Ce n'est qu'après avoir publié cinq romans et une nouvelle dans le collectif *Amour & Libertinage* qu'elle se rend compte que les titres cochons, comme *Coïts*, se vendent bien mieux que les titres littéraires comme *Dortoirs des esseulés*, *Les revolvers sont des choses qui arrivent*, *Tout m'accuse* ou *Aime-moi*. Elle n'a donc pas hésité à intégrer littéralement le mot accrocheur dans le titre de son prochain roman, *De la confiture aux cochons*, qui sera publié en mars 2015 chez VLB Éditeur. Par ailleurs, elle cosigne le livre *Voix Migrantes* avec Paul Kunigis, publié chez Québec Amérique, et elle signe le spectacle littéraire érotique *Lèche ton livre* dans lequel elle monte sur scène afin d'y dévoiler ses atouts physiques et littéraires.

Isabelle Massé

Isabelle Massé aurait aimé être Halle Berry, mais son sens critique, son amour pour les arts (et son manque de talent en jeu) ont plutôt pavé sa route vers *La Presse*. À défaut d'avoir aguiché des millions d'hommes dans la combinaison moulante de Catwoman ou joué une scène de baise torride dans *Monster's Ball*, gratifié d'un Oscar, elle s'est frottée à Normand Brathwaite pour écrire sa biographie (*Comment travailler comme un nègre sans se fatiguer*). Pour la première fois, elle trempe sa plume dans la fiction et fait basculer son imagination vers l'interdit. Qui sait si sa nouvelle n'émoustillera pas un producteur hollywoodien ?

Eza Paventi

Un brin frondeuse et aventurière, Eza Paventi a exploré en profondeur l'être humain en réalisant des documentaires aux quatre coins de la planète. On l'aurait d'ailleurs cru initiée depuis longtemps aux horizons de la littérature érotique. Or, sa seule expérience dans le domaine se limite à vivre dans l'ancienne maison de Lili Gulliver. Aussi humble et ingénue que la Gisèle de sa nouvelle, elle a fini par céder aux gentilles pressions du directeur du recueil et s'est ouverte à cet univers inconnu pour votre bon plaisir. Lecteurs inassouvis, réjouissez-vous ! Vous pouvez aussi jeter votre dévolu sur son roman *Les Souliers de Mandela*, publié en 2013 chez Québec Amérique.

Nancy B.-Pilon

Nancy B.-Pilon est enseignante, rédactrice, blogueuse, chroniqueuse et apprentie ukuléliste. Entre deux activités pédagogiques, elle collabore à diverses publications, autant sur le web qu'en format papier. Son personnage de Lily Badine, célibataire coquine, lui aura valu les titres de « turbo-slut » et de « femme libérée ». Elle travaille actuellement à l'écriture d'un roman jeunesse dont les personnages principaux auraient grandement bénéficié d'un cours ou deux de formation personnelle et sociale. Cycliste par conviction et porteuse de robes assidue, il ne lui est jamais arrivé de rouler sans culotte sur un ou plusieurs coins de rues.

Marie Hélène Poitras

Romancière et nouvelliste, Marie Hélène Poitras est l'auteure de *Soudain le minotaure* (prix Anne-Hébert 2003), *La Mort de Mignonne et autres histoires* et *Griffintown* (prix France-Québec 2013). De temps en temps, quand on lui tord un bras, elle signe une nouvelle érotique et se laisse chaque fois prendre au jeu. Plus ça va, plus elle se dit que l'érotisme en littérature, c'est un peu comme le rock : une affaire de tension relâchée au bon moment.

Patrick Senécal

Patrick Senécal a une vie sexuelle des plus satisfaisantes. Il a commencé très jeune, vers onze ou douze ans, mais est devenu professionnel en 1994. Il a transposé ses expériences au cinéma à trois reprises. Il est aujourd'hui considéré comme l'un des spécialistes dans sa catégorie, ce qui ne l'empêche pas, à l'occasion, d'être infidèle en pratiquant dans d'autres genres. À quarante-six ans, il s'adonne à son activité préférée à plein temps et y consacre plusieurs heures par jour, avec une rapidité parfois étonnante... *Erratum* : il ne s'agit pas ici de la vie sexuelle de Senécal, mais bien de sa vie littéraire. Nous nous excusons de cette confusion.

Matthieu Simard

Depuis une dizaine d'années, Matthieu Simard a publié cinq romans qui ont connu un pas pire succès : *Échecs amoureux et autres niaiseries*, dans lequel un gars se fait dire, après s'être fait sucer, qu'il aurait dû prendre une douche avant ; *Ça sent la coupe*, dans lequel un gars trompe sa blonde tout en regardant une *game* de hockey ; *Douce moitié*, dans lequel un gars fait semblant de jouir ; *Llouis qui tombe tout seul*, dans lequel un gars...

euh… n'a aucune idée que le sexe existe ; et *La tendresse attendra*, dans lequel un gars baise une fille par-derrière en plein milieu de la forêt. Il est aussi l'auteur du feuilleton jeunesse *Pavel*, dont le premier épisode, finaliste au Prix du Gouverneur général 2009, s'intitule *Plus vivant que toutes les pornstars réunies*.

D'un point de vue plus personnel, Matthieu Simard a sur son frigo un aimant portant la mention *I love porn*, qu'il prévoit ranger quand ses enfants sauront lire.

Chloé Varin

Chloé Varin a d'abord été libraire et porteuse d'eau au Salon du livre de Montréal avant de passer du côté des auteurs assoiffés en publiant son premier roman, *Par hasard… rue Saint-Denis*, aux Éditions Stanké. Son roman est alors en lice pour le Grand Prix de la relève littéraire Archambault, mais à défaut de le remporter, elle devient leur porte-parole au Club jeunes lecteurs tout en endossant divers mandats à titre de chroniqueuse littéraire dans les médias. Elle se consacre maintenant corps et âme à la littérature jeunesse, ce qui ne l'a toutefois pas empêchée d'exorciser son côté coquin entre les pages de ce recueil. Bien qu'elle ait vécu à Barcelone, toute ressemblance entre la narratrice de sa nouvelle et elle n'est que pure coïncidence. Ou presque.

Guillaume Vigneault

Romancier et scénariste, Guillaume Vigneault a signé deux romans fort bien accueillis, maintes fois primés et traduits : *Carnets de naufrage* et *Chercher le Vent* (Boréal/Seuil) ainsi que le scénario du film *Tout est parfait*. Il est aussi l'auteur d'une quantité démoralisante de scénarios qui ne sont toujours pas produits – mais le vent tourne. Alors qu'il était entièrement monopolisé par l'écriture d'une série télévisée, on l'a approché pour se joindre à ce recueil. Il a vaillamment tergiversé, il a fait sa farouche jusqu'à la septième bière. Cédant au désir d'autrui – autrui l'ayant habilement *objectifié* par la flatterie (« T'as d'beaux adverbes, tu sais… ») –, il s'est réveillé le lendemain avec une très nette aversion pour autrui (et une obligation contractuelle). On ne l'y reprendra plus. Ouais ouais.

Table des matières